精《せい》霊《れい》を宿《やど》す国《くに》 赤《あか》い炎《ほのお》の翼《つばさ》

佐伊
Written by
Sai

吉茶
Illustrated by
Yoshicha

The land of spirits 3 “Wings of Red Flame”

この物語はフィクションであり、
実際の人物・団体・事件等とは、いっさい関係ありません。

人物紹介

オルガ

巨大な精霊（神獣）を宿せる器を持つ神獣師の卵。幼い頃から最近まで五大精霊「青雷（せいらい）」に守られていた。その出生は秘密に包まれているが、オルガの父親はヨダ国の生き神である先読を殺したのだという。

キリアス

ヨダ国の第一王子で、屈指の力動（生命エネルギー）を持つ。王の怒りを受けても、半神のオルガと共に生きていくと決意する。ヨダ国最高位の精霊「鳳泉（ほうせん）」の神獣師になる運命である。

過去（十六年前）

カディアス

ヨダ国国王。若くして王位につき、困難な時代になんとか国を守ろうともがく。キリアスの父。

鳳泉《ほうせん》の神獣師 トーヤ

五大精霊「鳳泉」の神獣師（依代）。名門アジス家の出身で、幽閉され、感情を失うように育てられた。

鳳泉《ほうせん》の神獣師 カザン

五大精霊「鳳泉」の神獣師（操者）。千影山で修行中に先読ステファネスに「鳳泉」の神獣師として指名される。

先読《さきよみ》 ステファネス

カディアスの兄姉。近年で最も強大な力を持つヨダ国の生き神。両性具有。

青雷《せいらい》の神獣師 ゼド

五大精霊「青雷」の神獣師（操者）。精霊師として天才的な才能を持つ。

青雷《せいらい》の神獣師 セツ

五大精霊「青雷」の神獣師（依代）。精霊を宿す前からゼドと恋人同士だった。

先読《さきよみ》 ラルフネス

カディアスの娘。まだ幼いヨダ国の生き神。生まれた時からトーヤに大切に育てられる。

ガイ

元鳳泉の神獣師（操者）。父親代わりとして、カディアスを養育した。半神のリアンを失っている。

神獣師たち（現在）

神獣と呼ばれる最強の五大精霊を所有する精霊師たち

百花《ひゃっか》の神獣師 ミルド

五大精霊「百花」の神獣師（操者）。幼い頃から共に育ったユセフスに執着し、愛を捧げ、尽くす誰よりも忠実な半神。

百花《ひゃっか》の神獣師 ユセフス

五大精霊「百花」の神獣師（依代）。国の行政を握る機関「内府」の長官。国王カディアスの弟。冷徹な頭脳と比類ない美貌の持ち主。

紫道《しどう》の神獣師　ライキ

五大精霊「紫道」の神獣師（操者）。極貧の中でのしあがり、紫道の神獣師に選ばれる。クルトの従兄弟で半神。護衛団と近衛団の長。

紫道《しどう》の神獣師　クルト

五大精霊「紫道」の神獣師（依代）。最も神獣師を輩出するアジス家の出身。感情を失うように育てられたが、ライキへの想いを自覚し始めた。

光蟲《こうき》の神獣師　イーゼス

五大精霊「光蟲」の神獣師（操者）。人を人とも思わない冷酷な性格だが、ハユルを溺愛している。二神（二人目の半神）を得た男。警備団の長。

光蟲《こうき》の神獣師　ハユル

五大精霊「光蟲」の神獣師（依代）。思いがけず神獣を宿すことになる。神獣を宿すには器が小さすぎるため、体調を崩しがち。

千影山の師匠たち

引退した元神獣師。精霊師となる者は皆師匠の下につく必要がある。

ジュド

元百花の神獣師（操者）。オルガとキリアスの師匠。半神のラグーンにいつも振り回されている。

ラグーン

元百花の神獣師（依代）。オルガとキリアスの師匠。エッチな言葉を多用する特殊な教え方で、信条は『とりあえずヤッとけ！』

ダナル

元光蟲の神獣師（操者）。ユセフスの前の内府長官で、激しい性格から「烈火の宰相」と呼ばれていた。

ルカ

元光蟲の神獣師（依代）。無口で感情を滅多に表に出さない。天才として知られ、様々な術に通じる。

第七章

鳳泉《ほうせん》

1

王都の外れに位置する霊廟《れいびょう》に葬《ほうむ》られるのは、王族と先読《さきよみ》、そして神獣師《しんじゅうし》だけである。

一般人の立ち入りが禁じられている森の中の霊廟には、神官しかいない。

老いた元神獣師は千影山《ちかげやま》から下山し、ここに移ることが多い。老いた身体には山の寒暖差がこたえるからだ。国の守護神として崇《あが》められてきた彼らは、結婚も養子を取ることも認められていない。師匠を引退した後は、霊廟内の離宮にて神官らに守られながら、人生を終える。

「ガイは、とうとう臥《ふ》せったと聞いたが、こちらには来ないつもりか。もうじき冬の寒さがこたえる時期になってくるだろうに」

現在霊廟の離宮で生活しているのは、元青雷《せいらい》の神獣師だったラカンとバルドだけだった。依代《よりしろ》のバルドがもともと身体の丈夫な性質ではなかったため、早々に下山し霊廟に入ったが、齢《よわい》六十を過ぎてもまだ足腰はしっかりとしている。

「リアン様のお眠りになる千影山から、離れたくないのでしょう」

乳白色の衣装に身を包んでいる神官らの中で、唯一、華美ではないが女性らしい身なりをした者が、ラカンとバルドにお茶を運んできた。

「このまま、千影山で眠るか。リアンのように」

バルドの呟《つぶや》きに、神官が答える。

「王が近々、千影山にお入りになるそうです」

「王が」

ラカンは目を閉じた。

「ならば、浄化（死後に魂を清める儀）も近いということか。鳳泉《ほうせん》がまだ決まらず、悔いが残ろうな」

女性が思わず目を伏せる。その心情を慮《おもんぱか》ったバルドが、話題を変えた。

「セイラ殿。菓子の味が変わりましたな。店を変えたのですか？」

優しく微笑むバルドに、国王の妃だった女性は、齢四十を越えてもなお美しい面差しを緩めた。

十六年前に王宮を追放されてから、セイラはいったん霊廟の離宮に幽閉されたが、二年後に幽閉を解かれた。

だがもはや、セイラに戻るところなどなかった。実家のアルゴ家は断絶し、父も、末弟も死に、すぐ下の弟は単体の精霊師として任務に就《つ》くように言い渡された。

王は、セイラにこのまま霊廟の管理者として神官らとともに暮らす道を提示した。セイラは、それをありがたく受けた。

セイラは、先代の先読・ステファネスの墓に花を捧げるのを日課にしている。ステファネスに会いに行く時、セイラは必ず人払いをした。

その日も、霊廟に入ろうとしたセイラは、人の気配にふと足を止めた。

「誰です？　私がこの時間にここに来る時には、誰も近づかないように伝えてあるはず」

セイラの問いに、樹の植え込みの陰から立ち上がった姿があった。

「……母上」

その声と姿に、思わずセイラは手にしていた花を下に落とした。

「キリアス……！」

若き日のカディアスと酷似《こくじ》した容貌に成長した息子に会うのは、五年ぶりのことだった。

先読ラルフネスが、次の王として弟のセディアスを選んでからは、キリアスは霊廟に面会に訪れるのをピタリと止めてしまった。反抗的にもなるだろうと理解しつつも、王宮での立場が今後どうなるのか、懸念していた。

そうこうするうちに内府・ユセフスの命により、正式に王位継承権を剥奪《はくだつ》され、千影山に入山することになったと聞いた時は、安堵した。

あれほどの力動《りきどう》の持ち主ならば、必ずや精霊を操ることができる。王族として生涯を送るよりも、半神《はんしん》を与えられ、ただ一人だけを見ている人生を送る方がずっと幸せだと、セイラには思えたのだ。

ああ、しかし、この子はやはり王族なのだと、その姿を見てセイラは改めて思い知らされた。

「母上、申し訳ありません。私は今日、秘密裏に参りました。ここからで失礼します」

再び植え込みの陰に半身を隠し、声を潜《ひそ》めるようにしてキリアスが言う。

「キリアス、なぜここに……？　もう、下山が許されたのですか？　あなたはまだ入山して三年も経《た》っておらぬはず」

「母上、私が今どうしているのか、王宮からはお聞きになっておられませんか」

セイラは息子の、真剣そのものの瞳を見つめた。全てに対して不遜で、斜に構えていた態度が消えている。強い意志を秘めた目はそのままだったが、物事を見据える目の力強さは、以前の比ではなかった。

「母上、私は今、師匠の許しも得ないまま下山し、恋人とともにおります」

セイラはキリアスの言っていることが分からなかった。

「こい……びと？」

「山で出会い、無理矢理半神にした経緯がありました。その時にともに青雷を所有しましたが、今は外れ、只《ただ》人《びと》の身となっております」

セイラは頭を殴られたような衝撃を受けた。

青雷？

今、青雷、と、言ったのか？　この子は？

「父上は私に、鳳泉の神獣師となることを望んでおられます。ですが、私の半神が鳳泉の依代になることは、お許し頂けない」

「……キリアス……」

「母上……母上は、ご存知ですよね？　その者が鳳泉を宿すことを、なぜ父上が認められないのか」

「キリアス……！」

セイラは臓腑《ぞうふ》の底から震え上がった。全ての言葉が身体中を巡る。鳳泉。青雷。神獣師。王。

「その者は、私のただ一人の従兄弟《いとこ》にあたります」

セイラは耐えきれずに膝をついた。恐ろしさが震えとなって嗚咽《おえつ》となり、慟哭《どうこく》と変わりそうだったがなんとか耐えた。声を張り上げれば、神官らが駆けつけてキリアスを捕まえるだろう。

なんと恐ろしい。

まさか、そんなことになるとは思ってもみなかった。この身が起こした、国への裏切りが、こんな形で我が子に降りかかることになろうとは。

王は、トーヤは、これをどう受け止めているのか。そこに思いを馳《は》せれば、セイラは気が狂う思いがした。

「母上……嘆かれるとは思いました。ですが、お許しください。私は、半神以外の者と通じ合うのはもはや不可能となりました」

地を這うような声でキリアスが伝える言葉が届く。恐ろしいのに、セイラの耳はその声を必死で拾い上げた。

「この国のためにその身を捧げよと言われたら、私は今すぐにでもそうします。ですが、あくまで心は半神とともにありたい。この国の第一王子として生まれ、先読と次期国王の兄でありながら、何を情けないことをと思われるかもしれません。私は半神の手を取るためにこの国を捨てた。貫く道は定めました。あとは、父上のご判断に身を委《ゆだ》ねるのみ。母上、私が今後どんな道を進んだとしても、母上はお嘆き悲しまれるでしょう。ですが、私は全てを承知でこの道を選んだのです。それだけはご理解ください」

セイラは伏せていた顔をゆっくりと上げた。

全てを、承知で。

息子の目は、責めるわけではなく、ただ、強い決意を宿していた。

「……この母が、一体何をしたのか、もう分かっているのですね」

キリアスは静かに頷《うなず》いた。

「誰にも、父上にも、聞いてはおりませんが、私なりにオルガを半神とするために調べました」

オルガ。ああ、そうだ。そう名をつけたのだと、一度セツが手紙をくれたことがあった。

ゼドには、あれ以来一度も会っていない。あれほどの宿命を負わせてしまったのだ。許されるとは思っていない。

「御子様は……」

思わずセイラは目を閉じた。何年経っても鮮《あざ》やかに浮かんでくる、神殿に鎮座するステファネスの姿を思い出し、閉じた瞳からとめどなく涙があふれた。

「お健《すこ》やかにお育ちになりましたか」

「……はい」

キリアスは、そう答えた後、静かに告げた。

「心の底から愛する、私の、半神です」

半神。

その遠き言葉。

全ての者が、その存在を求め、葛藤《かっとう》し、あがき、打ちのめされても、手を伸ばそうとする。

たとえどれほどの宿命が降りかかろうとも、半神がいる、それだけで、生きていけると思えるほどのもの。

カディアスの心情を慮れば、息子の選んだ道を、容易には受け入れられぬだろう。

だが、セイラは母親として、息子が半神を得られたことに、心の底から感謝する気持ちが止められなかった。

お許しを、とセイラは呟いた。

胸を刺されるような痛みを感じつつ、あの時、命を奪われてしまった数多くの人々に、赦《ゆる》しを請うた。

「……教えてくれて、ありがとう、キリアス。どうか、貫いてください。自分が選んだ道を」

セイラは、自分がどんな顔をしているのか分からなかった。涙で、ひどい顔になっているだろう。最後は、笑顔を見せることができただろうか。キリアスは、張りつめた表情を緩め、微笑んでみせた。

そのまま静かに姿を消した息子の残像を抱きしめるようにしながら、セイラは過去に、未来に、祈りを捧げた。

◇◇◇

国境付近の小さな宿場町に入り、キリアスはすぐにシンバを預けた。宿場町には、乗り物であるシンバや他の動物の世話をするのを生業《なりわい》にしている者がいる。

「随分と走らせたな」

「ああ。たっぷり餌をやってくれ。途中岩場が多かったから、餌の質が悪かった。それと……」

宿の老人は首を傾けてキリアスの言葉を遮った。

「昨日からあんたの帰りを待って、何回も何回もここに来て確かめていたよ。こっちは任せて早く行ってやれ」

予定よりも一日遅れてしまったのだから、心細い思いをしただろう。キリアスは宿の裏手に走った。老人に教えられた通り調理場を覗《のぞ》くと、竈《かまど》の火を見ている灰色の髪が目に入った。

「オルガ」

声をかけると、弾かれたように振り返り、満面の笑みで駆け寄ってきた。

「キリアス様！」

飛びかかるように抱きついてくるその身体を受け止める。出会った頃よりも頭一つ分大きくなっても、まだまだ簡単に抱えられる身体をキリアスは抱きしめた。

「遅くなってすまなかった、オルガ」

そんなキリアスの言葉を遮るように、オルガは唇を塞《ふさ》いできた。甘く柔らかい唇にキリアスも夢中になりかけたが、調理場にいる連中がにやにや笑いながら見つめているので、さすがに我に返った。

だがオルガは離れようとするキリアスの顔を引き戻して口を吸ってくる。キリアスは宥《なだ》めるようにオルガの背中を撫でた。

「オルガ、ちょ、ちょっと待て」

調理場の男らに見せたくなくて、キリアスはオルガの顔を自分の顎《あご》の下に収めた。

「なんなの、この子は。それは、あんたらの国のお国柄なのかい？　オルガ、そう人前でべたべた甘えるもんじゃないんだよ！」

調理場にいた宿の女将《おかみ》が呆《あき》れたように言う。

千影山では男同士があたりまえのように口を吸いまくっているので、たとえほんの数日であろうと、離れていた半神が戻った時に口を吸いたがるのは、オルガだけでなく精霊師らの癖のようなものだ。

修行中、いたるところで力動の調整のために男らが抱き合って接吻《せっぷん》する姿をオルガもキリアスも目にしてきた。ああ疲れた、と水を飲む感覚で相手の口を吸っているのだから慣れて当然である。

しかもオルガは男同士の精霊師夫夫に育てられたので、赤ん坊の時からそれを目にしてきた。キリアスはキリアスで王宮育ちなので、神獣師や精霊師らに囲まれて育った。半神同士が身体を密着させている姿など、日常の風景だった。

だがこの辺境の地では、当然ながらそれはあたりまえの光景ではない。精霊師同士の結婚が認められているため、同性の恋人同士に対する偏見はないが、ヨダ国には人前で身体を擦り合わせて口を吸い合う文化はない。

咎《とが》められてオルガは不満そうに口を尖らせるが、これは宿の女将の言い分がもっともだった。

五日前にこの宿場町に入ったが、当然ながらキリアスとオルガを見て、千影山を下山してきたと思う者はいなかった。

キリアスは何も語らず宿を求めたが、女将らも何も訊《き》かなかった。ただ、言葉の端々からどうも他国の者と思われているらしいとすぐに分かった。

ヨダ国は長髪が一般的で、髪の色も目の色も黒や茶の者が多い。ところがキリアスの目は青で髪が短く、オルガにいたっては髪も灰色、瞳の色は水色なのだから他国の者と思われて当然である。

「そう言ってやるなよ、女将。こんな若いのに駆け落ちしてきてさ、相手が帰ってくるのが遅くなったら不安になってあたりまえだろ」

「スーファは、精霊つきを排除するだけじゃなくて男同士の恋愛も駄目なんて言い出したのかい。本当に考え方が狭い国だ」

「でかい方は、元はいい家柄なんだろうにねえ」

どうもスーファ帝国から駆け落ちしてきた貴族の息子と思われているらしい。

「用事は終わったのかい、キリアス」

宿の女将の言葉にキリアスは頷いた。

「ああ。オルガを預かってくれてありがとう。明日にはここを発《た》ちたいと思っている」

「えーっ、明日!?」と、調理場の連中が騒ぎ出す。

「オルガが本当によく働いてくれるから、こいつら惜しいんだよ。冬が本格的に訪れる前に移動した方がいい。分かった。旅の準備は済ませておくよ」

「ありがとう、女将」

「砂だらけだね。早いとこ湯浴《ゆあ》みをするといい」

キリアスが湯場に向かう後ろを、あたりまえのようにオルガがついていくのを見て、女将が止めた。

「オルガ！　あんたはいいんだよ」

「でも女将さん、身体を洗い流してあげるのは半……恋人の役割なんだよ？」

オルガは無邪気にそう言ったが、男たちは皆一様に顔を伏せた。一体誰の受け売りか。おそらくラグーンあたりだろうとキリアスは赤面した。

「ここでは違うよ！　今日の料理は、キリアスが今日こそは帰ってくるからってあんたが腕を振るったんだろう。食材に金をかけているんだからね、最後まで調理しておくれ！」

久々に熱い湯を頭から浴び、キリアスは一息ついて身体を弛緩させた。

麗街《れいがい》を出て十日が経とうとしている。既《すで》に父王にもユセフスにも、状況は報告されているだろう。

イーゼスとライキには、オルガを半神としなければ、鳳泉の神獣師になれないと父王に伝えてほしいと言ってある。

国命に逆らったのだ。すぐに追っ手がやってくると思っていたが、まだ猶予が与えられているらしい。

キリアスは一度、辺境に住むオルガの両親に会っておきたいと願った。

自分の身勝手さからこの宿命に巻き込んでしまったことを、まずは謝罪しなければならないとずっと思っていた。

オルガは両親に久々に会えるのを無邪気に喜んだ。

これから先、どんな運命が待ち構えているのか、薄々分かっているだろうに、オルガは今はあえてこうして二人で旅をしていられること以外に思考を巡らせなかった。

「キリアス様！」

その声に振り返ると、いきなり戸が開いて裸でオルガが飛び込んできた。


ああもう、と思いつつ、愛おしい身体をたまらず抱きしめた。

「そんなに簡単に裸になって。誰かにこの斑紋《はんもん》を見られなかっただろうな？」

「うん、見られてない……」

すぐさま舌を絡め合い、互いの身体に手を這わせる。あっという間に欲情を引き出す愛撫をしながら、キリアスはオルガの耳元に今更囁いた。

「調理場は……？」

「もう火を止めた、から、大丈夫……冷まして、味を、染み込ませて、って、あ、ああ、ん……」

擦り合わせる互いの陰茎がすぐに硬く、赤く染まる。オルガのしなやかな身体を支えながら、キリアスはその肌に舌を這わせつつ告げた。

「オルガ、湯場は響く。声を上げるなよ」

「あ、あ、む、無理……」

胸の先端が色づき始め、快感に震える。そこに口づけたキリアスは、舌に伝わる突起の愛らしさに、理性を失っていった。互いにしごくだけで終わっておこうと思っていたが、どうにも堪《こら》えられそうになくなってきた。

尻の溝《みぞ》に指を這わせると、オルガが腰を震わせながら押しつけてきた。

「ああ……もう、どうしたらいいんだろうな」

「……挿《い》れたい……？」

「ああ……お前の中に、入りたい……」

湯場に響く互いの声が、まるで熱に浮かされているように聞こえる。次第に後孔に埋もれてゆくキリアスの指を受け入れながら、オルガは耳元で囁いてきた。

挿れて。声、我慢するから。

そこまでしかキリアスの理性はもたなかった。オルガの孔《あな》はけなげにキリアスの滾《たぎ》ったものを迎え入れた。

オルガの口からこぼれる嬌声《きょうせい》を吸い取るように、キリアスの唇が、舌が動く。


不思議だな。

精霊を共有していないのに、なんでこんなにも、お前の中を求めるんだろう。

それでも、精を放つ瞬間、キリアスは、共有したい、と思った。

あの共鳴する世界を、もう一度お前と味わいたい。

精霊師を引退した者は、皆こんな風に思うのだろうか。

共有するがゆえに、苦しみ、惑わされ、嘆き、それでもなお、狂おしいほどに愛おしい、二人だけの世界に、入りたいと。

◇◇◇

翌日、キリアスとオルガは宿場町を出発し、オルガの両親が住む村へシンバを走らせた。

オルガの両親であるコーダとカイトは、精霊に憑《つ》かれて悩む人々を助ける呪解師をしている。

王都ならばともかく辺境では呪解師の数が少ないため、オルガの両親は一か所に留まらず、各地を転々とし、人々の求めに応じていた。

「俺が幼い頃は、ちょっとしたことでも危険を察して青雷が雷を出したそうだから、とても人が多いところでは暮らせなかったんだろうね」

「しかし、お前の両親の存在は、人里離れた場所に住む者たちにとって、どれほどありがたかっただろうな」

キリアスの言葉にオルガは嬉しそうに頷いた。

「俺が十二歳の頃には定住するようになった。お父さんだけ、小さな集落の人の求めに応じて往診を続けているけどね」

「お前が滅多《めった》に雷を出さなくなったからか？」

「ううん。捨て子を育てる集落を作ったんだよ」

捨て子。オルガの言葉にキリアスは思わずシンバの動きを止めた。

今から行くところは、スーファ帝国との国境に近い。

「……スーファが斑紋を持つ子供を捨てているんだな」

オルガは頷いた。

「俺、ちゃんと説明を受けなかったし、どうしてこの子らは捨てられるのか分からなかった。斑紋の意味もよく分かってなかったしね。国境を越えてきてまで、どうしてこのお母さんは泣きながら子供を捨てるんだろうって不思議で仕方なかったよ。……スーファが、精霊を宿しやすい斑紋持ちの子を排除していると知ったのは、千影山に入ってからだよ」

『里子の村』というのだそうだ。


スーファ帝国が精霊を邪悪なものとし、斑紋を宿す者を排除すると教義の中に入れてから、親が、泣く泣く子供を捨てに来る例が後を絶たなくなり、オルガの両親は有志らと村を作ったのだそうだ。

「正式に国の援助も受けてるんだって。セツ様に聞いたら、ゼド様がユセフス様にお願いしたらしいよ。キリアス様、知ってた？」

「いや……全然知らなかった」

国の中枢に、ヨダ国だけでなく他国からの捨て子で斑紋を宿す子供を育てる施設があるのは知っていたが、辺境にそんな村があるとは知らなかった。

ヨダ国は、同性同士である精霊師が結婚を許され、養子を取ることが認められているからか、文化として養子を育てるのに抵抗がない。

里親となり、他国からの捨て子を養子にして大事に育てている者も多い。ユセフスの筆頭補佐官のエルがいい例だ。

「エルさんの娘さんって、斑紋が大きいんだって。そういう子は、精霊師夫婦に預けられるんだって。ほら、多少やっかいな精霊に取り憑かれてもお父さんやお母さんが排除できるでしょ」

「まあ、確かに最強だな」

森を抜けようとした時、オルガは堪えられなくなったのかシンバを駆けさせた。

森の先、岩場に囲まれた地帯に小さな集落があった。夕方の金色の光が降り注ぐ家々からは、竈の煙がもうもうと立っている。その光めがけて飛び込んでいくオルガの後ろ姿を、キリアスは見つめた。

「ただいま！　お母さん、お父さん！」

何事かと人々が出てくる。一人が、大きな声で喜びに満ちた声を上げた。

「まあ！　オルガ！　お帰りなさい！　先生、コーダ先生、カイト先生、オルガが帰ってきました！」

その声を聞いて、建物の中から飛び出してきた二人に向かってオルガは走り出した。

「お母さん！　お父さん！」

「オルガ……！」

カイトは両腕を広げて、飛び込んでくる息子をひしと抱きしめた。

コーダも顔中喜びでくしゃくしゃにして、カイトに抱きしめられた息子を伴侶ごと抱きしめた。

「信じられんな、あの赤ん坊がこんなになっちまったよ、カイト、どうする」

「本当に、こんなに大きくなって……コーダ、ほら見てくれ、俺ともう変わらないよ。どっちが抱きしめているのか分からないくらいだ」

村の人間らが三人を囲みながら喜ぶ姿を、離れたところからキリアスは見つめていたが、コーダの方が賑《にぎ》やかな輪の中から出てきた。

「……初めまして、と申し上げてよろしいですな。オルガの父です。コーダと申します」

「キリアスだ。……大事な息子を、勝手に半神にしたことを詫びに来た。一発や二発じゃ足りないと思うが、覚悟している」

コーダは高らかに笑い出した。明るい男らしい。コーダの笑い声に、カイトもキリアスの方へ近づいてきた。

「カイトと申します。コーダの半神です。キリアス様、よくいらしてくださいました」

「ようやくというところだ。本来ならばもっと早く詫びに来なければならなかった。遅くなってすまない」

「いいえ、いいえ。詫びなんて。よく、あの子を半神にしてくださいました。入山してすぐに授戒《じゅかい》しましたので、どうなることかと思いましたが、共鳴できて本当によかった」

　カイトの言葉はありがたかったが、キリアスは眉を曇らせた。

「麗街でのことは聞いたのか？」

「青雷が現れたというのは、風の便りでここまで届きました。その前にゼド様から、どういう経緯があったのか教えて頂きましたので、もう、青雷が離れていることも知っております」

「……その辺の事情も、俺の口から説明しなければならないと思ってここまで来た」

　キリアスの低い声にコーダとカイトは顔を引きしめて頷いた。人の輪から出てきたオルガが、駆け寄ってくる。嬉しくてたまらないという表情で、キリアスの腕を取って引っ張った。

「来て、キリアス様。皆に紹介する」

「なんて紹介するんだ」

「俺の旦那様！」

　ちょっと待て、まだ父親にさえその紹介はされていない。キリアスが思わずコーダとカイトを振り返ると、カイトは笑いを堪《こら》えていたがコーダは顔を引きつらせていた。

　村人は当然、キリアスが王子などと思いもしない。青い瞳をまじまじと見つめてくる。

「スーファ？　アウバスの方ですか？」

「他国の者でも、千影山で修行できるのでしょうか？」

　村人の中には、明らかに他国出身と分かる大人もいた。

「子供だけを捨てられず、夫婦ともにこの国に留まった者もおります」

　振り返ると、そこに見知った顔があった。麗街でゼドの紹介で会った、元アウバスの士官、ウダだった。

「お久しぶりでございます」

「ウダ、この村にいたのか」

　ウダは静かに頷いた。

「この先でゼド様に助けられて以来、息子とともにこの村のお世話になっております。子を捨てられず、この国に入った親は私の他にもおります。子の将来を案じているのです。他国の者でも、ヨダ国の里親に養子に出さずとも、子は千影山に入山できるのかどうか教えて頂けますか」

　キリアスは思わずコーダとカイトを振り返った。二人とも、困った顔をしている。先にコーダが口を開いた。

「私たちの世代には、他国出身の親から生まれて精霊師になった者はおりませんでした。上の世代では、入山者すら皆無だったような気がします」

「千影山は神聖な場所ですから、他国の者の入山を禁じていたのかもしれません。すみませんが、今の状況を教えていただけませんか？　御山《おやま》の情報は私たちには入ってこないので……昔とは変わっていると思うのですが」

自分の無知さにキリアスは絶句した。

彼らのような存在がいることすら、自分は知らなかったのだ。

自分があの王都で見て学んできたものは、一体なんだったのかと思うくらいの衝撃が、キリアスを揺さぶった。

千影山に入り、様々な人間と知り合い、修行をすることで多少ものが分かった気がしていたが、まだまだ、この国が孕《はら》んでいるものを知らなかった。

「ラグーン師匠のところに、俺と同じように、目の色が薄い先輩がいたよね。俺のこと、最初は他国出身だと思って喜んだんだよ」

オルガの言葉にキリアスは思い出した。

「ああ、そういえばいたな。最初はルカのところに弟子入りしていたが、操者がどうも成長しないんでラグーンのところに入った奴か」

「そうだよ。でもあの人は施設の出身だって言っていた。元はスーファ人で、斑紋が大きいから十歳の時に親元から離れて施設に入ったって」

オルガの答えに、親たちは落胆したようにため息をついた。

「やっぱり、中央に預けなきゃならないんですね」

中央に預けるとなると、親権は放棄して国に任せることになるのだ。

「でも、別に、精霊師にしなくてもいいんじゃないか。千影山で半年修行するだけで、護符に頼らなくたって生きていけるってジーン先生言っていたよ？　そのくらいなら、きっと他国出身だって入山させてくれるよ」

オルガの言葉に、親の一人が顔を曇らせた。

「しかし、話によると、精霊師は一生優遇されると聞きました。今、この国では差別を受けることはないですが、この先スーファやアウバスとの関係がどうなるか分からないですし、親としてはせっかく能力があるのなら、精霊師として安泰な道を進んでほしいんです」

オルガはそれを聞き、一瞬唇をきつく引き結んだ後、言った。

「俺の先輩は、相手の操者が精霊師になれないかもしれないから悩んでいた。親が手放してまで施設に入れたのに、その期待に応《こた》えられないかもしれないって。でも、その人しか嫌なんだって言っていた。修行は、大変だよ。この人と決めてそれを貫くのだって大変。だから、その子の人生に、幸せになること以外の期待をかけないであげて」

幸せ。

果たして、それは一体なんなのだろう。

今自分たちが選び、進む道は、幸せと言えるのだろうか。

オルガにとって。コーダにとって。カイトにとって。

この国にとって。

キリアスは、揺るぎない意思を秘めるようになったオルガの背中を、ただ見つめた。


ウダの子・レオが、胸の斑紋を見せに来た。

確かに大きい斑紋だった。十歳以下の子は斑紋が大きくてあたりまえなのだが、それにしても大きい。

レオの斑紋は首の下から胸にまで及んでいる。ゼドが授《さず》けた守護精霊が宿っているので斑紋は濃くなっていた。十四歳の入山時期までには若干小さくなるだろうが、十分器《うつわ》として成り立つ斑紋である。

「どうかレオにオルガの斑紋を見せてやってもらえませんか？　オルガは子供のころから青雷を宿していて、参考にならないかもしれませんが。私は齢をとって斑紋も薄くなりましたので、他の斑紋を見たいとレオが言いまして」

半神であるキリアスに許可を求めるカイトの言葉に応じて、オルガがレオに腹を見せると、レオは大声を上げるほど驚いた。ウダも目を丸くしている。

斑紋が広がる箇所は人それぞれで、大抵は上半身だが、足に丸く一か所だったり、肩から胸にかけて線を描くように細長かったりする者もいる。

神獣の依代は、上半身の半分は余裕で覆うほどの大きさの斑紋を所有する。オルガは臍《へそ》を中心として腹から胸、下腹部まで斑紋が広がっている。青雷の青い契約紋は消えたが、その青々とした斑紋の色は失われていなかった。

「青雷を外したら、色も大きさも変わるかと思ったが、全然変わらなかったな。……ここまでの斑紋はやはり他にはいない」

キリアスの言葉に、レオはうわああんと声を張り上げていきなり泣き出した。

「お父さん、ぼく、精霊師になれないよう～」

オルガの斑紋を見て自分には無理だと思ったのだろう。泣いてしまった子をオルガは抱きしめた。

「ごめんごめん、レオの斑紋はすごく大きいよ。俺は赤ん坊の時から神獣を宿していたから他の人よりちょっと大きいんだよ。レオは精霊師でも大きい方だ」

レオは涙をいっぱいに浮かべながら、オルガを見上げた。

「ほんとう？」

「本当本当。レオは、精霊師になりたいんだね？　千影山で修行したいの？」

「なりたい。修行して、大きくなって、強くなりたい」

レオは、今年十歳になるそうだが、幼い頃から精霊に悩まされてきたせいで、七歳ほどの体軀《たいく》でしかない。

「ここに来た子は全て成長が遅いです。親としては、精霊の存在に悩まされずに成長できるだけで嬉しいですけど、レオは八つでようやくこの国に入ったので、他の子よりもずっと身体が小さいのを気にしています」

父親のウダが説明すると、泣いたことが恥ずかしくなったのか、レオは袖でごしごしと顔を擦った。

「十歳か」

キリアスが身を屈《かが》めて訊くと、レオは頷いた。

「うん」

「こら、レオ、敬語を使いなさい」

「いい、構わん。俺の弟も十歳だ。身体は小さくとも、男として強くなりたいと思う年頃だよな。千影山は、修行修行で大変だが、いい師がいる。いい友にも巡り合える。その斑紋ならいずれ必ず精霊を宿す。がんばれよ」

「本当？　ぼくが遊牧民《ウバド》の子でも？」

無垢な瞳で見つめてくるレオに、キリアスは頷いた。

「ああ、約束する。いずれ必ず、他国の者でも精霊師になれるようにする」

オルガの視線が向けられるのを感じながら、キリアスはスは立ち上がった。

「このままスーファが教義を変えねば、他国が斑紋を宿す子供を煙たがるのを止めねば、ヨダには他国からの捨て子や、国を捨ててきた家族が増え続けるだろう。そして彼らから、ヨダ国民よりも強い弦《げん》や大きな器《うつわ》を持つ者が現れないとも限らないのだ」

人が増えれば、道も多岐に渡り、新たな精霊との付き合い方を模索する必要が出てくるかもしれない。

それでも、精霊を排除するのではなく受け入れることで国家を存続させる道を選んだ以上、ヨダも変わらねばならない。


村人らが去り、キリアスとオルガはコーダとカイトの家で夕食を取った。

久々の母の手料理に、オルガははしゃぎっぱなしだった。キリアスに向かって昔話をし、両親に向かって修行の話、神獣師や精霊師の話をした。いつもは口数が少ない方なのに、話が止まらず食事が遅くなるほどだったが、コーダもカイトもうんうんと頷いて話を聞くだけだった。

「さあ、今日は疲れたでしょう。ゆっくり休んでください。部屋の用意はしておきましたから」

カイトがキリアスに向けた言葉にオルガは不満を漏らした。

「キリアス様は俺の部屋でいいじゃない」

「お前のベッドはキリアス様には小さすぎるよ」

「じゃあ俺も客間で寝る！」

キリアスに抱きつくオルガの態度に、ハハハ、とコーダが乾いた声で笑った。

「オルガ、久々にお父さんとお母さんと一緒に寝るか？」

「何言ってんのお父さん!?　俺をいくつだと思ってんの！」

がっくりと肩を落とすコーダを見て、思わずキリアスは謝りそうになったが、カイトは気にしなくていいからというように手を振ってみせた。

「じゃあオルガ、寝る前に布団を温めておいで」

湯たんぽを抱えながら、オルガは客間に向かった。それを見届けてから、カイトは言った。

「ここに来られた事情はもうある程度分かっています。

ですが今日のところは、帰宅の喜びのままあの子を眠らせてやってはくれませんか」

いつ追っ手がやってくるか分からない。今夜にでも話をしなければならないと思っていたが、先にカイトからそう言われて、キリアスは頷くしかなかった。キリアスとて、喜んでいるオルガの心を乱す話はできることなら避けたい。

「……一つ訊くが、オルガの親については、ゼドから何も聞いてはいないんだな？」

「はい。一切聞いておりません」

「あれほどの斑紋を宿していても、訊こうとはしなかったのか」

「はい。たとえどこの誰の子供だろうが、私とコーダにとっては愛おしい息子以外の何ものでもありませんから」

毅然《きぜん》と答えるカイトに、キリアスは頭を下げるしかなかった。

「すまん。それほど愛しんで育てた息子に、俺はとんでもない宿命を負わせてしまった。わざわざしなくてもいい苦労をさせ、知らなくてもよかった出生の秘密を、否応なく知ることになる。それを招いたのは俺だ」

いいえ。キリアス様。カイトは微笑みながら言った。

「キリアス様、お間違えないように。精霊を宿す者を選ぶのは、この国の意志。そこに人の意志は、ありません。人の行動も、思惑も、関係ない。全てが精霊とともにあるだけです。人の身が為すことなど、たかが知れています。人は容易《たやす》く濁流にのまれていく。ですが、人は、その濁流の先に、必ず辿り着けるのだと私は信じています。全ての宿命を、受け入れて、克服することができる。そのために、我々には、唯一無二が、半神が存在するのです」

キリアスは、かつて父王が入山前に語った言葉を思い出した。

全てが精霊とともにある。お前が、その意味に気づくのは、はるか先だ。

己一人ではその運命に耐えきれぬがゆえに、我らの始祖は、半神を求めたのだ。

キリアスは、半神の手を、心の中でもう一度握りしめた。

二度と、何があろうとも、この手は振り払うまい。

濁流に流された先がどこであろうとも、必ず二人で立つために。

　オルガとキリアスがこの村に来て三日経っても、キリアスはまだオルガに今後について話せなかった。

　ちょうど里親希望者が来る予定があるとのことで、カイトが子供を里子に出す流れを説明してくれた。

「うちは人身売買ではないのですから、きちんとここまで引き取りに来てもらって、その子について詳しい説明をして、最初はうちの村の者が養育指導のために一緒についていくんです。その後は居住地区の行政担当者に引き継ぎします。ですが今回は、その行政の担当者も一緒に来たいと言っています。というのも、里親希望の夫夫《ふうふ》が現役の精霊師だからです」

　カイトの説明にキリアスは複雑な事情を感じた。

「その精霊師夫夫は軍人か？」

「近衛の第一連隊長夫夫です」

　キリアスは一瞬声を失った。目の前のコーダは無言で頷いた。もともと近衛に所属していた精霊師である。今の第一連隊長が誰なのか、分かっているのだろう。

「アジス家のセイルが、ムツカと結婚をしたのか？　セイルはアジス家の次期当主だろう。アジス家は二人の結婚を許したのか？」

「こちらでは養子先を徹底的に調べますから分かったのですが、アジス家の当主は許していません。それもそのはず、あの家は、代々次期当主は精霊師として近衛団に配属されますが、家に逆らえず、女と形だけの結婚をして子供を産ませる。半神は実質愛人に甘んじますから。血統だけが全てではないとあの家では言い切れませんからね。実際能力が高い人間しか生まれません」

　トーヤやクルトのように幽閉されて神獣の依代となるべく育てられたわけではないのに、ライキは神獣の操者になっているのだ。そしてセフィストも、ダナルには及ばなかったとはいえ、神獣師に匹敵する能力の高さはあったのだろう。このような家系ならば、血統の存続を何より望んでもおかしくない。

「半年前に一度、二人でここを訪れましてね。夫夫として子を育てたいのだと言っていました。アジスの悪習については我々も分かっていましたが、セイルは自分の代でそれを完全に絶ちたいのだと説明しました」

　国王カディアスは、アジス家に対し、今後トーヤやクルトのような子供を作ったら、断絶どころか一族全て処罰すると厳命を下している。

「だがおそらく、それでもやる、と言っていました。国がより大きな器を欲する限り、また許されると思っている、と。なので、ムツカと結婚するのと同時にセイルがアジスを継ぐように、内府と護衛団のライキ様が動いたそうですよ」

「ライキが」

「セイルがアジスを継がなければセイルの妹が継がされる。そうすれば必ず子供は同じような目にあう。それを懸念しているんです」

深刻な顔のコーダを宥《なだ》めるように、カイトが言った。

「セイルは、半神と結婚する意志表示のために子供を欲していると思うかもしれないが、本当に育てたいのだと言っていました。半神のムツカが大家族で育ったので、子供好きで扱いにも慣れていまして。セイルはここの子供らに囲まれて、赤ん坊を抱くのもおっかなびっくりでしたが、ムツカは本当に楽しそうで。そんなムツカとセイルを見ただけで、ああこの夫夫は大丈夫だろうと思いました」

キリアスはくそ真面目な顔でいつも任務に就いているセイルの顔を思い出した。小柄なムツカを守るようにいつも立っていたが、守られていたのはセイルの方だったのかもしれない。

夫夫となり、子供を育てる。キリアスの耳に、子供らと遊ぶオルガの笑い声が届いた。

このまま、この村で、夫夫として生きていくことができたら、どれほど幸せかと思う。

だが今、中央から役人が訪れるのならば、自分たちの存在を無視はできまい。

せっかく子供を引き取りに来るセイルとムツカの心を、悩ませることがあってはならなかった。


その夜キリアスは、オルガを両親とともに呼び出した。

居間でオルガと向かい合い、その両脇にコーダとカイトに座ってもらった。

「オルガ」

暖炉《だんろ》の前で、キリアスはオルガの手を取った。ぱちぱちと薪《まき》が音を鳴らす。オルガの髪は、暖炉の灯で艶やかな銀色に光っていた。その色を、キリアスは見つめながら言った。

「お前の親について、俺なりに調べていたことがある。聞いてもらえるか」

オルガの瞳が、水面《みなも》のように揺れる。

「ゼド様の、弟、でしょ？　アルゴ家の……」

「そうだ。前の摂政の息子で、俺の母の弟にあたる。カザン・アルゴ。そして、この男は……」

キリアスはオルガの手を握りしめた。

「鳳泉の、神獣師だった男だ」

オルガの両脇のコーダとカイトの方が息をのんだ。オルガは、その言葉が染み込んでいかないというように、ぽかんとした表情のままだった。

「父王が、お前を、鳳泉の神獣師にできないという理由は、おそらくここにある。お前は……」

「ちょっと待って、キリアス様」

オルガは何か恐ろしいものを見るような表情になった。

「鳳泉の依代は？」

「トーヤだ。お前の父である、カザンの半神だった」

オルガの身体が傍目にも分かるほどに震え上がった。顎を震わせながら、やっとのことで声を出す。

「お……お、れ、の、俺の、母親、は……？」

キリアスは黙った。

「キリアス様!?」

「それは……俺も断言はできない。真実を知る者の口から、お前に話すべきだと思う」

「キリアス様は、知っているの!?」

「おそらく、そうだろうと思うだけだ。色々なことを重ね合わせて、俺なりに結論を出しただけで本当かどうかは分からない。ただ……」

自分の予想が真実だったならば、あの父王の怒りは、もっともだと言わざるを得ない。

オルガを鳳泉の神獣師にするなど絶対に認めたくないと思うのも当然だろう。

「オルガ。今ヨダ国は、隣国との状況が悪化している。攻撃型最上位の青雷が不在のままの状態で、戦うことは危うい。俺は、鳳泉の神獣師となり、弟と妹を、この国を救いたいと願う。それが王族として生まれた者の運命だと思うからだ。そう思って、鳳泉の修行をしていたが、俺はお前以外の者を半神とするつもりはない。オルガ。お前が知る真実は、お前を打ちのめすほどに大きなものだと思う。だが、俺はたとえお前が何者だろうが、お前を……」

「キリアス様。カザンは、俺の父親は、半神を裏切ったの⁉」

オルガがキリアスの言葉を遮って叫んだ。

「オルガ……。半神、といっても、その関係性は、色々だ」

「色々じゃない！　どんな半神だって、唯一無二でしょう⁉　少なくとも俺が知っている神獣師も精霊師も皆そうだったよ！　どんな理由があったって、唯一無二、それが半神でしょう！　違うの⁉」

キリアスは黙るしかなかった。オルガの両親についての考察したとはいえ、これが真実だとは言い切れない。オルガの言う通り、考えれば考えるほど、なぜ、という疑問が湧いてくる。こうして半神を手に入れてみると余計に。

どんな神獣師とて、皆同じ道を通ってきたわけではない。自分たちの関係の何が分かると皆思っているだろう。ミルドとユセフス然《しか》り。クルトとライキ然り。イーゼスとハユル然り。その共有する精霊の世界がどうなっているのかなど、彼らにしか分からない。

「俺たちは、真実を、知らなければならない。それを知ることが、宿命だと思う。俺と、お前の」

キリアスは興奮するオルガの手を再び取った。細かく身体が震え、息が荒くなっている。精霊を共有していればこんな震えはすぐにでも止めることができるのに、今はこうして握りしめることぐらいしか、できない。

「忘れないでくれ、オルガ。たとえ何があったって、俺はお前とともにいる。……俺と山で出会わなければ、もしかしたらお前は、国に関わることなく、ただの人としての一生を終えられたかもしれない。皆がそれを、望んでいたのかもしれないんだ。お前の存在を、国に繋げてしまったのは、俺だ。恨んでくれても構わない。俺との出会いを、後悔してくれても構わない。だが、俺の唯一無二は、お前一人だ。お前が選ぶ道を、俺は行く」

ただ、必ず、知ることになる。王宮からの追っ手は、すぐそこまで近づいてきている。

「怖いだろうとは思うが、真実を、聞きに行こう。オルガ」

キリアスの言葉に、オルガは答えることができなかった。

カザン・アルゴが鳳泉の神獣師だとオルガに告げてから、オルガは出会った頃に戻ったようにほとんど口を開かなくなった。

「あの子がああなっては、放っておくしかありません。自分で納得するまではあのままです。頑固な子ですから」

キリアスとコーダは気が気でなかったが、カイトはきっぱりと言った。

「キリアス様。あの子が生まれてすぐ私たちにゼド様が預けられたこと。青雷を手放しても助けようとされたこと。そしてあの容姿。普通の生まれではないことは、薄々は分かっておりました。それでも、十六歳になれば青雷は外れると知っていても、この国を、精霊というものを、それを宿せる自分を知ってほしいと願って、千影山に送り出したんです。貴方様との出会いは、あの子にとっては福音《ふくいん》でございました。私はそう信じております」

カイトの言葉に、キリアスは頭を垂れるしかなかった。

しかしあれほどまとわりついてきていたオルガがまったく寄ってこなくなり、情けないことにキリアスは心が沈むのを止められなかった。せめてあの身体を抱きしめたい。だがオルガの背中が全てを拒絶しているのが分かる。ここに千影山の口の悪い連中がいたら、オルガの様子を確認しては落胆してウロウロするキリアスを見て、まるで犬のようだと大笑いするだろう。

「オルガはキリアスサマとけっこんしないの？」

子供らの無邪気な声の中心に、オルガが腰を下ろしている姿が目に入った。キリアスは思わず建物の陰に隠れて、気配を消した。

「ダンナサマって、言ってたじゃない」

「結婚できないんだよ。男同士だから」

オルガの言葉に、レオが反応した。

「オルガは精霊師なんでしょ？　精霊師同士なら結婚できるよ？　ここに子供を預かりに来た人たち、結婚してたよ？」

「精霊師ならね。でも俺は、神獣師になるから」

「シンジュウ？」

「最も大きい、力のある精霊のことだよ。みんな、すごく綺麗なんだ」

「オルガ、見たことあるの？」

「あるよ。百花《ひゃっか》、紫道《しどう》、光蟲《こうき》、そして、青雷……」

オルガの顎が、わずかに天に向けられる。

「……鳳泉は、どんなものなのか、まだ、知らない。これから、知る」

キリアスは消していた気配を知らず知らずのうちに戻してしまった。

その場に佇んでいると、子供たちがやってきた。

「ホントだ。キリアスサマいたよー、オルガ」

「こっちに連れてきてー」

子供たちに手を引かれてキリアスはオルガの傍《そば》まで来た。オルガは乾いた土に腰を下ろしながら、子供らをまとわりつかせているキリアスを見上げた。

「俺の、恋人なの」

「……ああ」

「旦那様なんだ」

「ああ」

「でもね」

オルガは、水色の瞳を水面のように揺らしながら、微笑んだ。

「俺は、キリアス様と、半神になりたいんだ」

キリアスは手を伸ばし、その身体を抱き上げるようにして腕の中に収めた。ひたりと隙間もないほどに、身体を密着させた。全て包み込みたかった。精霊を宿していた、あの時のように。

戻ってくれるか。あの世界に。

もしかしたら、以前とは比べものにならないほどに、苦しみと、葛藤が、襲いかかるかもしれない。

それでも、俺はもう二度と、お前に通じる道を、閉ざしたりはしない。

これからの俺たちの世界が、一体どんなものなのか、俺にも分からない。

だが俺は、お前の宿す世界を、美しく、してみせよう。

お前があれほど美しい青雷の中を見せてくれたように、今度は俺が、新たなる鳳泉の世界を、優しさだけで満たそう。

どうか。

これから先の、俺の生は。

ただ、オルガだけを、守るために。


「……内府と、鳳泉の神獣師って、どっちがえらいの？」

「……位だけなら鳳泉だろうが……どうしてだ？」

「俺が、鳳泉の神獣師になったら、この村にもっともっと人手を増やして、捨てられる子供や逃げてくる家族をたくさん助けるようにできるかな？」

裸のままで身体を擦り合わせながら、閨《ねや》の睦言《むつごと》とは程遠いことをオルガが話す。

その唇に口づけながら、キリアスも応じた。

「ああ、そうだな。それはユセフスの許可を得るまでもない。もっともっと、助けられるようにしよう」

「他国の子でも、精霊師になれるように、しようね」

「ああ。千影山のジーンやテレスは、今以上に大変になるだろうけどな。あいつらのような、優秀な教師をいっぱい増やさなきゃな」

「キリアス様がいつか言ったでしょ。呪解をちゃんとできる人材を呪解師として、国が正式に認定するようにしたいって。ねえ、もし、精霊師になれなくても、自分の意思でその道を選ぶことができるようにしたいね。半神の手を、諦めることがないように」

「……そうだな」

オルガの肢体に口づけを降らせながら、キリアスはその言葉一つ一つに応じた。

次第にオルガの口数が減って、熱い吐息に変わってゆく。滑らかな身体に手と唇をキリアスは這わせ続けた。オルガの快楽を求める箇所はふるふると震えていたが、そこに直接刺激を与えてしまうのが惜しいくらいにこの身体が愛おしかった。身体の背面から、側面に、キリアスは触れ続けた。

「ん……ん」

首の後ろに口づけていると、オルガが首をひねって唇への接吻を求めてきた。半開きになった口からちろりと赤い舌が見える。そこに舌を挿れながら、キリアスは、オルガの陰茎をするりと撫でた。愛撫に喜んで先端からぷくりと液があふれる。

後方から亀頭の先まで優しく愛撫しながら、口の方は息を吸い込むのも難儀なほどに舌を絡ませた。口内への激しい愛撫に、オルガは苦しそうにかすかに声を漏らしながらそれに応え、下への優しい愛撫には不満そうに腰をくねらせた。

「は……あ」

さすがにキリアスも欲情が堪え切れなくなってきた。寝台の上にオルガの身体を仰向けに横たえると、開かせた足を肩に乗せた。小瓶の蓋を開けて香油を掌《てのひら》に流しながら、目の前で震える陰茎を口に含んだ。

「あっ……ん」

オルガの下生えはまるで鳥の羽のようにふわふわと薄い。髪の色よりももっと薄い色をしていて、香油で濡れた指先でそれを撫でると、艶やかに光った。

随分と柔らかくなった後孔が、きゅうきゅうと指に絡みついてくる。その感触にキリアスはどうにも疼《うず》きが抑えられなくなった。オルガの足を肩に乗せたままの格好で、身体をわずかに起こす。

オルガの瞳は、太陽には溶けてしまいそうな淡さを見せるのに、闇の中では輝きを見せる。

吸い込まれそうな瞳を見つめたまま、キリアスは自分の興奮をゆっくりとオルガの中に挿れた。

切なげに眉根が寄せられ、顎が上がる。静かにそのまま身を沈めると、その小さな箇所は絡まるように抱きついてきた。

それは、無邪気に飛び上がるように抱きついてくるオルガの抱擁を思い起こさせた。

いつまでも、この素直な無邪気さが、残ってくれるように。

キリアスはその身体をきつく抱きしめながら、そう願った。

◇◇◇

その日は、珍しく朝から冬晴れとなった。

村の若い男たちと冬を越すための薪を割っていたキリアスは、ふと、鉈《なた》を振る手を止めた。

前方からやってくる気配に、集中する。

「……キリアス様?」

その様子に気がついたウダに、キリアスは告げた。

「すまんが、俺はここで作業を止めてもいいか。……村を去る準備をしなければならない」

「キリアス様」

ウダの表情が曇る。キリアスは安心させるように微笑んでみせた。

「逃げるつもりはもとよりない。あっちもそれを分かっているのだろう。馴染《なじ》みの奴を送ってきた。護衛団の第一連隊長で、内府の義兄にあたる男だ。俺が軍に入隊した時の世話係だった男だよ。決して、威圧的な態度でこの村に入ってきたりしないから安心しろ」

ユセフスの義兄でミルドの実兄・ハザトである。キリアスにとって馴染みのある精霊師を寄越すことが、ユセフスの精一杯の心づくしのような気がした。

「麗街で、氷を使った人?」

オルガが不安そうに見上げてくる顔を、キリアスは両手で包み込んだ。

「大丈夫だ。ハザトはいい奴だから。半神のラヴァルもな。こちらに気配をわざと教えるように、ゆっくりと歩んできてくれているよ。着替える余裕は十分にある」

不安を抑えきれないのか、オルガが抱きついてきた。キリアスは宥めるように背中を撫でたが、カイトはそっとオルガの肩を摑んだ。

「オルガ。王宮に行くのです。身を清めなさい。いつまでもそのようにしていては、キリアス様にも迷惑がかかりますよ」

母の言葉にオルガはこくりと頷いた。

「キリアス様も。ささやかなものですが、新しい服を用意しておきました。どうか、こちらへ」

「……すまない。感謝する」

キリアスは、土埃《つちぼこり》を落とすために水場に向かった。

◇◇◇

お前の依代だと紹介される前に、その者はもう鳳泉の神獣師となることを義務付けられていると教えられた。

先読・イネス様の指名を既に受けている、と。

それゆえに表山《おもてやま》に置いておくこともできず、かといって不用意に他の修行者と接触させるわけにもいかず、裏山の外れに一人でいる、と聞いていた。初めて顔を合わせた時には、獣が人を警戒するような瞳を向けられた。

「……誰だ」

その質問に、なんと答えていいものか迷った。まだ半神と決められたわけではない。だが、ガイの口からはなぜか自然とその言葉が出た。

「お前を……守る者だ」


操者とは、依代を守る者だ。

ガイは、全ての操者の修行者に、まず第一にこれを教える。骨の髄まで叩き込む。

依代は無条件で操者を守ってくれるのだ。お前らは、たとえどんな状況になったとしても、依代の器を、抱きかかえ、守らなければならない。

俺には、それができなかったのだと、続く言葉をいつもガイは飲み込んだ。

そんなことはない、とリアンは言った。

最初に出会った瞬間から、俺は守られてきた。あんたが俺の半神でなかったなら、この身はとうに鳳泉に喰われて魔獣と化していたかもしれない。

最愛の男。最愛の半神。これほど愛おしい存在と巡り会えた人生に、悔いなど一つもない。

なら、なぜともに死ぬと誓ったあの約束を守らせてはくれないのか。次第に弱りつつある身体を抱きしめながら、情けなくも慟哭《どうこく》した。

最期の一年は、人生で初めて、二人だけの世界にいた。こんな我儘《わがまま》を許してくれた王にも、仲間にも感謝はしなくてはならない。だが、これから先、命が尽きる最後の瞬間まで、この国の行く末を見てほしいと願うリアンを、恨みさえした。

「酷《こく》なことを言っているとは思う。だけど、ガイ。このまま俺とともに死ねば、未だに俺を救えなかったと後悔しているあんたの心が救われない……。俺は、あんたに会えただけで幸せだった。これほどの男を半神にできた運命に感謝している。十六歳の時、なぜイネス様に選ばれてしまったのか、この斑紋を忌《い》み嫌うまでになっていた俺は、十八歳であんたに出会った瞬間に、あんたの半神でいられるなら、そんなことはどうでもよくなった。イネス様が狂った原因も、もしかしたらそこにもあったかもしれない。あんたには、悔いを残して死んでほしくない。どうか、この先の道を、全てが浄化されて未来に繋がった先を、見てきてくれ。俺にそれを、教えてくれ……」

「……リアン」

その名を呟くとともに、光が目に入った。ああ、まだ生きているのだと頭のどこかで思う。

「……お目覚めになりましたか。お加減は……？　少しは、お水でも」

初めて出会った頃のリアンによく似た面差しの若者が、近くで微笑むのが目に入った。病が悪くなってから皆が気を利かせて看病にと送り込んできたのだ。確かにリアンの甥だけあって似ているが……。ガイは苦笑した。そんなことをしなくとも、この心の奥襞《おくひだ》の隅々に、リアンは宿っている。

「レイ、お前は青雷の修行に励まなければならない身だ。ジュドのところへ戻れ」

「しかし、王がもうすぐ、千影山に入山なさるとのことでした」

王が。ガイは、ふっと力が抜けるのを感じた。安堵ゆえだったが、レイが思わず身を乗り出す。

「御師様《おしさま》」

「まだ、もつ。案ずるな……。王に、会うまでは、この身は持ちこたえねば」

カディアス王は、千影山総責任者アンジの案内で、裏山のひずみを通り抜けた。従者と神官らは、千影山管理人マリスとともに表山に残った。

山に慣れていてつい足早になってしまうアンジが速度を落とそうとすると、カディアスはそれを制止した。

「いい。大丈夫だ。早く案内しろ」

寄合所に辿り着くと、カディアスは土埃を払う暇もなく、中へ飛び込んだ。

「ガイ！」

ガイは既に、大広間の一室に移されていた。その床《とこ》の周りを、純白の衣装に身を包んだ元神獣師らが囲んでいた。

その様子に、一瞬カディアスは間に合わなかったかと思ったほどだった。

「まだ意識があります。王。こちらへ」

ガイの頭の方に座るルカが呼ぶ。慌ててガイの枕元に座ると、ガイがうっすらと目を開けた。

「……王子」

そう呼ばれて、カディアスの目からパタリと一粒、思いがけずこぼれたものがあった。大きな手だとずっと思ってきた手は乾いて、細くなっていた。そっとその手を包み込む。

「ガイ」

「お忙しいのに……お呼びして」

「何を言う。お前は俺の父も同然の男だ」

「王子……」

そう呼びたいだけなのか、それとも意識が混濁しているのか、ガイはもう力のほとんど入らなくなった手でカディアスの手を包みながら言った。

「父だとまでおっしゃってくださるあなたを……辛《つら》い目にあわせましたな。王室を、国を、維持するために、酷なことを私は、あなたに課した……」

カディアスは黙って首を振った。

「あの時、お前が俺を諌《いさ》めてくれたからこそ、今の王室がある」

「リアンが」

カディアスはもう何も見えていないようなガイの瞳を覗き込んだ。

「リアンが……死ぬ時に、私に、後を追わないでくれと言ったのです。鳳泉の、神獣師に、修行をつけなければならない」

「……だが、結果こんな風になってしまった」

「私もそう思っておりました。ですが、私が生き長らえた、意味はあった。ともに死んだら、後悔しか残らないだろうとリアンは言ったのです。今死んだら、私の心が救われないと。私はあれから、今までを、見てまいりました。リアンの言った、全てが浄化された未来は見ることなく死にますが、それでも、これから先のこの国の未来を信じることができるまでに、私の心は浄化されました。……今にしてようやく、リアンがあの時死ぬなと言った意味が、分かりました」

ガイは、目をカディアスへ向けた。

さまよっていた瞳が、次第に焦点が定まってゆく。

「王」

はっきりと、カディアスに告げた。

「最期に、鳳泉の神獣師だった者として、キリアスを、鳳泉の操者に推《お》しまする。そして、」

カディアスの手を摑むガイの手に、渾身の力が込められた。

「先読が鳳泉を選んだのなら、必ずやその者を鳳泉に。これは、理《ことわり》でございます」

カディアスは、ガイの瞳に映し出される自分の顔が歪むのを見た。

「あれが……理か。ステファネスがカザンを選んだのも、理だとお前は申すか」

「はい。理でございます」

ガイの手が、祈るように震える。

「今は、あなたは認めることができないでしょう。かつての私のように。ですが、信じてください。あの指名も全て、今に繋がるものだった。必ず、この国の未来に繫がっているのだと、いつか必ずあなたも分かる。ですから、」

オルガを、鳳泉の依代にしてください。

ガイの震える手に、カディアスは自分の額を押し当てた。そして無言で、頷いた。死に逝く者に、安堵を与える諾《だく》を、何度も何度も示した。

そんなカディアスに、ガイは微笑んだ。

「最後の最後まで、私はあなたにとって厳しい父でございましたな……。お許しを。苦痛しか与えられぬ父代わりでございました。これから、リアンにあの世で叱られてまいりましょう」

「お前は……お前は、俺にとって、最高の父だった、ガイ。俺の代に、現れてくれてありがとう……。リアンに、よろしく伝えてくれ。もう何も、心配することはない」

ガイの手に涙を落としていたカディアスの肩を、後ろから摑む者がいた。

「……浄化の儀式が始まります。離れてください」

ダナルだった。ガイは、もう既に瞳を閉じ、意識をほとんど飛ばしているかのようだった。唇だけが、かすかに震えている。

「ガイ……！」

カディアスは最後にガイの手に触れ、それを今生《こんじょう》の別れとした。後ろに下がったカディアスの周りに、アンジが結界を張る。

ダナル、ルカ、セツ、ラグーン、ジュドの五人は、ガイの周りを取り囲むようにして手を繋いだ。五人の口から浄化の神言が流れ出る。

五人が立つ床に描かれた紋が青白く発光し、そのまま五人の身体を伝うようにして光が上へ、上へと立ちのぼる。次第に天井に青白い光の渦《うず》を描き始め、それはやがて円になった。

その時、ガイの唇がわずかに震えた。

何か、言い残したことがあるのかと、思わずカディアスは身を乗り出した。

「ああ……リアン、お前だ……。鳳泉の、白い、花だ……」

かすかに微笑みを浮かべるガイの口から、空気に溶けるような呟きが出た。

白い花？

カディアスは一瞬、聞き間違えたのかと思った。今まで自分は鳳泉の、赤い花しか見たことがない。リアンからも、ガイからも。トーヤからも、カザンからも、その身からあふれ出していたのは、必ず赤い花、そして赤い羽だった。いずれも、燃えるような、血潮に染まるような鮮やかな赤だった。

ガイの力動は、その呟きを放った瞬間、全て失われた。静かに、身体が生の鼓動を止めた時、青白い円から、目に痛いほどに白い光が、ガイの身体の上に雪のように静かに、厳《おごそ》かに、降り注いだ。

ああ、あれは、リアンが迎えに来てくれたのか。

カディアスは、その光景を、涙で濡れた目で見つめた。

白く降り注いでいた雪は、ガイの身体に落ち、今度は再び青白い光となって、円に向かってゆっくりと舞い上がった。愛し合った者と抱き合いながら、円の中へ吸い込まれていくような光景を、カディアスと神獣師らは、ただ、見つめた。

ガイ。鳳泉の操者であり、全ての精霊師の筆頭であった男は、愛する半神の眠る千影山にて、静かにその生涯を閉じた。享年五十八歳。

◇◇◇

湯場でざっと身体を拭いたオルガに、カイトは真新しい布で作った服を着せてくれた。自分でやる、と伝えたが、カイトは帯まできちんと結んでくれた。そしてそのまま、しっかりと抱きしめてきた。身体が、細かく震えている。

「お母さん」

キリアスの前では気丈にしていた母だが、こうしていざ送り出すとなると、心が揺らいだのだろう。何度も何度も頭を撫でてきた。

「カイト」

コーダがそっとカイトの身体を支えるようにしてオルガから離した。カイトは指先で涙を拭《ぬぐ》った。

「ごめん……コーダ」

「いいよ。甘やかしたがりのお前にしては、よく我慢した」

カイトはオルガの手を、しっかりと握りしめてきた。

「キリアス様を、信じなさい。何を信じられなくとも、半神だけは。分かりましたね？」

頷いた拍子に涙がぽたりと落ちた。コーダは中に入ってきたキリアスを振り返って苦笑した。

「泣き虫なのは、カイト似です」

キリアスがオルガを腕の中に抱え込むと同時に、ウダの緊迫した声が届いた。

「王子……！」

キリアスがオルガの手を取って外に出ると、護衛団第一連隊長のハザトが、半神のラヴァルとともに軽く礼を示した。

「お久しぶりでございます」

十名ほどしか兵は連れていなかった。

「ハザト、手錠は俺にだけ頼む。オルガはどうせ体術はお前の足元にも及ばん」

キリアスの言葉にオルガがびくりと身体を震わせた。

ハザトは苦笑した。

「いかに力動が凄まじかろうと、精霊を所有していない丸腰の方に手錠をするほど私は怖がりではありませんよ。お二人で、一頭のシンバにお乗りになりますか？」

キリアスにピッタリ身を寄せて離れないオルガを見ながら、ハザトがそう提案した。

「ああ。そうさせてくれ」

キリアスはオルガの耳に囁いて、不安そうにこの様子を見ている村人らの方へ行かせた。オルガが向かうと、子供らがいっせいに取り囲んだ。別れに泣き出す子供らを抱き上げながら、オルガは村人らを安心させるように微笑みを振りまいた。

キリアスは最後にコーダとカイトに別れを告げた。

「約束する。必ず、また二人でこの村に戻ってくる」

「お待ちしております。どのような形でも、どうか。あの子を、よろしくお願いします」

縋《すが》るように手を摑んでくるカイトに頷き、キリアスはコーダとウダに短く告げた。

「ここはスーファとの国境に近い。気をつけろよ。いつだって避難できる態勢でいた方がいい」

「分かっております」

村人の輪から駆けてきたオルガは、父と母の胸に飛び込んだ。抱きしめる腕にしばし収まった後、顔を上げて、満面の笑みで告げた。

「行ってきます！」

両親と村人らの送り出す声にいつまでも手を振りながら、オルガとキリアスは王都へと向かった。


王都へ入る直前、ラヴァルがシンバを寄せてきた。

「王子、検番で輿《こし》を用意させておりますが、そちらにお移りになっていただいてよろしいですか？」

キリアスの顔を晒《さら》さないようにとの心遣いだろう。

「別に今さら俺の顔が晒されて困ることもあるまい。身分的に王子でもないのだし、短髪なのだからこの目の色でも王族と思う者はおるまいよ」

オルガは王都をまともに見たのはこれが初めてである。

「ここは王都でも、一般庶民が生活する区域だ。わざと大通りを外して歩いているが、あちら側はそりゃあ賑やかな商家街になっている」

「そうなの？　こんなに広い道路は初めて見たのに」

ハザトとラヴァルは護衛団第一連隊長の身分を伏せ

るため、一般兵士の上衣に着替えている。精霊師らは市井《しせい》に出ても、まず自分の身分を明らかにすることはない。

だが、シンバに乗った兵の姿に興奮した子供たちが笑いながら追いかけてくる。

「精霊師様!?」

子供でも、他の兵士らとは醸《かも》し出す雰囲気が違うと分かるらしい。ハザトは答えなかったがラヴァルはにこりと微笑みだけ子供らに見せた。子供らが大喜びで歓声を上げる。

町中でも精霊師の存在は珍しいのだろう。考えてみれば、一年に一組か二組しか精霊師になれないのだから、精霊師を一度も見たことがない国民の方が圧倒的に多いのだ。

子供らの顔に浮かぶ憧《あこが》れと尊敬を、オルガは目に収めた。精霊の恩恵をもっと辺境まで届けたいと思っていたが、もしかしたら村に一組の元精霊師がいるあの環境の方が、恵まれていたのかもしれないとオルガは思った。父と母の存在が、どれほどあの村を救ってきたか、オルガは知っている。だがここにいる子供たちは、そんな憧れの対象を見る機会さえ、ほとんどないのだ。

今まで自分が見てきた世界は、本当に小さかったと思わざるを得ない。青雷に守られ、両親に守られてきた世界が、いかに小さな囲いの中だったか、オルガは改めて感じた。

ふと背後のキリアスに目を向けると、キリアスは優しく微笑んだ。村を出て以来、キリアスは、なんの不安も抱かせまいとするかのようにいつも通りに接してくれている。その腕に抱かれていると、何も怖がることはない、と思う。

だが、これから先、それでは済まないのではないかという思いが、オルガの心に広がっていった。キリアスの腕の中に囲われて、守られているだけではいけない。

これから出生にまつわる全てを知り、鳳泉の神獣師として、キリアスの半神として王に認められなければならないのだ。キリアスの腕の中から出て、一人で立たなければ、この世界の全貌を見ることなどできない。

オルガとキリアスは王宮に着くと、内府の中庭に通された。

キリアスの手はオルガの手を握りしめていたが、中庭へ、と促された時にいっそう強く手に力が込められた。

「キリアス様、オルガ様」

後ろから知った声がしたと思ったら、首席補佐官のエルだった。

「エルさん」

オルガが思わず声をかけると、エルはほっとしたように片膝をついた。

「お待ちしておりました……。何事もなく、ここまでいらしてくださってありがとうございます」

「別に、今さら抵抗してどうする」

キリアスの言葉に、エルは何度も頷いた。

「王子、内府は決して悪いようになさるつもりはございません。ハザト殿を使いに立てたことでもお分かりでしょう」

「分かっている。だがなぜ内府の中庭に通した。父上のおられる黒宮《こっきゅう》ではなく、なぜこっちへ……」

「悪いが、ここからは二人は別々に話を聞いてもらう」

凛《りん》としたその声が誰なのかオルガが思い出す前に、キリアスに抱きしめられた。内府の殿舎から、ユセフスが顔を出す。

「キリアス、頼むから抵抗するな。王は、オルガ一人を黒宮へ連れてこいとおっしゃっている」

「俺が父上に会い、許しをいただくまでは父上にオルガを会わせられない。でなければ、二人で父上の下へ参る。これは俺も絶対に譲れん」

「キリアス」

「頼む、ユセフス。父上に目通りさせてくれ。まず、俺の言葉を父上に伝えたい」

オルガを抱きかかえるキリアスにユセフスがため息をついた時、ふと、慌てふためく声がした。

「トーヤ！　そっち行ったら駄目だって！」

ミルドの声だった。オルガが声の方向に顔を向けると、内府の殿舎から人影が飛び出してきた。

その人物が、かろうじて神獣師だと分かったのは、ユセフスと同じように真っ白な着物に帯、そして漆黒の上衣を身に着けていたからである。

だが、その顔が分かったわけではなかった。

なぜなら、その人物は赤い鳥の仮面をつけていたからだ。

鳳泉の、仮面を。

仮面をつけた男は、ひらりと身を翻《ひるがえ》して殿舎の回廊から下り、すたすたとキリアスとオルガに近づいてきた。

警戒心のなさは、まるで幼い子供のようだった。オルガの方が思わず身構えて、自分を抱くキリアスの腕を摑んだ。

その男は、キリアスには見向きもせず、オルガの傍まで近づくと、仮面をつけたままほんの少し首を傾げた。

「オルガくん？」

はい、と、オルガが答える前に、キリアスが頭の上で呻《うめ》くような声を出した。

「……トーヤ……」

だが、トーヤはやはりキリアスに目も向けずに、仮面をオルガに向けたまま言った。

「初めまして。鳳泉の、神獣師のトーヤです」

それは、普通の抑揚《よくよう》の、淡々とした声だった。

「君のお父さんの、半神でした」

何かが身の内を這っていったような感覚に、思わずオルガは身震いした。キリアスが身体を支えるように強く抱きしめてくるが、得体の知れないものに対する恐怖が身体を強張らせる。

だがそれでも、視線は鳳泉の赤い仮面から外れなかった。キリアスから話を聞いた時から、ずっと考えていたことが、ぐるぐると頭を巡り始める。ああ、ついに、自分は知るのだ。ずっと知りたかったはずなのに、いつかは知らなければならないと思っていたはずなのに、叫び出したいくらいに恐ろしい。

オルガの唇は、震えながらも、その言葉を出した。

「俺の、父は、なぜ、死んだんですか」

先程と全く変わらぬ声音で、赤い鳥は告げた。

「君のお母さんが君を産んだことで死んでしまったので、魔獣化したんです。だから、俺が殺しました」


キリアスの腕の中に抱えられていても、世界がぐるりと反転するようだった。

がんがんと耳鳴りが頭の中に反響する。まるで、先程トーヤの口から出た言葉を、頭から追い出そうとしているようだった。

「トーヤ！」

異様に張りつめたこの場の空気を裂くかのような声に、オルガはびくりと身体を震わせた。

「父上……！」

頭の上で、キリアスが呻くような声を出した。

回廊から現れた国王・カディアスが、場をぐるりと見渡すような視線を向けた。赤い鳳泉の仮面をつけたトーヤに、淡々とした口調で告げる。

「神殿に戻れ、トーヤ。お前が入る話ではない」

「でも、俺の話をするんでしょう？」

カディアスは無視して大声を張り上げた。

「ナラハ！」

国王と一緒に内府までやってきた上位の神官・ナラハが、慌てて中庭に降りた。

「参りましょう、筆頭様。先読様がそろそろお目覚めになります」

トーヤはわずかに俯《うつむ》いて、その場から動こうとしなかった。仮面をつけているので表情は窺《うかが》い知れないが、背中が強張り不満を訴えていた。ナラハが手を出しにくそうにしている。

カディアスが大きくため息をついた。

「トーヤ。いいから行けと言っているんだ。悪いようにはしないから」

トーヤが仮面の顔をカディアスに向けた。ナラハがそっとその右手を取る。

「さ、参りましょう」

ナラハは神殿の方向へトーヤを促した。トーヤはもう一度ちらりとオルガに仮面を向けてきたが、おとなしく手を引かれて奥へ戻っていった。

トーヤの姿が消えてから初めて、カディアスの目がキリアスとオルガに向けられた。

「キリアス、お前はここで待て」

「父上！　お願いでございます。私の話を聞いてください」

「お前の話など分かっている。その者を半神に、鳳泉を授戒させてほしいと言うのだろう。その要求は、俺の話を聞いてからだ」

「父上！　私は、父上が何をお話しになるか分かっております」

キリアスの言葉に、カディアスの目がわずかに据わった。

「父上、オルガはまだ十六です。本来ならば、まだ表山で修行をしているような年齢です。私が無理矢理半神にしたために、酷な目にあわせることになりました。どうか父上、これを支えることを私にお許しください。たった一人で、出生の真実を知るにはまだあまりに……」

「俺が即位したのも十六だった」

カディアスは息子を睨《にら》み据えながら言った。

「子は、どうしても親の業《ごう》に引きずられる。俺も、先王であった父の業をこの身に受けた。そしてお前も、鳳泉の神獣師として、この父の業を受けることになるだろう。親の罪なんぞ子には関係ないと、俺は思わんぞ。真実をたった一人で受け止めることができずして、望みだけを口にするなど許されると思うな」

その厳しい言葉に、キリアスは返す言葉がなかった。そんな息子に向けるカディアスの目が、わずかに緩む。

「……俺が、何を話すのか、お前には分からんよ、キリアス。……分かるわけがない」

キリアスが眉をひそめるのと同時に、内府側の回廊から現れた人影があった。

「……ダナル」

ダナルはぴったりと身を寄せ合うキリアスとオルガを見て、苦笑しながら言った。

「キリアス、お前には内府で俺から話をしてやる。オルガは黒宮だ」

再び異を唱《とな》えようとしたキリアスの言葉に覆いかぶせるように、オルガが声を張り上げた。

「黒宮に行きます！」

オルガはキリアスの腕の中から飛び出した。

「聞きます。ちゃんと、聞きます。教えてください。俺の両親が、なぜ死んだのか。なぜ、王様は、俺が鳳泉の神獣師になることを許されないのか。親の罪を、償えとおっしゃるのでしたら、償います」

情けないことに少し震えたが、オルガは必死で声を張り上げた。カディアスはそんなオルガを一瞥し、身を翻した。

「連れてこい、ユセフス」

「オルガ……！」

キリアスの腕が再び抱き寄せようとするが、オルガはその胸を押しやった。

「キリアス様、大丈夫。俺は、一人で聞かなきゃならないんだ。王様の言う通り、何も知らないで、一人で立つ力がなくて、鳳泉の神獣師になることなんてできない。全てを受け止めるだけの力がなきゃ、俺には鳳泉を宿す資格なんてないんだ」

だがキリアスの腕は、そんな抵抗などものともせず、力強く、抱きしめてきた。

「オルガ、いいか、忘れるな。何を聞いても、何を知っても、お前は俺を選ぶんだ。絶対だ。約束してくれ」

その言葉で、オルガは気がついたことがあった。

「……キリアス様、俺の両親が誰なのか、一体何をしたのか、分かっているんだね？」

「……ああ」

息ができないほどに、抱きしめられる。

「だから、お前の衝撃がどれほどのものか、想像がつく。だがオルガ、選ぶのは、俺だ。約束するんだ。必ず、お前は俺を選ぶと。俺はお前を選んだ。誰にどう責められようと、俺はお前を選んだんだ。お前も、俺を選んでくれ。宿命よりも何よりも、俺を選んでくれ。頼む。約束してくれ」

オルガはその背中に腕を回し、しっかりと頷いた。

「うん、約束する」

キリアスの身体が震える。オルガはずっとこの腕の中にいたいという欲求を抑えるのに必死だった。

怖い。話を聞くのが、怖い。

だが、自分は、知らなければならないのだ。一体この身が、何を犠牲にして生まれてきたのか。

そして、自分がキリアスを半神にするには、何をする必要があるのか。

選んでほしいとキリアスは言った。あの時、正名《せいめい》を捨ててまで自分を選んでくれたキリアスの行為が、どれほどのものだったか分かっている。

今から自分は、あの時のキリアスと同じくらいの選択を迫られるのだろう。

オルガはキリアスの腕の中から静かに離れた。

何も、怖くないはずだ。

父と母も、変わらず自分を愛してくれている。そして、目の前の最愛の半神は、何よりも自分を選ぶと言ってくれている。たとえどんな自分であろうとも、この男は愛してくれるのだから。

「……行ってくるね」

うまく微笑むことができたのかは分からなかった。

だがキリアスは、優しい微笑みをくれた。頬が包まれ、温かい口づけで覆われる。

力動が注がれているわけでもないのに、内部を温かい風が巡ったような気がした。

「……愛している」

まるでその言葉は、内側から響いてきたように聞こえた。


キリアスが離れると、ユセフスが背中に張りつくようにして黒宮の方へ促してきた。

逃げないようにというより、まるで支えるようなその様子に、オルガはわずかにユセフスに顔を向けた。

ユセフスが静かな瞳で告げる。

「……俺は、おそらく同席できん。だが、部屋の傍にいる」

「はい。ありがとうございます」

黒宮は、オルガにとって初めての場所ではなかった。以前、ここの中庭に迷い込んで、王に会ったのだ。

あの時のことが、まるで遠い昔のように感じられた。あの時初めて、キリアスの半神になるのだと心の底から誓った。人を愛し始めたのは、あの時からだった。


白と黒を基調とした部屋をいくつも通り抜け、光がわずかしか差し込まない大部屋に入る。

「謁見の間だ」

青い御簾《みす》の向こう側に、椅子が見える。あれが玉座だとオルガが察するのと同時に、その対面の床に座るように促された。

オルガが床に座るのと同時に、御簾の向こう側に青い衣が翻った。目に鮮やかなその王の色は、玉座に座ると同時に声を発した。

「お前は下がれ、ユセフス」

「廊下にて控えさせていただきとう存じます」

「長くなるぞ」

「構いませぬ」

ユセフスが謁見の間を去ると、青い御簾が両側から上げられ、カディアスが顔を出した。御簾を上げた両脇の侍従に下がるようにカディアスが手で示すと、広い大広間には二人の呼吸の音が流れるだけになった。

冬場に、これだけ広い空間に座っているというのに、オルガは少しも寒さを感じなかった。〝界〟を張って寒さを感じないようにすることもできるが、そんな必要はないほどに心が沸騰していた。この興奮がなんなのか分からぬままに、オルガは身体を震わせながら、目の前の王を見つめた。

「もうすぐ死ぬ」


いきなり、なんの前触れもなく、カディアスが言葉を投げてよこした。

突然のその言葉を、オルガは受け止められなかった。

「え？」

「先程会っただろう。鳳泉の神獣師のトーヤだ。あれは、もうじきに死ぬ。魔獣化したお前の父・カザンが死んだ時に、トーヤの身体に鳳泉を封印するしか方法がなかったからだ」

頭の中にカディアスが放った言葉が巡るが、オルガは処理しきれなかった。死ぬ。封印。鳳泉。

そんなオルガを見つめながら、カディアスは言って聞かせようとするように、わずかに上半身を屈めてみせた。

「ステファネスがお前を産んだことで、全てが破壊されたような状態となった。カザンは魔獣化し、何百人という人間がその巻き添えで死んだ。その状態で鳳泉を呪解することが、天才と呼ばれるルカでさえ無理だった。やむなく我々は、トーヤの命を犠牲にしたんだ。あれの命で、鳳泉を、この国に最も必要な神獣を、この世に留めるしかなかった」

……なんと、言ったのだ？

……ステファネス……？

「お前は、我が兄であり、姉である、この国の先読が神獣師との間に生《な》した、この国の歴史の流れから外れた忌《い》み子《ご》だ。お前が生まれたことで、鳳泉に命を食われ続けているトーヤの代わりに、お前は鳳泉の神獣師になると言う。ならば聞いてもらおう。我々がこれまでどういう道を歩んできたか。そして、お前が選ぶものを、俺に見せてみろ」

◇◇◇

内府の一室に、キリアスはダナルに突き飛ばされるようにして入った。

「全く、駆け落ちなんぞしおって。この国の大事に何をやっとるか」

「戻るつもりだったんだ。追っ手が来ないわけがないと思ったからな。麗街を出る前にある程度のことは掴んでいたから、その前にオルガに、両親と久々に会わせてやりたかった」

同時に椅子にどさりと二人は腰をかけた。膝を突き合わせるほどの距離から、互いを睨み据える。

「ガイが死んだぞ」

ダナルの言葉に、キリアスは頭を殴られたような衝撃を受けた。

下山する前から体調はよくなかったが、まさかガイがこんなに早く身罷《みまか》るとは思いもよらなかった。膝を掴んだ手が震える。

「まあ、頑固者だったからな。俺らも気づくのが遅かったくらいだ。あの男らしい最期だったよ」

「……いつ……」

「お前がイーゼスと下山してからすぐに臥せってな。最期は王を千影山に呼んで、俺らの手で浄化した。ほんの七日前のことだ」

思わず片手で顔を覆うキリアスの腕を、ダナルは軽く張った。

「衝撃を受けている場合か。話はここからだ。ガイはお前を、鳳泉の操者だと王に遺言したぞ。知っての通り、鳳泉の神獣師だけは、鳳泉を所有していた者が指名をする」

「しかし……依代は」

「そこだ。お前、オルガから宵国《よいこく》で先読様に、ラルフネス様に会ったとか、聞かなかったか？」

「え？」

「セディアス王子が言ったんだ。ラルフネス様が、宵国でオルガに会ったと。それをトーヤが王に進言した後、麗街から戻ったクルトとハユルが、オルガが麗街に入る前に、夢の中で先読様から予知らしきものを受けた様子だったと報告した。お前が大怪我をすることも、オルガは話していたらしい」

キリアスは、肌が粟立《あわだ》つのを感じた。

「〝指名〟か……!?」

「トーヤがそうだとはっきりと言った。通常は予知を形にするのは王だが、先読が依代を宵国の中に引きずり込んだ拍子に、予知を見せることがあるらしい。先読の姿を見ただけでも、指名と同じだとトーヤは言い切った。まあ確かに、宵国の中でラルフネス様と会うなど、他の者ではありえん」

そこでダナルは言葉を切り、キリアスから目をそらした。

「お前は先程、王がオルガに何を話すのか分かっていると言っていたな」

「……俺は俺なりに、オルガの父親が罪人だというのなら、一体何をしたのか調べようとした。そうして分かった。カザン・アルゴは、鳳泉の神獣師で、先読・ステファネスと同じ時に死んでいる。そしてオルガは、その時に生まれている。……オルガは、先読と、鳳泉の操者との間に生まれたんだろう」

信じられなかったが、どう考えてもその答えしか導き出せなかった。

「先読が、子を生すなど、ありえないとも思ったが……」

「ありえん」

ダナルがはっきりと答えた。

「ルカがあの当時、文献という文献をひっくり返したが、神に等しき存在の先読が、たとえ両性具有者であっても、子を孕むなど、どこにも書いていなかった。あの時、俺らは一体何が生まれてくるのかさえ分からず、恐怖の真っただ中にいたぞ、キリアス。それが生まれたが最後、全ての精霊師が飲み込まれて死ぬかもしれないとさえ思った。なぜなら、ステファネス様は、オルガを孕んでわずか半年でこの世に産み落としたのだ。オルガが母親の胎内にいたのは通常の半分の期間だ。一体……どうなっているのか……俺ら以上に、王は恐怖だっただろう」

ダナルの言葉に、キリアスは戦慄が走るのを止められなかった。

先読は、現実世界に長くとどまっていることができない。身体も意識も全て常人とは違う。人智を超えた存在なのだ。

「お前らを呼び戻すと王が決めた時に、俺は王から、下山してお前に何もかも話してくれと頼まれた。自分は、オルガに話す。だがお前には、俺から話してほしいとな」

ダナルの言葉に、キリアスは顔を上げた。

「やはりそれは、母上が関わってらっしゃるからか」

ダナルが視線だけを向けてよこした。

「オルガが生まれた際、母上は王宮を追放され、アルゴ家は断絶した。それは、カザンがステファネスと契《ちぎ》ったからなのだろう」

「……それもあるけどな」

ダナルは目を伏せた。

「……父親として、お前に、ただの男の話をしたくないんだろうよ」

「え？」

ダナルは軽く頭を振り、しばし視線を落としていた。この男が、語るのをためらうような様子を見せることは珍しかった。常に強烈な意思で動く男が、過去に対し、さまようような視線を向ける姿を、キリアスは見つめた。

「……お前に話してほしいと俺に頼んできた時、俺の言葉なら、なんでもいいと王はおっしゃった。俺は、おそらく最も、あの王に辛い運命を負わせた人間だ。かつてここまで混乱した時代に、治世を委《ゆだ》ねられた王はおるまい。何度も、何度も全てを捨ててしまいたかっただろう。そのたびに俺は、逃げるな、耐えろと、何度、繰り返したか分からない……。その俺に、自分がどんな道を歩んできたか、息子に教えてやってくれと言う。俺はもう……いつかは、お前に語る日が来るだろうと思っていたが、いざとなったらどんな言葉から始めていいのかすら分からん」

ダナルは肩を落とし、片手で目を覆った。その様子を見て、キリアスは、心がざわざわと乱れるのを感じた。

おそらくは衝撃の真実が語られるだろうと覚悟していた。だがこれは、もしかしたら、自分の想像をはるかに超えたものが現れるのではないか。今まで自分が知らなかったこの国の姿、この王宮の姿、そして国王の、父の姿が、眼前に全て晒されようとしている。

嵐が目前に迫ってくるような焦燥《しょうそう》に、キリアスは拳《こぶし》を握りしめた。オルガ。今、父王と対峙《たいじ》しているオルガは、この嵐に耐えることができるのか。

「現先読ラルフネス様は、オルガを鳳泉の依代として選んだが、前の先読・ステファネス様が選んだのは、カザン・アルゴだった。通常、精霊を宿す依代が指名されることはあっても、操者が選ばれることはない。あの当時ルカが文献を漁《あさ》ったが、操者が指名されたのは歴史上カザンだけだ」

精霊を宿す依代は、宵国に引きずられやすい。

「ルカが言っていた。おそらく〝器〟というのは、宵国と通じるものなんだろうと」

斑紋が大きければ大きいほど、宵国でその存在感は強く感じられるのだろう。

「一生のほとんどを宵国で暮らす先読が、その大きな器を感じ、次代の鳳泉として依代を指名するのは分かる。リアンも、オルガもそうだ」

だがカザンは操者だった。

「なぜ操者が宵国でステファネス様と通じたのか、俺らはあの時色々考えたんだよ。王は、無事にステファネス様と通って、予知を託宣できるようになっても、カザンの存在が気になって仕方なかったのだろう。自分が宵国に自在に入れるようになっても、カザンの姿は一向に見たことがないと言っていた。そのうちに、王は、トーヤの存在に気がついたんだ」

鳳泉の、依代となる存在を見つけた。そう言って、ダナルのところへ飛び込んできたという。

「まだ鳳泉の授戒をしていない時だ。カザンとトーヤが裏山で出会う前。表山にいたトーヤを、あれが鳳泉の依代に違いないと王は言ってきた。宵国で見つけた、間違いないと」

それを聞いてキリアスは顔をしかめた。

表山にいた？　授戒前？

鳳泉を宿す前に、宵国で見つけた。それは〝指名〟というのではないのか？

「そうなんだよ。俺はあの時迂闊《うかつ》にも疑問に思わなかったが、後でルカに言われたよ。それは〝指名〟だ。王が宵国で見つけたというのなら、先読ステファネス様だって見つけていたはずだ、と。実際そうだった。ステファネス様は、トーヤを先に宵国で見つけ、その時にトーヤの半神となるカザンの姿を予知していたんだ。これはもう、後から知った事実だったがな。とにかく、先読が王よりも前に鳳泉の操者と宵国で出会った。このことが、後々ヨダ国の運命を大きく狂わせることになったんだ」

2

カディアスが初めて千影山に入ったのは、リアンが死去した後だった。

墓守の儀が終わり、早々にガイが鳳泉の修行をすべく、ステファネスの〝指名〟を受けているカザンを弟子入りさせたと聞いたからである。

「依代として、アジス家の三男であるトーヤを選びたいと、千影山から使いが参りました」

神獣の候補者だけは、正戒《せいかい》を授《さず》ける国王が最終的に許可を与えることになっているが、そんなものは所詮《しょせん》形式だけで、山の師匠らが選んだ人間以外に決められることはない。

カディアスは宵国で見た、全く反応しない人形のようなアジスの末子を思い出した。

「ちょっと、返答を待つように伝えてくれ」

ルカは驚いたように顔を上げ、ダナルはちらと視線をよこした。

「なんだ？」

「いや……おそらく、鳳泉はまだ宿してはいませんが、小さい精霊を共有させて慣れさせる修行は、もうしていると思いますよ」

そう言われても、カディアスにはどういう流れで精霊を宿すのか、さっぱり分からない。

「でもまだ、半神ではないんだろう」

「ええ、まあ、正確には正戒を受けなければ半神とは言えませんが、修行を始めてしまえば、相手を変えるというのはよほどのことがない限りありません」

「どうしてだ？」

「……どんな精霊だって共有しただけで、互いに性欲が湧きますので」

ルカは言いにくそうに顔を伏せたが、たまたま遊びに来ていたラグーンは遠慮がなかった。

「まあ、手の早い奴ならもうヤっちまってんじゃね？　というところですな」

カディアスは軽く手を振った。

「ダナル、こいつは執務室に入れるな」

「なんで！　俺だって神獣師だぜ！」

「お前はまた浮気してジュドから逃げてきただけだろう」

ダナルの呆れたような声など一向に気にせず、ラグーンはふんぞり返った。

「今ジュドがちょっと頭に血が上っている状態なのは間違いないが、俺も、いよいよガイが師匠として鳳泉の修行を始めたのを気にはしていたんだ。俺は、カザンって奴が操者なのに依代よりも先に指名を受けていることが引っかかる」

「それはお前じゃなくとも皆引っかかっている」

「いや」

ラグーンは珍しく、真剣な表情で前方を睨み据えた。

「なあダナル。俺、千影山に行って、そのカザンって奴を見てきてもいいか」

ラグーンがこんなことを言うのは珍しいのか、ダナルとルカが顔を見合わせた。

「現役は修行のことには口出しご法度《はっと》だぞ」

「分かっている。だけどどうも胸騒ぎがするのよ。ガイはな、リアンに惚れられてあんな優等生を半神にしたから、情欲や半神同士の性欲の葛藤にはからっきし疎《うと》いんだよ。あのくそ真面目な男が一人で関わるには、厄介な案件の気がする。リアンが死んじまったから、依代の修行もガイがやるんだろう？」

「そうなるな」

今でこそ一人の修行者が複数の師匠に見てもらうのは常識になっているが、それはラグーンとジュドが千影山の師匠として入山してからである。それまでは、修行者は一人の師匠についていたのだ。

「愛欲を無視して精霊師を語らうことなかれ、だ。俺が師匠になったら、ここを重点的に修行させる！」

「お前は師匠として入山させない」

吠えるラグーンにカディアスはうんざりして言い捨てたが、ラグーンは引かなかった。

「まあそれはいいとして、カザンとその依代を見ておきたい。明日にでも山に入ると伝えておいてくれ」

ダナルはため息をついて好きにしろ、と告げた。立ち上がったラグーンに、思わずカディアスは告げた。

「俺も一緒に行く」

正気かよ？　という目をラグーンは向けてきた。カディアスはこの男と馬が合わず、ダナルかルカを間に入れなければ会話すらしたことがなかったのである。

だが先程のラグーンの言葉は、カディアスも気になっていたところだった。リアンを失った後のガイに会いたいこともあり、カディアスは千影山に入ることになったのである。この時、カディアス二十歳だった。

裏山に入る前に、ガイが迎えに来た。

精悍《せいかん》な体軀は些《いささ》か痩せていたが、表情は穏やかだった。微笑みながら、カディアスに久しぶりの臣下の礼を取った。

「お久しぶりでございます」

リアンのことでどう慰めの言葉をかけようかと思っていたが、そんなものは不要だった。礼を取るガイの手をカディアスは握りしめた。

「息災《そくさい》で何よりだ。もう既に師匠の風格が出てきたな」

「王こそ、見違えるようでございます。あのダナルと渡り合って政務を執《と》られていると聞いております。しかし、今回一緒に連れてきた者は、まだあなたの供《とも》には早すぎますな」

「別に、いかがわしいところに連れていくわけじゃあるまいし」

ラグーンが顔をしかめる。

冗談を口にできるガイにカディアスは安堵した。促されて裏山に行くと、寄合所にて懐かしい顔ぶれの元神獣師らが出迎えた。

一通り挨拶《あいさつ》を終えた後、ガイが自分の住まいへ案内しようと申し出た。

「指名を受けたカザンに会いに来たのでしょう。ダナルから聞いております」

「お前のところにいるのか？　依代も？　トーヤ……といった」

「ええ。内弟子として入って間もないので、俺一人では大変だろうと、セツが修行をつけるのを手伝ってくれています。セツとカザンの兄のゼドは、あとはもう青雷の神獣師として正戒を待つだけという状態ですからね」

ガイの家に辿り着く前に、迎えに出てきた者は丁重に頭を下げてきた。

柔和《にゅうわ》な美しい顔立ちに、カディアスは少々の間見入ってしまった。真後ろでラグーンがせせら笑わなかったら、あからさまに見惚れていたかもしれない。

「はあ、これか。アルゴ家の長男が、神獣を取るか恋人を取るかで親父殿と大喧嘩した原因は」

ラグーンの冷やかしにセツは顔を伏せた。

ゼドの相手を見てカディアスは合点《がてん》がいった。王宮でゼドから半神の話を聞いたことがあったが、これは確かに夢中になってもおかしくない。

「ルカも美しい男だと思っていたが、依代ってのは、美しい男が多いのかな。羨《うらや》ましいだろ、ラグーン」

「なんで俺にそれを振るか!?　俺は依代だぞ!?」

セツは困惑した様子で、恐縮しながら王に告げた。

「カザンとゼドは、今滝の方へ体術の修行に出ています」

ガイがその言葉に応じた。

「ああ、分かっている。俺がゼドに体術を見てやってくれと言ったんだ」

「けど、兄のゼド相手だとカザンはムキになって、いつまでも終わろうとしないから……私が止めてきても？」

ガイは頷き、辺りを見回した。

「頼む。……トーヤは？」

セツに続いて先の道を進むと、洗濯場のようなところに出た。

木と木の間に紐が吊され、洗濯物がはためいている。地面に腰を下ろして、その布が風に踊らされる様子を見ている少年の姿があった。

風に乗る布の動きを見ているのかいないのか、その単なる穴のような瞳は、訪れたカディアスやラグーンに全く反応を示さなかった。セツが近づいても、睫毛《まつげ》一本動かさない。

「いい、セツ。放っておけ。お前はゼドとカザンを呼んできてくれ」

ガイの言葉にセツがその場から消えても、少年はだらりと腕と足を投げ出すようにして座っていた。

カディアスがもし宵国でこの少年の姿を見ていなかったら、あまりに不敬な態度を咎めたかもしれなかった。

二年前に、全く心が宿っていない少年を、宵国で見ていなかったら。

現実で見ると、宵国で一人心を浮遊させていたあの状態よりも、その残酷さが浮き彫りになる。

より大きな精霊を宿す器を作るために、アジス家はなんという非人道的な真似をするのか。

「……トーヤ」

カディアスは、思わずその名を呼びかけた。

反応すると思ったわけではない。

ほとんど、無意識の行動だった。

だから、思いがけずそのガラス玉のような瞳が自分に向けられて、まともに目が合った時、カディアスは自分でも意外なほど動揺した。

生まれたての赤子とは、こういう目をしているのかもしれないとカディアスは思った。

突然、びくりとトーヤが傍目にも分かるほどに身体を震わせた。

自分が呼びかけたことで怖れを抱いたかとカディアスが焦《あせ》ると、傍《かたわ》らに立つガイが告げた。

「大丈夫です。カザンが、来ます。心に呼びかけたんでしょう。まだ小さい精霊を宿して慣らしているだけですが、精霊を共有していると過敏になりますので」

落ち着かないように地面に両手をついて身体を動かすトーヤに、カディアスの方が見ていられなくなった。

「トーヤ」

草むらから声がしたと思うと、その人物は飛び出してくるなりトーヤを抱きしめた。

「ごめん、ごめん。ちょっと呼びかけるのがいきなりだったな。俺だよ。何も怖くないだろ?」

怖がる動物を抱え込むようにして優しく声をかける少年は、顔も身体もあざだらけだった。その顔は、既にカディアスも知っていた。顔を合わせるのは久々だったが、兄のゼドよりも、妃のセイラの方に似ている気がした。

「すみません、王。不敬は承知の上ですが、少々お待ちください」

カザンは人の好さそうな顔で困ったように頭を下げたが、腕の中に固まっているトーヤを抱えたままだった。

「ゼドとかなりやり合って、カザンの力動が相当乱れているんですよ。それをトーヤが感じ取って、落ち着かないんでしょう」

ガイの説明に、理解を示したカディアスの横から、鋭い声が飛んだ。

「口を吸え」

ラグーンだった。カザンの様子を睨みつけるようにしながら、言い放った。

「力動の調整は、口を吸うのが一番だ。口を吸え。まともな精霊を宿してもいないのに、口吸い以外で調整する修行をする必要はない」

カザンはラグーンの指示に、困惑したようにガイを見た。ガイは軽く頷いてそれを許したが、なぜかカザンはトーヤにそれを行うことをためらっていた。

「早くやれ。なぜ行わない。王の前だからといって不敬にはあたらんぞ。この王はそんなことには慣れているからな。日常茶飯事で見ているからな」

確かに日常茶飯事だったが、慣れているというわけではない。だがカディアスは黙っていた。カザンがためらう様子が不可解だったからである。

口を吸えば、楽になる。なぜそれを行わないのだろう？

ラグーンがためらうカザンの様子を見てせせら笑った。

「まあ、相手に性的な興奮を覚えたくないというのは分かるけどな。俺の半神も、最初そりゃあ嫌がった。五秒で昇天させてやったが。別に悪いことじゃねえよ。相手に指一本触れずに、なんとか共鳴まで持っていこうとする馬鹿もいる。結局ヤっちまうんだからさっさとやれってのが俺の持論だがね。お前、今夜その依代を抱け。くだらねえことにこだわっているよりも、ずっと楽になれるぞ」

ラグーンの言葉に、カディアスはガイを振り返ったが、ガイは何も言わず弟子ら二人を見つめていた。

結局、カザンはラグーンの挑発に乗らなかった。ただ無言で、ひたすら腕の中のトーヤを抱きしめているだけだった。


カザンとトーヤから離れ、ラグーンは足早に寄合所へ向かった。無言のまま、背中で苛立《いらだ》ちがあった。ガイを引っ張っている。その背中には明らかに苛立ちがあった。ガイはそれに気づいているようだが、カディアスにはラグーンの苛立ちの原因がさっぱり分からなかった。

「なんだあれは？」

寄合所に辿り着く手前で、ラグーンが振り返った。

「なぜ操者が依代の〝庇護者〟になっている？」

ガイはため息をついた。

「お前ならばそう指摘すると思った」

「あたりまえだ。依代と操者の関係で、情欲が伴わないものは異常だ。どの依代でも操者の精を求め、どの操者でも依代の中に力動を注ぎたくて獣同然になるんだ。あんな小さい精霊で慣れさせるのではなく、一刻も早く鳳泉を入れろ。狂わせるんだよ、お互いに！」

ラグーンの言葉に、カディアスは眉をひそめた。

「ラグーン、全ての操者と依代が、それに当てはまるわけではあるまいに」

ラグーンは、何も知らない者は黙っていろとまでは吐き捨てなかったが、カディアスに向かって舌打ちした。

「いいや、王。これは絶対に俺が正しい。王よ、今後あなたも精霊師というものを、よく知っておく必要があるから教えてあげましょう。操者と依代が、光と影が、互いに一つのものになるためには、人間という枠すらぶち壊す必要があるんです。自己も、理性も、本能までもめちゃくちゃにされた先にしか、通じる道はない。王が先読に繋がる感覚を、俺は知らない。おそらくそれは、なんの苦痛も伴わないのでしょう。だが、俺たちは一度自分を破壊しなければ、この身に精霊を宿し、それを操るなど不可能なのだ」

血反吐をまき散らしながら、たった一人に手を伸ばすこともなくして、己を魔獣にすらしてしまうものを共有することなどできないのだ。

ラグーンの言葉にカディアスは絶句しながらも、やはりその凄まじさを理解できなかった。


人間の枠を破壊して、相手を求める、とは、一体どれほどの力を必要とするのか。

「あのガキはそれをやっていない。かつてのルカと同じよ。おそらくはアジスの末っ子と繋がるのをためらって、自力で力動を調整しているな」

ラグーンの言葉にガイも頷いた。

「王族の血が濃いからこそできるんだろうな。ゼドは相手がセツだったからそんな真似はしなかったらしいが、カザンはゼドと違って斑紋もないのに、操者、依代両方の調整ができる。単体の精霊師になれる特質なんだな」

ルカも血筋は王家に近いらしかった。

「ルカも依代にしては力動が強いですからね。ちなみにラグーンもそうですよ。四代前に王族から降嫁した女性がいますから」

「嘘だろう!?」

カディアスはそこに最も驚いた。

「これでも俺はお育ちがいいのだ。名家とかそんなものはクソの役にも立たない見本。とにかく、俺はルカほどじゃないが、本来なら自力で調整できたからよく分かる。俺の師匠は俺の特性をすぐに摑んで、さっさと俺に百花を宿らせ、間答無用で前後不覚の状態にしたぜ。死ぬ目にあったが、おかげでジュドとこんなに深く繋がることができた」

　ジュドが聞いたら首を傾げる台詞《せりふ》だろう。

「ガイ。それを知らぬお前でもあるまいに、何をためらっている」

　ラグーンがきつい視線をガイに向ける。ガイはある程度非難されるのは覚悟していたのか、腕を組み苦い顔をしていた。ラグーンが大仰《おおぎょう》にため息をつく。

「全く指名とは厄介だ。ステファネス様の指名を受けた以上仕方ないんだろうが、俺はあのカザンとやらは神獣師にさせたくない」

「それを言っても始まらん。〝庇護者〟。その通りだ。カザンは、トーヤを守る者になってしまっているのだ。幽閉され、虐待されてきたトーヤを憐《あわ》れんで、自分が救ってやらねばと思っている」

「それの、どこが悪いんだ？　操者とは、依代を守る者だろう」

　カディアスの素朴な疑問に、答えたのはラグーンの方だった。意外にもこの男は、教えるということが苦にならないらしい。

「王よ。操者と依代は、あくまで対等な関係なのです。操者は決して依代を一方的に守ってはいない。逆に、己の中の精霊を操者に渡すことで、操者を守っているのは依代の方だ。精霊が傷つけば、依代が傷つくのですから。だからこそ、大切な依代に怪我一つさせないために、操者は戦い方を身につけなければならない。守るとはそういう意味です」

　それを〝庇護〟しようと思うなど、根本的に間違っているとラグーンは吐き捨てた。

「なぜ兄弟同士が禁忌《きんき》か？　兄と弟という関係からして、対等ではないからだ。まず我々は、互いに欲情し、理性を壊されることで対等な関係を築く。これが兄弟同士では難しいのだ。相手の境遇を憐れみ、庇護しようなど言語道断。それは自然に、相手よりも上に立つことを意味している。あのカザンのガキは、トーヤを守るよりも先に、性欲をさらけ出しのたうち回って、自分を獣と認識するところから始めなければならない」

　確かにそうかもしれないが、あのトーヤと接していれば、どうしたって庇護欲は湧くだろうし、自分が守ってやらねばと思うだろう。それは、カザンの優しさゆえではないだろうか？

「そんなもんは、間口が開いてからの話なんですよ。優しさ云々《うんぬん》なんて感情論は。最初は皆、獣から始めよう！　だ。王よ。お忘れか。アジスが作り出した〝人形〟はトーヤだけではない。リアンの前の鳳泉の依代も、アジス家出身だった。あなたは知らないだろうが、在任中、絶対に自分の半神以外とは口も利かないほどだった。そうだよな？　ガイ。お前、師匠の半神の声聞いたことないって言っていたもんな」

ガイは頷いた。

「おそらくイア様は、トーヤ以上にひどい状態だっただろう」

「それでも、その半神である鳳泉の操者とだけは通じ合い、愛し合っていたよ。俺の目から見ても決して〝庇護者〟ではなかった。たとえ相手が何も返さぬ何も言わぬ人形であっても、愛し抜かなければ半神ではない。これは、絶対だ」

ラグーンはそう断言し、ガイに向き直った。

「なぜ鳳泉をすぐに入れない？」

「……前後不覚の状態になった時に、果たしてどうなってしまうのか、と考えるとな」

ガイは言った。

「鳳泉を入れれば、問答無用に宵国と、そして先読と繋がるのだ。俺は、経験があるから分かる。力動が乱されてどうにもならなくなった状態のリアンを、あと一歩のところでイネス様に喰われそうになったからな」

ああ、とラグーンは納得した。

「そうだったな。俺にはうかがい知れない世界だが、そういうこともあるのか」

「指名がされていれば、もう先読側から簡単に指名者を見つけられる状態だからな。依代だったら、まだいいんだ。操者は狂ったように、本能で、自分の依代を渡すまいとするからな。しかし、先読の指名を受けたのが操者だった場合、依代を独占しようとする本能が働くのかどうか……」

そこまで口にしてガイは、カディアスとラグーンから目を逸らした。その横顔に一瞬、余計なことを口走った後悔が浮かんだが、すぐにいつもの表情に戻り、ラグーンに告げた。

「お前の言う通り、一刻も早く鳳泉を入れるのが正しいと俺も思う。だがそれにはやはり、ステファネス様にも協力していただきたい。鳳泉を宿せば、よりいっそう強くステファネス様と繋がってしまうからな。申し訳ないが、カザンとトーヤの存在はあえて無視して頂くように、王からお願いして頂けませんか」

　ガイの言葉に、カディアスは以前、ダナルから向けられた言葉を思い出した。

〝鳳泉の神獣師だろうが、その身は先読のものでも王のものでもない。まず我々は半神ありきなのだ。我々が修行を通して葛藤し、苦しみ、その果てに手に入れる唯一無二となる前に、一切の邪魔はしないでいただきたい〟

「分かった、ガイ。兄上には俺がそうお願いしておく」

「お願いします。まあ、ステファネス様もご存知だとは思いますが、念のために。なんせいきなり鳳泉を入れるとなると、正気を保っていられないでしょうから」


　山から戻ったカディアスは、ダナルに山での様子を教えるよりも先に、神殿へ向かった。

　ガイから頼まれたことをするためである。

「ステファネス様はお休みになられていています」


神官長・イサルドがかしこまって告げる。先読は全てそうだが、一生のほとんどを眠りの中で過ごすと言ってもいい。特にステファネスは、この世に意識を保っていることの方が困難だった。

　それゆえに眠りについていると言われたら、すぐにその場を去るのがいつもの行動だった。だがその時、カディアスは眠る兄に近づきたいという不思議な欲求が湧いた。

　いつもならば予知を見せるのも宵国に招くのも、ステファネスの方からだ。カディアスは自発的に宵国に入ろうと思ったことはない。

　眠りについている今ならば、案外あっさりと宵国へ通じることができるのではないか。

　ステファネスが眠りについている時には、誤《あやま》って宵国へ引っ張られないように、神官らは皆下がっている。唯一、神官長のイサルドが気配を窺う程度だ。

　白い天幕が吊され、御簾が下げられたその奥で、ステファネスはいつもの眠りについているようだった。音を立てぬようにそっと近づき、カディアスは御簾を上げた。

　ステファネスは、何枚も柔らかな毛布を重ねた上に身体を横たえていた。上半身の方に高めに毛布を重ね、腕を枕にしたうたた寝のような格好であるが、眠りは深そうだった。

白い毛布に、白銀の髪が雪解けの水のように流れていた。立ち上がっても床に渦を巻くほどの長い髪は、おそらく一度も結《ゆ》い上げられたことはあるまい。カディアスが物心ついた頃から、この兄はこの髪だった。

女性のように線の細い美しい顔立ちであるが、身長もその肩幅もその腰も、女性のものではなかった。ほっそりとした身体だが、女性のような柔らかさはない。着物で身が覆われていても、それは一目瞭然である。

両性具有とはいえ、ステファネスはどちらかといえば男の意識に近いのではないかと思われた。話し方や態度が男らしいので、幼い頃のカディアスは自然、「兄上」と呼ぶようになったのである。

カディアスは眠りにつくステファネスの傍らに腰を下ろすと、現世にしがみつく意識を切り離し、ステファネスの中へ、宵国へと飛んだ。

宵国では過去も、現在も、未来も、皆同じように存在する。

だが当然、ただの人であるカディアスの力では、そこに浮遊する時空の流れを、捕まえて見ることなどできない。

闇の中を真っ逆さまに落ちてゆく。だが、底などないと分かっているので怖くはない。

この意識は、この魂は、絶対に現世から切り離されないと分かっていれば、何も恐れることはない。カディアスは空間に馴染むべく、意識を整えた。頭が上、足は下。身体は浮遊していたが、それは気にしなかった。ステファネスの意識を探す。

一筋の光が眼の前を通る。ああ、〝あちら〟か。カディアスが意識を向けると、その光があっという間に身体ごと包み込むほどの大きさになった。

他の王は知らないが、これがカディアスが先読へと〝通る〟道だった。おそらく〝通る〟ことを意識して、自分で作り上げている道なのだろう。

いつものように光の中へ入ったカディアスは、そこに居た人物の姿に仰天《ぎょうてん》した。

「……トーヤ……？」

光の中で、一人ぽつんと座っている姿があった。

それは山で見た姿に似ていたが、トーヤは、カディアスがこの空間にいることにも気づいていないようだった。あちらからは見えていないらしい。

ステファネスを追って、トーヤに会った。カディアスがこの意味について思考しようとした途端《とたん》、トーヤの身体がぼんやりと発光し、光の輪が浮かんだ。

ステファネスへと続く道が、ここにできた。カディアスは次の瞬間、何もためらわずにトーヤの身体に浮かぶ光の輪の中に入った。

カディアスが想像した通り、ステファネスの姿がそこに在《あ》った。

だが、その光景は、カディアスの想像をはるかに超えていた。

男が、身をくねらせ、苦し気に息を吐き、ステファネスにしがみつくようにしている。

ステファネスは、その男の苦しむ様子を食い入るように見つめていた。自分の膝に顔を埋めながらしがみつく男を、振り払いもせずにいた。

男の顔に浮かぶ苦悶《くもん》の表情を、気圧《けお》されるように見つめていたステファネスは、カディアスに気がつき、弾かれたように顔を上げた。

「……兄上……！」

宵国から一瞬にして弾き飛ばされたカディアスは、身体の方も同様の衝撃を受け、床に勢いよく倒れた。

御簾の中の動きに気がついた神官長のイサルドが、はるか遠くから声を届ける。

「王？」

「いい、来るな、離れていろ、イサルド。俺が出るまで扉を開けるな！」

カディアスは身体を倒したままそう叫んだ。イサルドは命に逆らう男ではない。

ゆっくりと身を起こしたカディアスは、同じように宵国から戻ったステファネスと睨み合った。ステファネスが苛立ちを隠そうともせず、カディアスの脳内を、思念を歪ませてくるのを感じたカディアスは、意識を強く保つことでそれを跳ね返した。

「先読の力が唯一及ばないのが王だ。忘れたわけではないでしょう。いかにあなたが歴代の先読の中でも強い力を持つとはいえ、その力に屈しては、俺は王ではない」

見ただけで魂が吸い込まれるという先読の瞳を、睨み据えながらカディアスは言った。

「兄上、私が見たものを、ご説明していただきましょうか」

ステファネスは苛立ちを浮かべたままだったが、カディアスに対して何かすることは諦めたのか、片膝を立てて座りなおした。

「見た通りだ」

「あなたが、宵国で会っていたのは、カザンです。しかも〝今〟のカザンじゃない。あれは、〝未来の〟カザンだ。鳳泉を入れた後のカザンでしょう。違いますか！」

鳳泉を入れ、本能も欲望も剝《む》き出しになったカザンの姿だった。

「いったい、ご自分が何をしているのかお分かりか！　俺はつい先程千影山から戻ったところです。カザンとトーヤが鳳泉の神獣師として、より深く繫がるために、ガイは鳳泉をトーヤに入れようとしています。だが鳳泉を入れてしまったら、二人はいっそう宵国に繫がりやすくなってしまう。我々側は、一切の邪魔はしないでくれと、俺はガイから頼まれたばかりですよ！　それなのに、まさか、〝未来の〟カザンともう接触してしまっているとは……！」

ステファネスは無言のまま顔を背けていたが、構わずにカディアスは続けた。

「兄上。もう一つ、俺は分かったことがある。やはり兄上の力をもってしても、〝器〟のない操者を宵国で見つけるなど不可能なのだ。兄上は、トーヤを通してカザンを見つけている。そうでしょう！」

ステファネスは黙ったままだった。苛立ちの感情はその白皙《はくせき》の美貌から消えていたが、カディアスの叱責にも関心を示さなかった。

「兄上！　本来だったら指名は依代であるトーヤだったのだ。そこからトーヤの未来の半神であるカザンまで、なぜ探る必要があったのですか！」

「……たまたまだ」

ようやくポツリとステファネスは言った。

「お前の言う通り、宵国では、精霊を入れていない限り操者の素質の者を見つけるなど不可能だ。〝器〟がなければ繫がらない。我は、トーヤを早くから見つけ

ていた。だがお前も知っての通り、あれは何にも反応せんのだ」

それは仕方ない。アジス家の悪行がそうさせたのだから。

「それは、反応しなくても仕方ありません。ならば〝指名〟を諦めれば……」

そこまで言って、カディアスは気がついた。

先読が鳳泉の依代を、指名する時と指名しない時があること。

そして、鳳泉の依代が、代々最も多く輩出されるのは、アジス家だということ。

「そうだ。代々の先読は、実を言えば鳳泉の依代を〝必ず〟見つけているのよ。だが指名が表側に現れないのは、その指名者が、アジス家の幽閉によって育てられた依代だからなのだ。我が名を伝えても、アジスの依代はそれを受け取ろうとしないのだから、話にならん」

確かに、依代がものも言わぬ人形ならば、先読の正名を口にしないし、出会ったことすら人に話そうともしないだろう。

「それで兄上は、トーヤを見つけて、なぜトーヤを通してカザンと接触なさったのです」

カディアスの詰問《きつもん》に、ステファネスはうんざりしたように言った。

「お前がさっさと通っていれば、我とて暇を持て余して、悪い気を溜め込むこともなかっただろうがな」

これにはカディアスも黙るしかなかった。

前の先読イネスが廃人となり、もうガイとリアンは宵国を訪れなくなり、一人孤独の中で毒が溜まってゆくだけの日々をステファネスは過ごしていた。

浄化もそろそろ行わなければならないが、ひたすら我慢して鳳泉が現れるのを待っているのである。鳳泉を早々《そうそう》に指名したいと思うのも仕方ないのかもしれない。

「セイラの話では、鳳泉の操者として山で期待されているすぐ下の弟にはもう恋人がいて、下山を希望していると言うではないか。我は早々とトーヤを見つけたが、まさかこれがセイラの弟の恋人のはずはないし、その未来の操者の姿を見たいと思ってしまったのだ。そうしたら、どうも操者はセイラの末弟の方だと分かった」

カディアスの妃であるセイラは神官出身でステファ

ネスを未だ崇拝し、しょっちゅう神殿に顔を出しに行きたがるが、こんな内情まで話しているとは思いもよらなかった。本来神官は俗世の内情を先読に語ったりしない。先読はあくまで生き神として汚されてはならない存在なのである。

セイラも神官時代ならば気をつけていただろうが、妃という立場になり、つい近づきすぎてしまったのだろう。

「……それで、宵国にて、〝人間〟の姿を見て、興味を持ってしまわれたか」

カディアスの言葉は責める口調になった。

カディアスは宵国でステファネスと接触しているので分かる。

あんな特殊な空間で、二人きりで過ごせば、どうしても不思議な感覚にとらわれる。

限られた人間としか接触しないステファネスならば、特にそうだろう。

先程の、獣のように欲情をさらけ出している人間の姿など、目が離せなくなってあたりまえかもしれない。

「兄上、精霊師らが、精霊を共有することで生じる身の内が狂うほどの乱れは、彼らにとって決してさらけ出したくないものでしょう。あさましくも獣のように欲情し、自制も何も利《き》かない状態を、師匠以外の誰にも見られたくないはず。たまたまとはいえ、それを目にすることは決してあってはなりませぬ」

ステファネスはカディアスの説教を、黙ってはいたが受け止めているようだった。

「兄上、私の言うことがお分かりなら、今後一切、カザンとトーヤに宵国で接触はなさらないでください。彼らの世界が確立するまで、先読といえど王といえど、邪魔をしてはなりません」

ステファネスがすらりと身体を起こす。長い髪がうねり、床に生きもののように跳ねた。

「鳳泉の神獣師となるまでは、ということだな。お前の話は分からぬでもない。そのようにしよう」

「兄上」

背を向けたステファネスに、思わずカディアスはもう一度声をかけた。

「私では、宵国での相手として、力不足と感じますのなら、どんなご要望でもおっしゃってください。私は王として、兄上をイネス伯母上のように孤独にすることだけは避けたいのです」

「先程の言葉は忘れろ。お前はよくやっている」

背を向けたままステファネスは言った。

「リアンが以前、伯母上に告げた言葉がある。両性として生まれていれば、自分以外の人間を求めることも、狂うこともなかっただろう、と」

カディアスはステファネスの背中を流れる銀の光を見つめた。

「ならば我は、狂わぬということだろう」

ステファネスの姿が、黒い、闇の空間に静かに溶けてゆく。淡い光を次第に鈍らせながら。

カディアスは、己の父が怠《おこた》った王としての責務を、果たそうと必死だった。

いったい自分は、ステファネスを、どうすれば守れるのだろう？

先読という、言語では言い表せぬ者が、何を求め、何を望んでいるのか、どう向き合うべきなのか。

カザンとトーヤが千影山にて鳳泉の修行を終えたのは、この時から二年後のことだった。

3

精霊師の正戒の際、授戒人にはなるのは神獣師だが、神獣の正戒では、王が授戒人となる。

カディアスが初めて授戒人として関わった神獣は、ゼドとセツに授けた青雷である。

剣で依代の身体を貫くのだ。衝撃はあっても痛みもないし苦しみもしない、まして死ぬこともないと言われても不安しかなかった。

ゼドはゼドで剣をふらつかせるカディアスにセツを渡すのを嫌がり、腕に抱えたままだった。弱冠二十歳の国王と神獣師が右往左往《うおうさおう》する姿に、立ち合いの神獣師らは、最初はザフィを中心に大丈夫だから心配するなと繰り返していたが、そのうちにシンやジュドは笑い出し、ラグーンはわざと不安を煽《あお》り、ルカが呆れる中でダナルが怒りだすという有様だった。

笑い声と怒鳴り声に包まれたあの正戒が、どれほどの幸福の中にあったか、今現在、カディアスは奇跡のようにさえ思う。

恵みを与えるという神獣を正戒した時に、これから本当に、自分の治世は始まるのだと思った。

まさか、あの幸福が、たった二年で失われることになろうとは。


鳳泉の正戒を授けてほしいと千影山からガイの文《ふみ》が届いた時、カディアスはダナルを執務室に呼んだ。

「どう思う、ダナル。ガイの見立てならば間違いないだろうが、ここは兄上の目を通して、あの二人が真実半神となったのを確かめておくべきだろうか？」

二年前、鳳泉の修行を始める際に釘を刺してから、ステファネスは宵国で〝予知〟することすら止めてしまっていた。

ただ眠るだけでも繋がってしまうので宵国へ飛ばないというのは無理だが、あえて感覚を遮断している状態といってもよかった。

接触するなと言われたからではない。ステファネスの身に、宵国で受ける毒が溜まりすぎたのだ。本来二年か三年に一度は浄化をしなければならないのだから、新たなる鳳泉が立つまでは、余計な毒は溜めないでおこうとしているのだろう。

結果、ステファネスは身体が以前よりももたなくなり、ほとんど眠っているだけになった。身体が弱るのを心配し、起きた時には水分と食事をこまめに取らせ、少しでも身体を動かすように、神官らは細心の注意を払って仕《つか》えていた。

「そんな状態だから、ガイが一日でも早く正戒をさせねばと思っているのは分かるんだが」

ダナルの傍らに座るルカが、静かに立ち上がった。心話でダナルに席を外すように言われたのだろうとカディアスは悟った。ダナルの言葉を待つ。

「王、一言で半神といっても、その関係性は色々あります。正戒を授かった段階で、真の意味での半神だと言える者の方が、もしかしたら少ないかもしれない」

ダナルは視線を落としながら話した。

「ラグーンが言いたかったのは、身体の関係うんぬんではありませんよ。そんなものはとっかかりにすぎません。果たして、正戒の段階で互いに唯一無二だと言える連中が、どれほどいることか。自身のことを話すなら、俺などようやく通じ合えたと実感できるようになったのは、ほんの二年ほど前のことです」

カディアスはさすがに驚いた。表情を変えずにダナルが続ける。

「今なお、葛藤の中にいる精霊師はたくさんいるでしょう。精霊を共有して感覚も感情も入り乱れ、性欲をぶつけ合ってもそこは始まりにすぎません。ただ一つ分かっているのは、半神という存在を求めて、誰もが葛藤し苦しみの道を歩むということです」

真実の半神かどうかなど、当人同士にしか分からない。ならば、信じるしかないということだろう。

何があろうと、神獣師だけは信じなさい。かつての育ての親、リアンが告げた言葉をカディアスは反芻《はんすう》した。


二年ぶりに会うカザンは、体格も顔立ちも完全に少年らしさはなくなっていた。

愛嬌《あいきょう》のある顔立ちだと思っていたが、顔が引きしまり内面の落ち着きが表れてきたせいか、ゼドの面差しに近くなっていた。

「正戒を授かりましたらもう弟という立場ではなくなりますから、家族として最後に対面するために青宮《せいぐう》のお妃様にお目通りを願いました。王子も、お健やかにお育ちで」

母親が早くに他界したこともあり、セイラは特に末弟のカザンを可愛がっていた。

「キリアスか。毎日セイラが追いかけまわしている。そろそろ別宮に移さないと、青宮が破壊されるかもしれないと文句を言われている」

キリアスは三歳だったが、力動が強すぎ、それをまだ調整できずに力を持て余していた。

「マルドにもトーヤを会わせたのか？」

「はい」

カザンが傍らのトーヤを覗き込みながら答えた。

カザンの父マルドは、カディアスが成人してからは摂政の地位を退き、学府にて教鞭《きょうべん》を執っていた。もともと学者肌の男で、行政に関わるよりもその方がずっと充実しているらしい。

カディアスの目から見たトーヤは相変わらずだった。目も合わせず、必要最低限の言葉しか話さない。まだ口を利くようになっただけマシかもしれないが、心ここにあらずといった様子で座っていた。

だが明らかに、以前と比べてカザンに対する距離が違っていた。鳳泉を授戒する前はカザンも周りの人間も区別などされていなかったが、今は幼子が母親に甘えるようにカザンの方へ顔を向け、目で訴えるような仕草を見せる。

カザンはカザンで退屈そうなトーヤを宥めるように手を握っている。その様子は以前と同じ、庇護者にしか見えなかったが、心の距離が縮まっているのは確かだった。

誰の声も届かない、誰の姿も認識しない、絶対的な孤独の中にいた頃よりは、ずっと良かっただろうとカディアスは思った。ラグーンは否と言ったが、庇護者、それはそれでトーヤにとっては幸せなのかもしれない。母鳥を求める雛《ひな》を、ひたすら温かいものでくるんでやる愛し方を、カザンはトーヤのために選んだのだろうから。

それから間もなく、鳳泉の正戒が行われた。

立会人は青雷・百花・紫道・光蟲の神獣師らだった。

「これで神獣師がやっと十人揃《そろ》う。ようやくここから、本当のあなたの御代《みよ》が始まるのです」

神剣を掲げたダナルの言葉に、カディアスは頷きながら剣を手にした。

純白の衣に身を包んだ神獣師らは、誰一人として軽口を叩いたりすることもなく、皆無言で厳粛な儀式が始まるのを待っていた。

輪になった神獣師らの中心に座るカザンとトーヤも、身動き一つしなかった。

二年前の青雷の正戒の時とは雰囲気が真逆だとカディアスは思った。

あの時とは違う重い空気は、神剣に浮かび上がるこの神言が、この国最高位の神獣との契約を生み出すものだからか。

数多《あまた》の精霊の中で、先読と繋がる、唯一の精霊。

剣を掲げたカディアスの目が、王の色を宿す。

同時に神剣に浮かぶ神言は青白く発光し、それが合図のように神獣師らは結界を張った。

ゼドの手から青い光が、ジュドの手からは七色の光が、ザフィの手からは紫と銀の光が、ダナルの手からは金色の光が、それぞれ細い糸のように絡み合い、様々な綾《あや》を織り成してゆく。

「斑紋はどこにある。鳳泉が宿っているのはそこだ」

トーヤの瞳が、まっすぐに向けられる。

その時初めてカディアスは、トーヤが自分に意識を向けるのを見た。

無言のまま、胸の真ん中を指すトーヤは、空洞のようだった瞳に初めて光を宿らせてカディアスを見た。

その光を、食い入るように見つめたまま、カディアスは一気に剣をトーヤの身体に突き刺した。


正式に鳳泉の神獣師となった直後のカザンとトーヤに、ステファネスの浄化を行うようにカディアスは命じた。

「一刻も早く浄化を行わねばならない。兄上はもうほとんど意識を保てなくなっている。万が一の時のために、神獣師の結界を張っておいた方がいいか？」

「冗談じゃない。イネス様の時は毎回非常事態だったからこちらも協力したが、本来は鳳泉だけで行うのが浄化だ。我々は本来、黒宮より先には絶対に行かないんですからね」

ラグーンがまっぴらごめんというように吐き捨てる。

確かにその通りだった。

「王宮を守るのは近衛です。降神門《こうじんもん》に念のため青雷を配置しておけばいいのでは？」

ラグーンが振ると、ゼドはあっさりと頷いた。

「いいですよ。俺が降神門に立ちましょう。カザンの気配次第で結界を出します。俺は別に、依代と離れていても、この程度の距離なら同等の精霊の力が出せますから」

ゼドの言葉に依代らは羨ましいという顔で身を乗り出し、逆に操者らは顔をしかめてそっぽを向いた。

ステファネスが目覚めそうだと神官長・イサルドが告げに来たのを機に、カディアスはカザンとトーヤ、ゼドを率いて降神門へ向かった。

ゼドは門の手前で別れる時に弟の肩をがんばれよ、とにこやかに叩いた。

その気楽さに、思わずカディアスとイサルドは顔を見合わせてしまった。今までの神獣師は、降神門に来ることすら嫌がっていたのである。

「依代が近くにいないと、あんなに普通になれるものなのか」

「いや。普通は力動を相当乱されると思います」

カディアスとイサルドの声に、カザンが苦笑した。

「兄は、力動の調整が得意なんですよ。師匠も言っていました。鳳泉の操者としては、最も適しているかもしれないと」

その時、神殿からやってきた神官がこちらに向かって叫んだ。

「お早く！　ステファネス様がお目覚めになりました」

またいつ意識を深く沈めてしまうか分からない。カディアスらは神殿に走った。

神殿の奥に辿り着くと、白い布で覆われた御簾の向こうにいる先読の気配を窺うべく、イサルドが控え、御簾の前でカディアスでさえ足を止めた。

先読の眠りは宵国に繋がっている。慎重になるのは当然だった。

だからこそ、次の瞬間何が起こったのか、カディアスは理解できなかった。

「カザン」

御簾の向こうから、先読が出てくるということは、未だかつてなかった。

自らの力で御簾を上げ、最奥から姿を見せるなどということを行った先読は、存在しなかったのだ。

「ステファネス様……！」

イサルド同様に御簾の前で鎮座していたカザンが、膝を立てた。現れたステファネスを凝視する瞳が揺れ、身体まで震え出す。

眠りにつくばかりでろくに食事もできなかったステファネスは、細身の身体がいっそう薄くなり、白い肌は青白く透き通り、立っているのもやっとのように佇んでいたが、その水色の瞳だけは、ひたすらカザンを見つめていた。

「ようやく、我のもとへ来たな、カザン。待っていたぞ、この時を」

「ステファネス様……！　ご安心ください、今すぐ浄化を行いますゆえ」

宵国で姿を目にしていても、今まで実体を目にすることがなかった二人が、初めてお互いの姿をその目に映し出す。絡み合う視線に不思議な熱が漂うのをカディアスは感じた。

リアンやガイに対してさえ、分かりやすい親愛の感情を向けることがなかったステファネスの瞳が、ほんのわずか細められた時、カザンは感極まったように床に手をついた。

これは、単なる崇拝《すうはい》か。

この熱は、神獣師の、生き神に対する讃美の表れと思っていいのか。

この状況にどういう感情を抱いていいのか分からず、思わずカディアスは身体をふらつかせた。

その時、後ろに控えるトーヤの姿が目の端に入った。トーヤはただ人形のように、その場に座っていた。

空洞のようなその瞳に、二人の姿がどう映っているのか、カディアスには推し量ることはできなかった。


カザンとトーヤが新たなる鳳泉の神獣師として立ってからしばらくして、神官長・イサルドが病に罹《かか》った。

先読は身体が丈夫でない者が多い。ステファネスも例外なく、すぐに熱を出すことが多かった。そのため神官は流行《はや》り病には特に気をつけて生活している。

久しぶりの浄化の儀の準備で外部との接触が増えていたイサルドは、三十日咳を移され、神殿から退出することになった。

もともとイサルドは胸が弱かった。精霊師になるのを断念し、永久神官の道を選んだのも、若い頃に胸の病に罹ったからだった。三十日咳は長いこと咳に苦しむ病で、子供や老人は命にかかわることもある。イサルドはげっそりとやせ細り、枕が上がらぬ状態となった。その様子を聞いたカディアスはイサルドを王宮から出し、空気のいい別荘地で休ませることにした。

「ガイとリアンが引退してからずっとイサルドに神殿を任せきりだった。やっと鳳泉が立ちほっとしたのだろう。神殿は気にせずゆっくりと休むように伝えよ」

神官長不在の神殿の様子を気にし始めたのが、妃のセイラだった。

「せめてステファネス様のお話し相手として神殿に上がることをお許しください。まだカザン……様とトーヤ様は、ステファネス様に気の利いたこと一つできないでしょうから」

特に止める理由もないとカディアスはセイラの申し出を許可した。イサルドに遠慮してなかなか神殿に行けなかったセイラは、嬉々《きき》として長い間神殿に居座るようになった。息子のキリアスは腕白《わんぱく》盛りで、剣や弓のおもちゃで存分に遊んでくれる従者らがいれば、寂しくないようだった。

◇◇◇

秋が深まりつつある夜、ふと目を覚ました時、身体を起こしてみようとなぜ考えたのか、カディアスは分からなかった。

夜中にこうもはっきりと目覚めることは珍しい。カディアスは寝台から下りると、冬用の毛皮の上衣を身にまとった。部屋を出ると、すぐに宿直の兵士が立ち上がる。

「いかがなさいました?」

「ああ、いい。どうも目が冴えてしまったので、外の空気を吸いに行こうと思っただけだ。ついてこなくとも構わんぞ」

そう言われても付き従わなければ宿直ではない。察して気配を感じさせぬ距離を取り、夜の散歩についてくる。カディアスは子供の頃から自分の周りに必ず誰かが従う生活に慣れているので、特に追い払うこともない。

黒宮の中庭は、花をつけない草木ばかりなので緑が深くうっそうとしている。男しかいない宮なので仕方ないが、夜は特に重苦しい。

この時期愛《め》でられるものは澄んだ月だけである。回廊から雲一つない夜空を見上げようとしたカディアスは、庭先で既に月を眺めている人物を見て仰天した。

「トーヤ?」

黒と白の衣がぼんやりと月明かりに浮かんでいなかったら、神獣師とも思わなかったかもしれない。なぜ黒宮に、しかもこんな時間にトーヤがいるのか、訳が分からなかった。

「トーヤ? そこで何をしている」

トーヤはカディアスの言葉に、辺りを見まわした。カディアスに向き直り、首を傾《かし》げる。その子供のような様に、思わずカディアスは手で招いた。やはり子供のように、てくてくと素直に歩いてくる。

「迷い込んだのか？　神殿はあちらだぞ」

「外宮の鳳泉の宮に行こうと思っていたんです」

カディアスは驚いた。トーヤがまともに自分に言葉を返してきたのは、これが初めてだったからである。

カザンとは会話をしており、同じ神獣師らにはぽつぽつと話をしているのは聞いていたが、カディアスに対して応答はしなかった。興味なさそうに視線すら向けなかった。鳳泉の神獣師となって数か月、ようやく環境に慣れてきたのか、ちゃんとカディアスの目を見つめて答える。

「俺は迷っちゃったの？　ですか？」

敬語の使い方があやふやなのも、十四歳で入山するまで人とろくに会話をしたことがなかったからだと知っている。カディアスは微笑んだ。

「カザンはどうした。神殿か？」

「はい。ステファネス様に呼ばれて。俺も一緒に行ったんだけど、途中で外宮に戻っててていいって言われたから」

ステファネスがカザンばかり頼りにするのは、トーヤの世間一般の常識が赤ん坊並みなので仕方ないことだったが、少しはステファネスも考慮すればいいものをとカディアスはため息をついた。

しかしそれも当然であった。世間から隔離されて生き神として祀《まつ》られている先読は、何もかも人任せで生きている。鳳泉の神獣師も、自分に無条件で従う者であり、道具と同じだった。役に立つ方を使っても仕方ないのである。神獣師らに鍛《きた》え上げられて育つ王とは根本的に違う。

「寒いし、今日は黒宮で休め。カザンには心話で伝えておけばいいだろう」

「朝まで呼びかけないようにって言われた」

「誰に？」

「二人に」

「……二人？」

「カザンと、ステファネス様」

その意味を考えようとしたカディアスに、盛大なくしゃみが飛んだ。唾をまき散らされて思わず身を引いたカディアスの顔に、トーヤが袖を擦りつける。

「痛い、痛い！」

「痛い？　カザンはこうする。痛くない」

加減というものがうまくできないのだろうか。カディアスはもういい、と手を下ろさせた。トーヤが首を傾げる。

「王様、怒った？　ごめんなさい」

「いや……怒ってない」

思わずカディアスは笑い出してしまった。二年前、山で会った時に比べれば格段の進歩だ。やはりそれは、カザンの力によるものが大きいのだろう。

「トーヤ。カザンが好きか？」

「はい。大好きです」

抑揚のない声だったが、〝大好き〟という言葉を大事そうにトーヤは発した。

カディアスは以前、宵国でトーヤを見た時のことを思い出した。何にも反応せず、ただ黒い闇に包まれていた。その向こうに話しかけたくて、闇から助け出したいと望んで、ダナルに止められたことを思い出す。


〝幽閉して育った子供でも、半神を得られれば、変わるんです。人形から、人間に変わるんです。長い時間をかけて。枯れた土壌にひたすら水を注ぎ込んで、何もないその心に、感情を、やがて愛というものを与えるんです〟


それを、カザンは与えたのだろう。半神という存在だからこそ、可能なことなのかもしれない。

ふと、カディアスは心に冷たい風が通るのを感じた。

自分は、そんな風に通じ合える相手を、永遠に得ることはないのだろう。

妃であるセイラは大事だが、互いに相手を思い合っていても、それはあくまで国王と妃という夫婦関係だ。それに対してなんの不満も抱いたことはない。セイラとてそうだろう。もともとはステファネスの神官だった従姉《いとこ》で、望んで嫁いできたわけではない。

それに、自分が何よりも第一に考えなければならないのはステファネスであり、この国であるとカディアスは骨の髄まで叩き込まれている。イネスの時のような事態に陥らせるわけにはいかない。国王とは、個人の幸せなど望んではならない。自分がぶれてしまえば、この国は混乱の渦に流されてしまうのだ。

「羨ましいよ。俺は、今度この国に生まれてきたら、王ではなく、精霊師になりたいと思うよ。唯一無二の存在とは、一体どういうものなんだろうな」

月を見上げるカディアスに、トーヤが再び首を傾げてみせる。その澄んだ瞳にわずかに映る月影を、カディアスは目を細めて見つめた。あの空洞だった瞳に、光が宿っている。これから先もっともっと、その光が広がってゆくのだろう。

　見つめているとトーヤの顔がまたしわくちゃになった。またくしゃみを引っかけられるのかと身を引くと、今度は大あくびをしてきたので、カディアスは夜中だというのに大声で笑った。

◇◇◇

　執務室でダナルからの報告書に目を通していたカディアスは、気になる文面をそっと指で押さえた。

「……スーファ帝国で教会派と皇帝派が対立……？」

「ええ。この頃それが特にひどいらしいです」

　スーファ帝国は、ヨダ国とは比べ物にならないほど文明も軍事力も高い国である。

　他国を侵略し、辺境の国々を併合して領土を広げてきたが、その際に思想統一の手段として用いたのが宗教である。教会は辺境の国々の役所代わりとして設置され、戸籍の管理も行ってきた。自然、神職者の権限が大きくなり、近年では政治の中枢にまで入り込むようになってきたのである。

　そして前皇帝・ウルスタリア六世は、教会側の要請を受け、全ての精霊は魔物であるとして、これを滅ぼすことを教義に入れるのを許した。

　そうなると、ヨダ国は魔物を宿す滅すべき国である。好戦的な性格のウルスタリア六世は、ヨダ国に宣戦布告した。

　が、これは結果的に行われなかった。

　四年前に、ステファネスによってウルスタリア六世は宵国に引っ張られ、廃人にされたからである。

　無論それはカディアスがステファネスに頼んだことだった。

　スーファに潜入させている間者からいち早く情報を掴んでいた内府・ダナルは、余計な小細工をするよりも皇帝そのものを葬ってしまえと考えた。皇帝の周りに群がる馬鹿どもの目を覚ますには、それが一番手っ取り早い方法だろう、と。この国を侵略しようと考え

ればどうなるか、最も高貴な者の身に起こる不幸から思い知るがいい。

ステファネスにとって、現世の魂を宵国に引っ張り込むなど、赤子の手をひねるよりも容易《たやす》い。意思の強い者ならば宵国に引きずり込んだとしてもそう簡単に思うようにならないが、ウルスタリア六世は脆弱《ぜいじゃく》な精神力しかなかった。常識では考えられない世界を目の当たりにしただけで、あっさりと発狂してしまったのである。

カディアスはそれを文書にして、突然気が触れた皇帝に戸惑っているスーファ帝国側に事情を説明してやった。真っ青になったのは政府高官らだった。次は自分たちかもしれないと慌てふためく中で、ウルスタリア六世の第一子である現皇帝ハリスフォルト三世が七歳で即位したのである。

「幼き皇帝には教会派の勢いを抑えられず、最近また勢いづいてきたんですな。もう少し皇帝派が頑張ってくれるかと思ったんですがね。あの国の知識人らは、ヨダには絶対に手を出すなと繰り返し言っているんですよ。なぜなら我々は絶対に他国を侵略しない。だが侵略は許さない。歴史を振り返れば答えは出ている」

「で、兄上に、あちらの教会派の勢いが今後どれほどのものになるか、予知してほしいと」

「ええ、それによって対策を考えたい。我々にまたどんな目を向けてくるか分からない。他国との繋がりも探る必要がある。ステファネス様にお願いしてくれませんか」

早い方がいい、とせっかちなダナルは繰り返した。まだ日も高いから起きているかもしれない。カディアスは立ち上がり、神殿に足を向けた。


神官長・イサルドが神殿を離れてから、神官らがステファネスのいる神殿の奥から離れ、まったりと仕事をしている様子が窺えるが、それはそれで仕方がないだろうとカディアスは奥に進みながら思った。

神官が奥へ呼びかけると、現れたのは妃のセイラだったことにカディアスは驚いた。

「セイラ？　昼時だぞ。キリアスはどうしたんだ。子供を放ってここに入り浸るんじゃない」

「王、一体どんな御用で？　ステファネス様はお休みになっておられます」

　質問を返されて一瞬カディアスは顔をしかめた。が、どうもセイラの様子がおかしい。入り口に立ちふさがるようにして、肩を強張らせている。

「セイラ、何かあったのか」

　不快さを引っ込めて冷静に尋《たず》ねたが、セイラは硬い態度で首を振った。

「いいえ、何も。王、ステファネス様は少々体調がすぐれません。今少し落ち着かれますまで、お会いになるのはお控え願えませんか。ここで無理されて、高熱が出ることになっては元も子もありません」

「どういった症状だ？」

「……どこがどうお悪いわけではないのですが、微熱が続いておりまして……」

「侍医には？　見せたのか」

「いいえ、宵国と深く繋がって不安定な状態ですので、侍医が宵国に引っ張られる懸念が……」

　セイラの話を聞きながら、カディアスは意識を扉の奥へ向けた。深くは入り込めないが、この距離ならばステファネスの意識と繋がることができる。意識が混濁していれば、体調も悪いということだ。


（……え？）

　カディアスは目を見開いた。

　宵国への、入り口が、見当たらない。

「王、ステファネス様がお目覚めになったら、すぐに侍医を呼びます。その時に王にも……」

　セイラが何事か話しているが、カディアスの耳にはもう何も入ってこなかった。もう一度、ステファネスへ続く間口を探る。だが意識が飛んでいかない。

　これは一体どういうことかとカディアスは絶句した。この状態は、まさに〝通って〟いなかった頃と同じだ。いったん通ってからはこんな風になることは一度もなかった。ステファネスに通じる道が、ない。

「王？」

　カディアスの様子に気がついたセイラが怪訝《けげん》そうに顔を覗き込んできたが、カディアスは何も目に入らなかった。セイラを突き飛ばすようにして、奥へ通じる扉を乱暴に開けた。

「王！」

　天蓋から幾重にも下りている白い布の向こう側に、ほんのりと灯《あか》りがともっている。大股でそこに近づいたカディアスは、自分の腕にセイラがぶら下がるようにして止めようとするのも構わず、腕で払うように御簾を持ち上げた。

半裸のカザンが、ステファネスを自分の背に庇《かば》うようについていた。


「王！　お許しを！　お許しを、お許しを！　どうか、どうか！」

セイラの悲鳴に近い声で、ようやくカディアスは我に返った。

そしてその時、常に腰に下げている剣を抜いていることに気がついた。自分の荒い息と、セイラの泣き声しか耳に入ってこない。目の前が真っ赤に歪み、何も目に入ってこない。これは、目の前の光景を頭が拒絶しているのか。

セイラの泣き声を聞きつけた神官が何事かと奥の入り口に集まっているらしく、声が近づいてくるのが分かる。カディアスは発狂しそうな頭で、近づくな、と叫んだ。だが自分の声が聞こえない。耳までもおかしくなりかけた危機感から、カディアスはほとんど無意識に、持っていた剣を自分の太ももに突き立てた。セイラの絶叫が部屋全体に響く。

足から血が噴き出したが、おかげで頭が冷静さを取り戻した。カディアスは、ステファネスを背に庇う体勢を崩そうとせずに自分を見つめてくるカザンを睨み据えた。そしてその双眸《そうぼう》から目を離さず、神官らに叫んだ。

「神官らは、俺がここを出るまで、一歩も入ってはならぬ。それから、降神門まで内府を呼べ！　その半神の光蟲もだ。二人にすぐに降神門まで来るように伝えよ！　それと侍医を呼べ。扉の前で待たせておけ！」

神官らが言われた通りに扉を閉める音を聞き、カディアスは下着の袖を引き抜いた。剣でそれを裂き、太ももの止血をする。異常なほどの力で剣を握りしめる右手の自由が利かず、カディアスはほぼ片手でそれを行った。

神聖な先読が鎮座する奥に、血の穢《けが》れが飛び散っているのを、カディアスは見渡した。

奥が、こんな状態になったことなど、あのイネスの時でさえなかったというのに。

そこまで思ってカディアスは笑い出したくなった。

穢れ。血の穢れが、今さらなんだというのだろう。

先読が、人間と契った。これ以上の穢れが、他にあるだろうか。

「そこに座れ、カザン。この剣でこの場でお前の首を刎《は》ねてやる」

セイラの泣き声が響いたが、カザンは少しも動じなかった。場に踏み込まれた時から覚悟していたのだろう。上半身の衣服を軽く整え、無言で両手を膝に乗せて座った。

「カディアス、殺してはならぬ。このまま殺せば鳳泉を失うぞ」

「黙ってろ」

声をかけてきたステファネスに、カディアスは吐き捨てた。

「貴様など、もう兄でも先読でもなんでもない。俺が気づいていないとでも思ったか？　カザンと何度契ったのだ。もはや貴様からは、先読としての力が失われているだろう。俺が宵国への道を通れないことが何よりの証拠だ。今すぐここにダナルとルカを呼び、貴様も地下牢に封じ込めてやる」

先読が予知の力を失ったのだ。

人と性交して。

よりによって、鳳泉の神獣師と契って。

カディアスは怒りで気が狂いそうだった。

「この世情が不安定な時に、ようやくイネスの狂った時代が終わったというのに、貴様らは一体何をやっている!?　なぜカザンと契ったのだ。なぜそんな真似ができたのだ！　ガイが、リアンが、どれほどの思いでこの国を、先読を、俺ら王族を守ってきてくれたか分かっているだろう！　リアンは、一体なんのために死んだんだ。あんな、血を吐きながらも、鳳泉の神獣師を続けてくれたのは、己の命と引き換えにして鳳泉を守ってくれたのはなんのためだったんだ！　なぜ、恩を仇で返す真似ができたんだ、答えろ、ステファネス！」

ステファネスは無言のままだった。ステファネスとて、リアンとガイに幼い頃から育ててもらっている。にもかかわらずあまりにも淡々とした表情に、カディアスは怒りが燃え上がりこのまま殺してしまいそうな気がして、思わずきつく目を閉じた。

「……カザン。お前も、師匠であるガイの生き様を知っているはずだ。それなのにこの醜態《しゅうたい》を晒した。俺は、お前を絶対に許さん。ガイの心を思うと、俺は今すぐにでもお前を殺したい。だが鳳泉の呪解を行わなければならぬ。戒を解いた後はすぐにでも殺す」

「……仰《おお》せのままに」

カザンは目を伏せてそう答えた。全て受け入れるのを覚悟している表情だった。自分には何を願い出ることも許されぬと分かっているのだろう。口を開くことすらなかった。

「カザン」

片膝を立て、ゆったりと腰かけたステファネスがカザンの方へ手を伸ばす。その姿に、カザンが戸惑った様子を見せた。激昂《げっこう》する王の前で、まさか再び声をかけられるとは思わなかったのだろう。

カディアスはもう怒りを通り越していた。一体、なんの真似か。カザンを見つめるステファネスを凝視した。

ステファネスの瞳が何も映さなくなるのと、カザンの意識が〝飛んだ〟と分かったのは、次の瞬間だった。

カザンががくりと首を垂れ、ステファネスの意識が落ちたのはほとんど同時だった。

その姿に、カディアスは完全に怒りを忘れ、混乱した。

カザンが、宵国に、入った。

つい先程、自分はそこへ入る道を見つけることができなかったのに、カザンは、ステファネスと通ることができた。

「我はまだ、宵国へ繋がっているぞ。カディアス」

床に大の字になりながら、意識を戻したステファネスが呟くように言った。銀色の髪が床に流れ、カディアスの血が飛び、そこに気を失ったままのカザンが伏せている。その空間に横たわるステファネスの水色の瞳が、立ち尽くすカディアスに向けられる。

「鳳泉の力のせいなのか、先読は人と契ったら只人《ただびと》に成り下がるというのが迷信だったのか知らんが、とにかく我はまだ宵国に飛べる。我を殺すか？　カディアス」

「……俺は、通じない」

声が震えた。

ステファネスの声は、いつもと全く変わらなかった。

「そう。お前だけが通じない」

「俺が」

カディアスは、腹の底から声を絞り出すように叫んだ。

「俺が通じなかったら、予知は、できないんだ。未来を告げることはできんのだぞ!!」

それは確かだった。

先読は、未来を見たとしてもそれを形にはできない。何もかも見ており、自在に宵国へ飛べるとしても、幾千幾万と宵国を流れる未来の可能性の中から正しいものを選び取るのは、ヨダ国王にしかできないのだ。

未来を読む力なくして、一体この小さな国が、どれほど列強の圧力に持ちこたえることができるというのか。


黒宮の執務室に入ったカディアスは、手にしていた剣を振り回した。

書面が空を飛び、棚からも物が崩れ落ちたが、ダナルは何も言わなかった。

ひとしきり暴れた後、疲労で床に腰を下ろして初めて、手から剣が離れた。

普通の呼吸の仕方を忘れるほどに全身で息を吐き、吸い、口から思わず出てきた言葉に、不覚にも涙がこぼれ落ちた。

……あんまりだ。

あんまりではないか。あまりにも、ひどすぎる。

一体、何のために。ここまで一体、なんのために。

「……王」

握りしめた拳で床を叩いていたからか、ダナルが我慢できないというように両手を押さえてきた。

「ダ……ナル」

食いしばった歯を、ようやくカディアスは開き、言葉を吐いた。

「聞いての通り、できないのは、予知だけだ。俺は、先読にとって、ステファネスにとって、不必要な王となる。鳳泉の方が必要だというなら、俺を追放していい。カザンを許すというなら、俺はここにはいたくない」

「馬鹿なことを言うな！　王はあなただ、カディアス王！」

「ダナル……ダナル、しかし、俺にもうこの国のためにできることは、次世代の血脈を残すことだけだろう!?　予知はできなくてもステファネスは、まだ先読の力を残している。鳳泉は繋がることができる。どちらかを取るとしたら、鳳泉だろう。俺にはこの王宮でできることはもう何もないんだ」

「王よ！　しっかりしろ。この国の指針を決められる、その力があるんだ、あなたには！」

ダナルの必死の叫びに重なるように、ルカが執務室の扉に体当たりするように飛び込んできた。顔が蒼白である。思わずカディアスは混乱を忘れた。

「ルカ……？　どうしたんだ」

ルカがこんなに我を忘れたような状態になったのを見るのは、初めてだった。ダナルも同じだったのだろう。驚いてルカを食い入るように見つめる。

「……妊娠しています」

ルカが声を震わせながら告げた。

「侍医が、ステファネス様の身体を調べました。……妊娠、している、と、間違いなく妊娠している、と……」

カディアスは、ルカが何を言っているのか頭に入ってこなかった。ダナルが正気を取り戻さなかったら、そのまま呆《ほう》けていただろう。


「女の身体ではないのだぞ！　どうやって妊娠する！」

「そ、それが、これはカザンにも訊かなければならないが、男同士の性行為ではなかったのだと思う。セイラ妃は神官だったので知っているが、ステファネス様には男性器もあるが女性器もあるそうなんだ。それと、つわりのような兆候もあり、セイラ妃はもしかしたらと思っていたそうなんだ」

「それにしたって何かの間違いだ！　女の生理がない身体で、どうやって妊娠する！」

「胎動があるんだ！」

ルカが普段の冷静沈着さをかなぐり捨て、叫ぶように言った。今度こそダナルは絶句した。

「胎動だと、馬鹿な……！　カザンとトーヤは鳳泉の神獣師となって、いや下山して半年経っていないんだぞ！　ここに来てすぐに契《ちぎ》ったというのか⁉」

「いや違う、ダナル、俺は二か月前にステファネスの予知を受けた。少なくとも二か月前には、あの二人は契っていない！」

ではどうして胎動があるのか。胎動があるということは、五か月にはなっているということである。

カディアスはもう、力なく座り込むしかなかった。

果たして何が起きているのか、この国に何が起こるのか、考えるのを止めることでしか、自己を保っていられなかった。

◇◇◇

カディアスは足を引きずりながら、ルカ一人を付き添わせて、黒宮の一室に閉じ込めたセイラに会いに行った。

「王……！　ス、ステファネス様は……！　どうか、どうかあの方だけはお許しくださいませ」

カディアスを見た途端、足元にひざまずいて懇願してくる妃の姿に、たまらずカディアスは天井を仰いだ。

ここまできて、口にするのはステファネスのことだけか。

「しっかりしろ、セイラ。お前は次の王の母親なんだぞ！　キリアスのことを少しは考えたか！」

息子の名を聞いたセイラは、身体をびくりと震わせ、床に顔を伏せて慟哭《どうこく》した。ルカがその背中を抱くように慰めたが、カディアスはとてもそんな気持ちにはなれなかった。

自分が男として、夫として、セイラの心を摑むことができなかったことはいい。十六歳で夫婦となった時、年上の妻に対して甘えるだけで、男らしいところを何も見せられなかったのは事実だ。長く仕えてきたステファネスに心酔するのも、やむを得ないと思っていた。

だがまだ四歳の息子のことを考えると、憐れでならなかった。カディアスは八歳で母を失い、父親からも顧《かえり》みられず、実質孤児のような状態になった。リアンとガイが育ててくれたからなんとか生きてこられたが、それでも母を求める思いはいつまでも残った。あんな思いは実の息子にさせたくはなかったのに。

「セイラ、お前を我が妃としてこのまま置くわけにはいかない。次代の王の母親、母后の称号を戴《いただ》くこともはや許されん。お前の処分は後から考えるとして、質問に答えよ。侍医はステファネスが妊娠していると言っている。お前はこれにいつから気がついていた？」

セイラはルカに支えられるようにしながら涙に濡れ

た顔を上げ、震える声を出した。

「わ、私が、ステファネス様の、つわりのような兆候に気がついたのは、ひと月ほど前でございました」

「いくらなんでも両性具有、吐き気などを訴えたからといって、すぐにこれはつわりだと思ったわけではあるまい。その前から、カザンとステファネスが契ったことをお前は知っていたな?」

力なくセイラは頷いた。

「いつだ」

「……二か月ほど前と思われます。……どちらが、どうやってそうなったのかは聞いてはおりません。しかし、ステファネス様がカザンを求めたお気持ちを、私は尊重して差し上げたいと思いました。一笑に付すなど、とてもできなかった」

「何を言っている!? ステファネスは先読だぞ!」

「先読ならば、人を愛してはいけないのですか!?」

セイラが涙で真っ赤になった瞳を向ける。その思いがけない力強さに、カディアスは一瞬声を失った。

「あの方は、生き神です。生き神は、人と契ってはならない。そのために、先読様は身体が弱かったり、両性具有であったり、未熟なまま成長しない。人を求めてはならないように身体が作られているのだと、私の先輩であった神官らは言いました。ですが王、先読様とて人なのです。人としての心があるのです。人である以上、誰かを求めるのは当然のことではありませんか!」

「当然ではない。先読はこの国の未来を示す予知能力者だ。人と契ればその力は失われる。事実俺はもう、予知を表に出せないいんだ。王として生まれた以上、先読として生まれた以上、人としての幸福を求めてはならない。全て国のために捧げなければならないのだ!」

「理屈ではそうかもしれません。ですが王、私は先代のイネス様が、女でありながら女としての幸福を求められず、ついに狂われてしまったことを、あなた方男のように愚かだなどととても思えません!」

「何を……」

「先読は、神ではございません。人でございます……!」

懇願するように、セイラは両膝をつき、カディアスの前に祈りを捧げるように手を合わせた。

「王、どうか、どうかお慈悲をステファネス様に下さいませ。なぜ先読一人が、絶対的な孤独の中にいなければならぬのですか。人を愛することを求めてしまった。そして、人の営みの列に加わった以上、どうか、お腹の中の御子様を殺さないでくださいませ。あの方を、もう、ただの人にさせてくださいませ。どうか、お慈悲を」

……絶対的な孤独。

「……それは俺が、兄上にとって、その辺の路傍《ろぼう》の石程度の存在にしか過ぎなかったということか」

セイラの目が見開かれ、合わせた手が細かく震えるのが分かったが、カディアスにはもうセイラの心情を考えることはできなかった。

自分は、絶対に、父のようにはならない。

先読を孤独の中に追いやって、狂わせることは絶対にしない。

自分よりも何よりも、先読を救わねばならない。

そう思ってきたのだ。

それが全て、なんの意味もなかったということか。

では、王とは、一体なんのために存在する。

「王……！」

カディアスは、セイラの言葉をこれ以上耳に入れるのが耐えがたかった。その場から逃げるように外へ出る。

ルカがセイラを一人にはしておけず追ってこないのをいいことに、カディアスはそのまま中庭に向かった。どこかに身をひそめて隠れたかった。もう何も考えたくない。グラグラと足もとが揺れ、立っていることすら困難だった。

「王？　いかがなさいました」

従者の誰かが声をかけてくる。だが、自分がなぜこんな有様なのか、知られてはならないのだ。

鳳泉の神獣師が先読と契り、まして先読が子を宿しているなど、絶対に知られてはならない。今現在それを知っているのは、自分と、セイラと、ダナルとルカ、そして侍医だけなのだ。

神殿に仕える神官らも誰一人知らない。ステファネスは部屋に一人閉じ込めており、誰も近づかないように告げてある。カザンはダナルが内府の地下の牢に閉じ込めた。

今ダナルが緊急に神獣師らを内府へ呼び、一連の出来事について話している。これから一体どうするか、対策を練《ね》らなければならない。

あの混迷期を乗り越え、ようやく先が見えてきたと思った矢先のこの事態、ラグーンは、ジュドは、シンは、ザフィは、一体どう思っているだろう。

そしてゼドは、弟がしたことを、どう思っているか。その半神のセツは。

彼らの前に、どんな顔をして姿を見せればいいのかも分からない。またしても暗闇の中に放り出された未来。それでも、この国を守ってくれと言えるのか。

〝どんなことになろうと、神獣師だけは信じなさい〟

そう言い残したリアンの言葉が甦《よみがえ》る。信じていいのか、リアン。俺を、助けてほしいと、俺は言ってもいいのか。

「王様……」

顔を上げると、そこに立っていたのはトーヤだった。もう一人の、鳳泉だった。

「……トーヤ」

決して忘れてはならないその存在を、今の今まで失念していたことに、カディアスは衝撃を受けた。

「王様、カザン、知りませんか。どこにもいないんです」

幼子のような言葉を聞いた時、カディアスは己の心が決壊するのを感じた。

植え込みに顔を埋めるようにして、その場にうずくまった。

嗚咽だけは漏らさぬように袖を噛みしめ、身を震わせる。その様子を不思議に思ってトーヤが「王様？どうしたの」と顔を近づけてくる。

「よい、下がれ」

ルカの声で、不審に思う従者らが下げられる。背中にそっと置かれたのは、ルカの手だろう。それを感じながら、カディアスは樹の間に顔を埋め、ありとあらゆる感情を洗い流した。


ルカとトーヤを引きつれてカディアスがボロボロに破壊されたままの執務室に戻ると、そこにはダナルが至急呼び出した神獣師らが既に集《つど》っていた。

苦虫を噛み潰したようなラグーンと、途方に暮れたようなジュドの表情、蒼白な顔で一点を睨み据えるゼドにしっかりと寄り添うセツと、どんな精神状態か分からず、ゼドを見張るように立っているザフィとシンを見て、ダナルによって全て語り尽くされたのを、カディアスは知った。

「トーヤ……」

ゼドに寄り添っていたセツは、トーヤの姿を見た途端、顔を歪めてポカンとしたままのトーヤに駆け寄った。その身体をしかと抱きしめる。

「セツ、カザンはどこなんだろう。俺が呼んでも、応えない」

幼いトーヤの言葉に、ラグーンは吐き捨てるように言った。

「そのくらいの恥は持ち合わせているわけだ」

「やめろ、ラグーン。もうさんざん罵《ののし》っただろう。今は、今後どうするか話し合わなければ」

ダナルがラグーンを制止し、トーヤに顔を向ける。

「お前も鳳泉の神獣師なら聞け。カザンは今、地下の牢に繋がれている。理由は、先読ステファネスと契り、子供まで作ったからだ」

トーヤはまるでなんの知識もない子供のように、ダナルをぼんやり見つめたままだった。

「知っていたか？」

「カザンは悪いことをしたの？」

「第一級の大罪だな」

「ステファネス様を、好きになったことが、悪いことなの？」

わずかに首を傾げるトーヤの髪が、さらりと揺れる。

「でもカザンは、ずっと、ステファネス様が好きだったんだよ」

思わずルカがトーヤから顔を背ける。ラグーンはついに怒りを爆発させた。座っていた椅子を思いきり蹴り上げる。

「だからあいつを、鳳泉の神獣師にはするなと言ったんだ、俺は！」

「今それを言ったって始まらないだろう！」

シンの非難にラグーンは珍しく激昂した。

「今まで、こんなことを言う依代がいたか！　仮にも正戒をした神獣師が！　こいつはきっと、全部分かっていたんだろう。カザンの性欲が自分ではなくステファネスの方に流れていくのも！　操者として、半神として、あいつは許されん。俺は許せん！」

ラグーンの言葉に、誰も一言も返せなかった。

ただ、無垢すぎるトーヤの声が、静かに流れた。

「王様、カザンが、悪いことをしたのなら、謝ります。

だから、カザンを許してやってください」

カディアスは、自分と同じ、片割れを失った者の懇願を聞いた。

あまりにも無垢で、無知で、それゆえに、真摯《しんし》な声を、瞳を閉じて、聞くしかなかった。


ステファネスが鎮座する神殿の奥は、まだ血の穢れが清められていなかった。

カディアスが一人でその中に入った時、ステファネスはまどろみの中にいた。

「ともすれば意識が宵国に向くのよ。以前の比ではない。子を身ごもっているゆえだろうな」

ステファネスは目の前のカディアスが見えていないような様子で、瞳の焦点が合わないままに言った。

「まさかこの身が子を宿すとは思わなんだ。侍医から聞いて驚いたぞ。セイラは薄々分かっていたらしいが、あの気分の悪さが子が宿ったゆえなど、誰も教えてはくれなかったからな」

ふ、ふ、とステファネスの口端から笑みがこぼれる。

それを見つめるカディアスに、水色の瞳が射貫《いぬ》くように急に向けられた。

「我とともに子を殺すか？　カディアス」

「俺の気持ちは今すぐにでもそうしたいところだがな」

腹の中に、何が宿っているのか分からない。

そんなものを、この世に誕生させるなど、恐ろしくてならない。

「お前が宿しているものは、魔物かもしれんのだぞ。侍医も言っていた。人の子としての成長をしていない、と。本来、生命を宿さぬ身が、得体の知れぬものを宿している。これが恐ろしくない者はおらんだろう」

「かもしれぬな。お前の立場ならそう思うのは当然。だが我は、どんな化け物が宿っていようと構わぬ」

ステファネスはゆったりと座りながら、腹を撫でた。

「おかしなものよ。最も驚いているのは我だ。ここに、子がいるだけで、もはや昔の我とはまるで違う我になってしまった。心だけではない。見よ、カディアス」

ステファネスは、真っ白な着物が何枚も重ねられた衣服の襟元をぐいと下げた。

鎖骨が見え、首から肩にかけての線があらわになる。続く腕の線への変化に、カディアスは目を疑った。

カディアスは、ステファネスの裸など見たことがない。だが、ステファネスを兄、といつしか呼ぶようになったのは、身体の線など少しも想像できないほどの衣服に常に覆われているにもかかわらず、その骨格などが女性よりも男性のそれに近かったからだ。

だが今、ステファネスの肩には丸みがつき、うっすらと肉の柔らかさを感じさせている。筋張った線が明らかに女性らしい曲線を描き始めているのを見て、カディアスは驚愕した。

「胸のふくらみはまだないが、明らかに女の身体に変わってきている。この子は我を女にしようとしているのだ。母であることを求めておる。いかにお前が否定しようと、この子だけは我を、自分のために母になってほしいと言っているのだ」

腹を撫でるステファネスの顔に慈愛の微笑みが浮かぶのを、カディアスは信じられない思いで見つめた。兄と呼んでいた者が姉に変わりつつある姿から、目が逸らせなくなる。

「あなたは、母に、なりたかったのか」

その問いに、ステファネスは腹から視線を外し、虚空《こくう》へ飛ばした。

「いいや。子を宿すまで、自分が子を孕めるとは思いもよらなんだ。我は特に、人になりたいと切望していたわけではない。先読として生まれ、先読として生き、先読として死ぬ運命を、悲観していたわけではない。イネス伯母を見て、ああもリアンに愛を求めてしまうのは、女として生まれたがゆえなのだろうと思っていた。哀れとも愚かとも思わなかった。ただ、イネス伯母のように狂うのだけは避けたかった。ガイとリアンが王宮を去ってから、お前が通るまで我は落ち着かなかった。この宵国の毒から、我を救い出す鳳泉は誰なのか。宵国で見つけたトーヤが反応しないことに苛立ち、その先の未来で、カザンに会ったのだ」

変色しつつある血にまみれた床に座りながらも、神々しいまでに美しい横顔を、ステファネスはわずかに傾けた。

「あれが我に注ぐ感情全てが、今まで我が知らなかったものだった。知らない方がいいとは思ったが、我はそれに興味を持ってしまった。カザンは我を、美しいという。美しさとはなんなのかすら、我には分からなかった。先読には必要ないものだったから。カザンは我を先読としてでなく、まるで女にするように求愛した」

「……カザンを、愛していたのか」

「お前はセイラを愛していたか」

突然の質問に、カディアスは面食らった。ステファネスは静かな視線を向けてきた。

「我の知る愛とは、ガイとリアンの間にあったものだ。何があろうとも、歪まぬ。半神。あれが愛というならば、我はカザンを愛しているとは言えぬ。カザンとて同じであろう。我を抱きながら、心のどこかに常にトーヤのことが引っかかっていたのだから」

「あの二人が正しい半神だからだ。そこに横やりを入れたのは、あなたの方なのだぞ」

「そうだ。だから我はカザンの半神ではないし、カザンも我が半神とは言えまい。子を身ごもってようやく分かった。我の半神と言えるのは、この子供。我はこの子供のためならば、何もかも捨てることができる」

ステファネスは再び腹をゆっくりと撫でた。

「我はこの子を宿して、ようやく何かの形になれた気がする。確かに我はカザンを求めた。だが違った。今、こうして子供を宿した今は、我の生命は、我の全ては、この子に命を授けるために存在したのだとやっと実感できた」

分かるまいな。ステファネスは呟くように言った。

「カディアス。お前も我も、人としての幸せを求められぬ者。だが、我がこの国を導く先読として、自分の役割を承知の上で、単なる人の幸せを求めた心が、お前には分かるまいな。それで良いのだろう。お前は正しき王だ。弱かった父の行いを正し、この国を正しき道に導く、それが、皆がお前に課した王の道だ。お前は我を孤独にするまいと努めてくれた。だが我は知ってしまったのだ、この愚かなる人の道を。お前の心を踏みにじり、この国を裏切ったことを、許せとは言わん。だが我は、この子をこの世に生み出すためならば、なんだってする」

そこでステファネスは、水色の瞳に燃え上がるような意思を秘めてカディアスを見据えた。

「この子を世に送り出すためなら、我はこの国とも戦ってみせよう」

兄と呼んでいた者が姉となり、そして母となる有様を目にしながら、やはりカディアスには、一体この世界に何が起こっているのか分からなかった。

王宮内でも、内府、青宮、黒宮、そして神殿には、ごく一部の者しか知らない隠し通路が地下に張り巡らされている。

従者の一人もつけずに、カディアスは神殿や黒宮、そして内府を、この通路を使って行き来した。

神獣師らは真っ暗な道でも気配を読んで動くことができるが、カディアスは火糸《ひいと》をともしながらゆるゆると歩くことしかできない。

内府の殿舎地下の、牢近くの通路の壁には、いくつかの灯りがついていた。その下で、ゼドが壁に寄りかかって立っていた。半神のセツがぴたりと寄り添っている。

弟と、姉と、二人が罪に問われているのだ。ゼドの胸中を慮る余裕はカディアスにはなかったが、さすがに足を止めた。

「……カザンに会ったのか？」

ゼドは無言だった。代わりにセツが答える。

「会ってもいい、とダナルには言われましたが、ゼドはまだ……」

可愛がっていた弟だ。カザンは優秀な兄に対抗心を燃やしているようだったが、ゼドは弟を大事に育てていた。しばらく心の整理がつかないだろう。通り過ぎようとしたカディアスに、ゼドが一言だけ告げた。

「父に……父にはなんと」

ゼドら兄弟の父でありカディアスの叔父でもあるマルドは、国に対する忠誠心の強い男だった。摂政時代もこの国の行く末を案じ、最善の策を常に考えてきた。そんな男だ。娘と息子の罪を知れば、大いに嘆くに違いなかった。

「俺にとっては大事な叔父だ。事の経緯を知らせないわけにはいかないが、決して悪いようにはしない。お前も、神獣師という立場を忘れて、父を支えてやれ」

ゼドは深く頭を下げた。

カディアスは奥へと足を進めた。腕を組んで顔をしかめているダナルが牢の前に立っていた。

「ルカは？」

「書院に。文献という文献をひっくり返しているでしょう。いずれ書院番のサイザーには話さねばならんでしょうな。先読が子を身ごもった例が、過去にあったとしても何も記録が残されていない可能性の方が高いが」

　牢の中に目をやると、粗末な寝台の上にカザンが座っていた。カディアスの姿を見て立ち上がる。

「王、ステファネス様が妊娠したというのは本当ですか」

　牢内にいても、鎖で繋がれているわけではなかった。まして結界の中にいるわけでもない。鳳泉の神獣師を封じる方法は、他の神獣師らにはないのである。全ての精霊師の自由を奪う「先読の目」は、鳳泉の神獣師にしか使うことができない。〝浄化〟の属性を持つ神獣に、他の神獣の結界を用いても無駄である。改めて鳳泉は無敵だと思い知るしかなかった。

　唯一、攻撃力の高さで凌《しの》ぐ青雷を傍に置くしか方法はなかった。力動の強さでも、カザンに敵《かな》う者はゼドぐらいしかいない。ゼドを牢の見張り番として、牢の近くで待機させているのはそのためだった。

「侍医の話では普通の胎児の育ち方をしておらん。しかも、ステファネスは次第に女性化してきているようだが、身体のつくりは男性に近い。まともに子を産めるとは思えないというのが侍医の見解だ。もともとステファネスは身体が弱い。命を落とす可能性もある」

　淡々と告げるカディアスに、カザンは一歩近づいた。

「それで、ステファネス様はなんと？」

「それでも産むと言っている」

　カザンは不敬も忘れてふらふらと寝台に戻り、腰を下ろした。片手で顔を覆う。

「……そのためでしょうか。俺を今、拒絶なさっている」

「先に求めたのはお前の方か？」

　自分でも酷薄《こくはく》な声だと思いつつ、カディアスは訊いた。

「先読がお前を求めたのは単なる好奇心だろうよ。もはやステファネスにはお前は見えていない。頭の中は子供のことだけだ」

「……俺が我を失ったのは事実です」

　カザンは虚空を見つめるようにしながら話した。

「十五歳であの方の姿を見た時から、俺の世界はもうステファネス様なしには語れなくなりました。最初は、忠義でした。宵国でお一人で苦しんでおられるあの方を、一刻も早くお救いするのだと思いました。鳳泉を入れた後、通常のように欲望の全てが半神に向かえば良かったのでしょう。トーヤにも向くんです、欲望が。

事実性欲をぶつけた時期もありました。ですが、最後まで抱くのは無理でした。できませんでした。……幼い子供と同じなんです。俺を親のように思っている。何も愛情を知らなかった子供が、最初に求めるのは、性愛じゃない。無垢な愛情なんです」

「ラグーンも言わなかったか。それをぶち壊してきたんだよ、アジス家が作った人形を半神にした操者は。赤ん坊か人形のような反応しか返さない奴を、最初は誰だって愛することをためらうんだ。それでも葛藤して、悩んで、苦しんで、自分の想いは永遠に伝わらないかもしれないと思ってもなお、愛し抜いてきたんだ。お前はそれをしなかっただけだ。目を向けるべき半神ではなく、分かりやすい反応を返してくれる先読の方へ逃げただけじゃねえか」

ダナルの非難に、カザンは静かに目を閉じた。

「そう言われても仕方ない。俺がトーヤを、唯一無二だと言えないのは確かだ。ステファネス様と、トーヤと、二つに身が裂けたがゆえにこの事態になった。だが俺はステファネス様を愛している。お前の愛など、愛ではないと言われたとしても、俺はあの方を愛した」

ダナルはもう何を言っても無駄だというように顔を背けたが、カディアスはどうしても考えずにいられなかった。

ステファネスの気持ちも、カザンの気持ちも、揺るぎないとはとても言いがたい。

だが、人の愛など、それが限界ではないだろうか。

お前の愛など愛ではないと、確かに精霊師らは言うだろう。

唯一無二と言えない愛ならば、それは正しい愛ではないのか？

ならば、精霊師以外の、普通の人間の愛は？

「トーヤ！」

セツの声に振り返ると、トーヤが走ってくるのが見えた。トーヤの後ろにゼドがいるが、トーヤがカザンの牢へ走るのを止めようとしていなかった。

トーヤは牢内のカザンを見るなり、その中へ入ろうと入り口の鍵をためらわず力動で壊そうとした。だがダナルの結界がそれを防いでいる。

「開けて」

「トーヤ、落ち着け、ここには入れないんだ」

中にいるカザンが説得しようとするが、トーヤは鍵を摑んで繰り返した。

「開けて、開けて、開けて、開けて、開けて、開けて」

「トーヤ！」

ガチャガチャと鍵を揺らして開けてくれと繰り返すトーヤの手を、格子の向こう側からカザンが摑む。

「お前が犯した、最も重い罪は、これだ」

ゼドが静かに、牢内のカザンの前に姿を現した。

「何よりもこれが一番罪深いと誰がなんと言おうと、俺は思う」

その感情を押し殺した声を、カディアスは黙って聞いていた。


別荘地で静養していた神官長・イサルドが以前の半分ほどにやせ細った姿を見せた時、思わずカディアスは目を伏せた。

報告だけで構わないとシンとザフィには告げたのだが、絶対に神殿に行くとイサルドは聞かなかったという。まだ身体が弱ったまま、目だけは燃えるほどの強い意志を秘めていた。先読懐妊というこの事態、なんとしてでも見届けねばならぬという思いだろう。


「王よ。私への処分はいかようにも。ですがステファネス様の今後が決まるまでは、この身が朽《く》ち果てようと神殿に留まることをお許しください」

「お前の処分など考えてもおらぬ。他の神官らも一切責めるな。我が妃が手引きをし、鳳泉が犯したこの罪、一体誰が負えようか」

「しかし王、僭越《せんえつ》ながら王の御心を拝察いたしますと、私は……」

カディアスは耐え切れずに顔を覆った。


この事態を千影山の師匠連中にも伝えたが、山では意見が真っ二つに割れた。

先読の地位を剝奪《はくだつ》し子供を堕《お》ろさせ、鳳泉を封印し、カザンは処刑する。

いや、宵国と繫がった状態の先読から子供を無理に堕胎させればどうなるか分からない。このまま状況を見守るべき。

カザンとトーヤを鳳泉の神獣師として送り出したガイは、ひたすら責められ意見の場に加わることさえも許されていないと、千影山から下りてきた元・青雷の神獣師・ラカンは言った。

「ガイは自分を責めて部屋に閉じこもったままだ。全くあの連中め。過去をどこまでもほじくり返して言いたい放題だ。もう俺も山にいたくないと思うほどだ。ダナル、お前も光蟲で山の連中がどれほど勝手を言っているか分かるだろう。奴らの意見など構うな。お前たちの選ぶ未来を進め」

「無論そのつもりだ。これ以上ガイを責めるなら、全員老後は野垂れ死にさせてやると言ってくれ」

玉座に座ったまま目を伏せていたカディアスに、ラカンは向き直った。

「王よ。ご自分を責める必要はどこにもありませんぞ。王は、あなたお一人。ゆめゆめそれをお忘れなさるな」

「ならばラカン、ガイにも同じことを言ってくれ。自分を責めることはないと。今残っている俺の父はガイ一人だけなのだ」

ラカンは恭《うやうや》しく頭を下げ、その場を離れた。

それを合図とするように、神獣師たちが謁見の間の中央に歩いてきた。


先の王弟・マルドが、孫である王太子キリアスのご機嫌伺いに青宮へやってきたのは、その日の夕方だった。

キリアスに母がいないと泣きながら訴えられ、青宮に仕える女官らの不安を聞いたマルドが状況を確かめようと黒宮を訪れた時、カディアスは会う気になれなかった。しかし黙っていられるわけもないだろうと、先にダナルに説明をさせ、自室にこもっていた。

つい先程、神獣師らと今後の方針を話し合ったばかりである。

あとは、カディアスの心ひとつだった。

「王。マルド殿が、直接話をしたいと」

ダナルの低い声に、カディアスは重い頭を持ち上げた。かといって寝台から離れるのもおっくうでそのまま半身を横たえていたが、マルドならば分かってくれるだろう。

「王よ……」

マルドは、どこを歩いているのか分からぬような足取りでカディアスの方へ近づいてきた。その気落ちした様子に、カディアスはダナルに席を外すように手を振った。

「王……王、申し訳ございませぬ。なんと、なんとお詫びを申し上げればよいか」

マルドは声がかすれ、やっと言葉を出しているような有様だった。

「詫びも何もない。ダナルから聞いたであろう。ステファネスがカザンの子を身ごもっている。あの二人の逢瀬《おうせ》を手伝ったのはセイラだ。神殿で他にあの二人のことを知っている者はおらん。セイラはうまく隠していた」

「国母《こくも》となろう身がなんという浅はかな真似を……！　我が娘はどうとでもご処罰くださいませ」

「いや、つい先程黒宮での監禁を解いた。発覚から三日、そろそろなんとかしないとステファネスの面倒を見る者がおらん。知っての通り、先読は自分では何もできん。放っておけば昏々と眠り続けるだけで、そのまま死ぬであろう。そうしてくれてもいいのだが、簡単には死ぬまいからな。神獣師らはステファネスをひとまず生かすべきだと進言した」

放っておいてただ死ぬだけならいいが、常に宵国と繋がっている生き神が、普通に死ぬわけがないのである。

子を無理に堕胎させればそれこそどうなるか分からない。

今の神獣師らは、先読が狂ったらどうなるか、十分に分かっている。一体どんな子が生まれるか、そもそもステファネスが普通に子供を産み落とすことができるのかすら分からなかったが、今ステファネスを狂気に追い込むことは誰もがためらった。

そうなるとステファネスの世話をする者が必要である。神官に世話をさせれば、先読の懐妊が知られてしまう。やむを得ず、ダナルらはセイラを世話係として神殿に戻すことを提案したのだ。

「……とりあえず生まれるまでだがな。神殿の奥に閉じ込めておくが、状況が落ち着いたらキリアスにも会わせよう。いきなり息子から母親を奪うのは俺も本意ではない」

そして、先読を存続させる以上、鳳泉は必須だと神獣師らは見解を決めた。

先読浄化は、鳳泉がいなければできない。他の神獣の浄化能力では、多大な犠牲を覚悟しなければならないのである。

ステファネスが子を産むまでは、カザンは存命させ、鳳泉も呪解しない。

それが、ダナルらが出した結論だった。

「……あくまで現段階の措置で、子が生まれたらカザンとステファネスの処分はまた改めて考えるとのことだったが、ステファネスは先読に違いなく、カザンも鳳泉の神獣師としての力を失っているわけではない。ただ、俺一人が予知を伝えられないだけだ」

神獣師らは自分たちの意見は出したが、決定はカディアスに任せた。

だが彼らがそう言う以上、他の道を模索するなどカディアスにできるわけがなかった。

カディアスがあくまで二人を断罪するというのなら、犠牲を払うのは神獣師らなのである。

宵国へ通じる道が閉ざされてしまっている以上、カディアスは王という名のただの張りぼてだった。その血脈が次代の先読と王を生み出す以上、まだ価値はあると言えるのかもしれないが、なんの能力もない。ただの飾りではないかと沈む心を必死でカディアスは止めていた。マルドが祈るような視線を向けてくる。

「……カザンを、許せませんか、王」

出産を控えた先読に何かがあっては困るため、カザンとトーヤは神殿に戻すべきだと言ったのはラグーンだった。産ませると決めたら、鳳泉の神獣師としての役目を全《まっと》うしてもらう。いたずらに牢に閉じ込めておく方が馬鹿らしい、と吐き捨てた。

「ただし俺はもう絶対に協力しねえけどな」

ガイとリアンの時には役目を全うしようとした。だが彼らのために命を懸けるのはまっぴらごめんだと唾棄するように言った。

ダナルは誰よりもカディアスの心情を理解しながらも、耐えることをカディアスに要求した。

王としての尊厳を地に捨てても、この国の未来を守らねばならない。それは分かる。自分がこの矜持《きょうじ》を押し殺せば済む話ならば、耐えるのが国を統治する者の定めだろう。

決定権を自分に残してくれたのが、ダナルの精一杯の気遣いのような気がした。

「……王、僭越《せんえつ》ながら、私の迷い言をお聞きください。なんの力にもなれなかった摂政ではありましたが、私は私なりにこの国が一体どうあるべきか、どうしたら列強の干渉と侵略を受けることなく国を守れるのか、考えてきたつもりです。我が国に、他国とは比べ物にならぬほどの斑紋と力動を持つ者が毎年誕生し、そして彼らによって国を守っている以上、精霊を魔物と考える国々とは決して相容《あいい》れないのです。そして我らが、精霊を宿す統治を行う以上、先読の存在は、必須なのです。全ての精霊を飲み込み、そしてこの世の全てを見、未来への指針を示す生き神の存在は、絶やしてはならないのです」

震える声で、一語一語、願うように伝えるマルドの声を、カディアスは目を伏せながら聞いた。

「そして、先読が存在する以上、鳳泉は、鳳泉だけは、決して絶やしてはならない神獣なのです」

この一言を告げるのは、マルドにとってどれほど辛かっただろう。カディアスは静かに頷いた。あえて、背中を押しに来てくれたことは分かっていた。

「……王よ……！」

マルドはがくりと床に膝をついた。

「決して……決して、我が子可愛さゆえにこう申しているわけではありません。息子と娘の罪を、お許しくださいとは言いません。あれらを自分で罰することができるならそうしております。どうか……」

分かっている。覚悟を決めた声が、その場に静かに流れた。だが、カディアスはそう告げたつもりだった。

「どうか、この私の命で、王への非礼も、国家への裏切りも、お許しください」

カディアスが寝台に投げていた目をマルドに向けたのと、短刀を握りしめたマルドの首から血が一直線に噴き出すのと、ほとんど同時だった。

「マルド!!」

その身体が床に崩れ落ちる前に、カディアスは寝台から飛び起きた。あっという間に血に染まるマルドの上半身を抱きしめて叫ぶ。

「ダナル、ダナル！　侍医を！　医療精霊を早く!!」

カディアスの絶叫に、ダナルが部屋の中に飛び込んでくる。だがマルドは、震える手でそれを制した。口の周りを血で染めながら、声を絞り出す。

「王、王よ、どうか、この血で、あなたの屈辱が、洗い流せますように。貴方は、王です。この国の、正統なる、王です」

がくがくと顎と唇を震わせ、焦点の定まらなくなった瞳で訴えるマルドの身体を、カディアスは抱きしめながら必死で頷いた。


カディアスは血に染まった姿のまま、息絶えたマルドを前に、集まった神獣師らに言った。

「お前たちの手で、先の摂政の浄化を行え」

呼び出されたゼドは、横たえられた父親の姿にふらふらと足を進めてきたが、辿り着く前にがくりと膝をついた。そしてそのまま、床に顔を伏せて慟哭した。

ゼドの泣き叫ぶ声が反響するのを聞きながら、カディアスは神獣師らを見据えて告げた。

「地下牢から鳳泉の神獣師を出せ。先読が子を産むまで、神殿を守らせよ。万が一のために青雷も黒土門《こくどもん》より奥へ常駐せよ。紫道、百花も王宮内に留まれ。先読の懐妊は、絶対に秘匿《ひとく》せねばならぬ」

◇◇◇

マルドの死をイサルドがセイラに告げた時は、神殿内に絶叫が響いたと報告された。

だがもうカディアスには、妻の心を慰めてやれる余裕などなかった。

牢から出されたカザンもその場にいたはずだが、一体どんな反応だったのかあえてカディアスは報告を聞かなかった。

「ねえ父上、母上はどこにいるんですか」

膝の上で機嫌の悪いキリアスが泣きはらした顔をしかめている。

「……母の病気が治るまではもう少し時間がかかりそうだ」

「僕は病気がうつってもいいのに？　病気になったら母上といられるよね？」

たまらずカディアスはキリアスを抱きしめた。

「すまん……すまん、キリアス」

先読の体調がすぐれず、精神的に不安定になったと通知を出し、神殿には神官長・イサルドと少数の神官が残り、青宮で暮らすキリアスも承香殿《じょうこうでん》内にあるアルゴ家の宮へ移されることになった。

しかしアルゴ家にはもう、キリアスの大好きな祖父はいない。神殿で倒れ、急に息を引き取ったために密葬にしたとだけ、アルゴ家の使用人らには伝えた。主人の突然の死をアルゴ家は大いに嘆いたが、すぐに王太子が移されると聞いて尋常ならぬ事態を察したらしく、迎える準備をした。

「おじいちゃまもいないのに。一人で行くなんて嫌だよう」

アルゴ家の迎えの輿に、キリアスの身体をカディアスは自ら乗せてやった。子供心に何か異変を感じているのだろう。乳母にも気に入りの従者にも見向きもせず、カディアスに抱きついて離れない。

「キリアス、しばらくの間だけだ。母が治ったら、父も一緒にお前に会いに行くから」

泣きわめくキリアスを宥めたが、その約束は守られることはなかった。

内府より奥の人員がかなり減らされ、神獣師が常時外宮にいることになったのを除いては、特に変化のない生活が続いていた。

カザンが釈放され神殿に入ってから、カディアスは一度も神殿に足を向けていなかった。神獣師らも誰も近寄れないため、イサルドから定期的な報告を受けるだけだった。

「日に日に身体が弱っていらっしゃる。もうほとんど意識を現世に保つことができないのです。ふと意識を戻された際に、セイラ殿が必死に汁物などを飲ませようとしております」

先読がほとんど眠っているのはいつものことだが、腹の中の子が育っていくにつれてステファネスは深い眠りに落ち、必要最低限の栄養すら取れなくなってきていると侍医は報告した。

「身体は？」

「……ほとんど女性に近いです。案じておりました骨盤も、広がりつつあります。それでも難産になるのは避けられないでしょうが」

「……では侍医殿の見立てでは、やはり通常の半分の早さでお生まれになるのですな」

七十歳近い侍医の他に、書院番のサイザーが話し合いに加わっていた。歴史書という歴史書をルカとともにひっくり返して、先読の出産が一体どんな事態を生むか、考察している最中だった。

ステファネスが妊娠しているのを知っているのは、神獣師の他にはサイザー、イサルド、侍医の三人だけだった。

「ということは、あとひと月で生まれるということか……」

ダナルが顔をしかめて唸《うな》る。

「正直、生まれてからのことは何も考えていなかったが」

「セイラ殿と一緒に霊廟に預けるしかないでしょう。まあどんなものが生まれるかによるが」

先読が先読を産む可能性はないのかという問いを、カディアスは飲み込んだ。

ルカとサイザーが調べた限りでは、先読が子を産んだという記録はなかった。そして同様に、国王以外の男の血脈から、先読が誕生した例もないのである。

果たしてステファネスの産む子供は、このヨダに何をもたらすのか。考えれば考えるほど、見えぬ未来がますます暗く染まっていくような気がした。


神獣師たちが毎日神経を尖らせて神殿を窺っているというのに、一度も様子を見に行かないのはいかがなものかと、カディアスはついに重い腰を上げ、一人で降神門へ向かった。

神殿には今、わずかな人数しか配置されていない。奥にはセイラとイサルド、そしてカザンとトーヤしか出入りしていない。王が来たという伝令は不要だとカディアスは出迎えた神官を止めた。奥へと続く静まり返った回廊を歩く。

中庭に面した廊下に差しかかった時、カディアスは中庭の椅子にカザンとトーヤが座っている姿を目の端に捉え、思わず立ち止まった。

正確には椅子に座っているのはカザン一人で、トーヤはカザンの膝の上に乗っていた。トーヤはカザンにおとなしく抱かれながら、小動物のようにカザンの頭に頬を擦りつけていた。そんなトーヤをカザンは優しい手で支えている。

その様子に、カディアスは頭の中が怒りだけで満たされていくのをどうしても止められなかった。カディアスは顔を背け、奥に進もうとした。

「王」

カディアスに気がついたカザンから呼び止められる。無視しようかとも思ったが、立ち止まって一息ついた。

「ステファネス様のところへ？」

「他に何がある。お前らはこんなところでのんびりしていていいのか」

トーヤの手を引きながらカディアスのところまで近づいてきたカザンは、自嘲《じちょう》するように口端を歪めた。

「宵国へ飛んだステファネス様に近づこうとしても、警戒されてしまうのです。俺を完全に排除している」

「警戒？」

「宵国へとどまっていることが多いせいで、ステファネス様は宵国の毒にかつてないほど侵されています。私が浄化しようとしても、絶対に許してくれません」

「なぜだ」

「浄化をすれば、腹の中の命までが浄化されてしまうのではないかと心配なさっている」

子供は幼い頃は、宵国に飛ばされやすく、命が脆《もろ》いものだ。ヨダ国では七歳を過ぎる頃までは、子供のほとんどが斑紋を持っているせいか、精霊に取り憑かれればすぐに宵国へ引きずられる、すなわち死んでしまうと思われている。七歳を過ぎれば次第に斑紋は消えそんな心配もなくなるが、十四歳までそれが残った場合は千影山に入山するのだ。

まだ人としての形を現世に現していない胎児なら、より死の世界と近いだろう。わずかな浄化で命が奪われてもおかしくないのだ。

「いっそ浄化して子供の命を消してほしいものだが、そうなるとステファネスは間違いなく狂うだろうな。そしてお前は、そんなステファネスを救う力もないというわけだ。孕むだけ孕ませて、あとはもう何もできん、か。一体なんのための鳳泉だ」

カザンは血色の悪くなった顔のまま黙っていた。

父親の自害、そしてステファネスの拒絶、カザンの精神状態もかなり危うくなっていることは明らかだった。ほとんど寝ていないのか頬はげっそりとこけ、窪んだ眼の周りは黒々としている。

「王、カザンを怒らないでください」

トーヤは変わらず無垢な瞳を向けてくる。カザンはトーヤに向き直り、言い聞かせるように言った。

「トーヤ、しばらく外宮の鳳泉の殿舎に戻っていたらいい。疲れてきているだろう」

「外宮は嫌だ。ダナルもラグーンも皆、カザンの悪口を言うから嫌いだ。もうゼドだって嫌いだ」

嫌い、という感情をトーヤが発したこと自体、カディアスは驚いた。これまでのことがあって、急激に感情が目覚めたらしい。

「俺のことも嫌いだろうな、トーヤ」

そんな言葉が口をついて出た。トーヤは無言でカディアスを見つめてくる。

「トーヤ。少し部屋に戻っていてくれ。そろそろ姉さんと交代しなければならない」

カザンの言うことならトーヤはなんだって従うのだろう。素直に頷き、神殿内にある自室に戻った。

「……ステファネス様はもう、俺のことなど意識の片隅にもありません。まるで、手負いの身ごもった獣のようです。あの気高く美しかった方が、宵国の毒と、子供への執着で、狂いかけている」

イネスのようにすることだけは避けたかったにもかかわらず、確実にその道を歩もうとしている。カディアスはやりきれなさを感じながらカザンから離れた。

「王」

呼び止められ、カディアスは思わず堪えに堪えていた心情を吐き出した。

「返してくれ」

カザンに背を向け、床に顔を向けながらカディアスは言った。

「返してくれ。俺の兄だった人を返してくれ。この国の未来を返してくれ。お前の恋情一つで、この国の国民が列強に侵略される危険に晒されることになったんだ。俺は、絶対にお前の想いは理解できん。先人の苦労を知りながら、マルドの訓戒を聞いて育ちながら、仮にも王族の血を引く神獣師でありながら、なぜこんな裏切りができたんだ。俺は、分からない。絶対に、認められん」

カザンは、力のない目ではあったが、まっすぐに見つめてきた。

「……宵国であの方にお会いした時から、俺の半神はステファネス様になりました。あの方が、俺の全てでした。欲望に負けた自分を、畜生だとあなたも、神獣師らも思うでしょう。トーヤという半神がありながら、何をぬかしているのだと言うでしょう。俺の想いなど、本当の半神を愛し抜く精霊師らに言わせれば、偽物にすぎない、半神という言葉を使うなと言うのでしょう。だが、俺の半神はステファネス様一人だ。外道《げどう》と言われようが人でなしと言われようが、あの方一人の手しか俺は取れない」

「ステファネスはお前のことなどもはやどうでもいいのだぞ。自分の半神は、腹の中の子供だと言っていた。お前の存在など忘れている。それでもか」

「はい。それでも構いません」

父を自害させ、仲間を、師匠を、国を裏切り、それでもなおまっすぐに己を貫くカザンにカディアスは絶句した。

半神。それは通常、精霊師同士が互いの番《つがい》のことを呼ぶ言葉だった。

だがステファネスは己の子を半神と呼び、そしてカザンはステファネスを半神と呼ぶ。

それは、自分一人の想いだけで、成立するものなのか。

「カザン!」

神殿の奥からセイラが走ってきた。少し見ない間にあの美しかったふっくらとした頬はこけ、別人のようになった妃をカディアスは衝撃とともに見つめた。セイラはカディアスの姿を目に捉えると、縋るように告げた。

「ステファネス様が、陣痛を訴えられました……!今、急に、かなり苦しまれて、傍にいた侍医が、倒れてしまって……」

予想よりも半月以上も早い陣痛に、カディアスは茫《ぼう》然《ぜん》とした。そもそも予測できないこととはいえ、これはあまりにも早すぎないか。

自分の横をカザンが獣のような速さで通り過ぎ奥へ走ってゆく姿を見て、カディアスは我に返った。慌ててその後を追う。

白い布を払いのけて中に入った途端、足元に転がるものにカディアスは身を引いた。

侍医であった。

確かめなくとも、瞳孔が開き、死に至っているとすぐに分かった。

「ステファネス……!」

顔を上げたカディアスは、思わず続く声を失った。

カザンに支えられるようにして半身を起こしている

その姿は、かつての兄ではなかった。

げっそりとやつれ、首筋も鎖骨も骨が浮き出るほどにやせ細った姿ではあったが、その肩も、腰も、腹も、紛れもなく女の姿のステファネスがいた。

美貌は変わらなかったが、身体の線が、完全に女になってしまっている。カディアスは目の前の光景が信じられなかった。わずか数か月で、男の身体から女に変化したというのか。

ステファネスはカディアスを見据え、額に脂汗《あぶらあせ》を浮かべながら言った。

「我の意思に反して、宵国が、開いた」

侍医は、宵国に引っ張られて魂を抜かれたのだろう。それは分かっていた。だが、それがステファネスの意思ではないと聞き、カディアスは仰天した。

「意思に反する!? どういうことだ!?」

「もはや、どうにもならぬ。カディアス、神獣師らに、結界を張らせろ。皆を、一刻も早く逃がすのだ。宵国の、扉が開いた。人の魂はことごとく吸い取られるであろう」

一体何を言っているのか分かっているのか。カディアスはそのあまりに恐ろしい言葉に、身がすくんで動けなくなった。

地獄への穴が開いたと言っているのだ。

精霊師や神獣師だけではない。全ての人間を無差別に喰い尽くす状態になったということだ。

「王! 空に、空に巨大な穴が開いております! 結界力の弱い神官らが、ばたばたと倒れて……!」

イサルドが、地獄のような状況を叫んで告げる。カディアスは、足をもつれさせながら、這うようにして外へ飛び出した。

青かった空は灰色の雲を浮かべ、陽の光を遮り、世界は闇に覆われようとしていた。

空に、黒と灰色の雲が渦を巻き始める。あれが宵国への扉だと、天空を見上げながらカディアスは思った。もう神獣師らは、この事態に気づいているだろう。

「降神門から先に、青雷の結界が敷かれました」

同じように空を見上げていたカザンが後方から告げる。振り返ったカディアスは、カザンの目が強い意志で激しく燃えているのを見た。

「イサルド、神殿内にいた神官は？」

「ことごとく死に至りました」

中庭に神官らが幾人も倒れていた。神官長・イサルドは自分で結界を張っているのだろうが、突然の事態に他の神官たちは対処できずにあっという間に命を奪われたのだろう。

「カザン！」

トーヤが回廊を走ってくる。両腕を広げたカザンに飛びつくように抱きついた。

「カザン、宵国だ。ステファネス様は？」

「トーヤ。俺の言うことをよく聞くんだ。あの宵国の入り口を、ふさがなければならない。放っておけばどんどん広がる」

「ステファネス様はふさげないの？」

「できない。本来死が通る世界から生命を生み出しているがゆえにこの現象が起きているんだ。世の中が逆転している。ここまでの状態になるとは思っていなかったが、あの穴をふさがなければならない。放っておけばどんどん入り口は広がり、王宮どころか国、いや世界全体を飲み込むだろう」

カザンの言葉に、カディアスは言葉を失うしかなかった。

ある程度覚悟していたが、ここまでとは。

「あれは、鳳泉の力でふさげるのか!? 浄化をすれば」

「浄化は行えません。子供が死にます」

「子供なんて言っている場合か！ 世界と、一人の子供のどっちが大事だ！」

「俺の命で、ふさぎます」

こんな状況だというのにカザンは微笑んだ。

「王、トーヤを連れてイサルドと黒宮へ。ルカに頼んで、鳳泉の護符からトーヤの正名を外してください。俺は今から、おそらく魔獣化します。浄化の代わりにあの毒をこの身に受けるからです。鳳泉の護符を燃やせば、魔獣化した俺を殺せます」

浄化の代わりに、毒を受ける？

「鳳泉だけが行える、〝宵返《よいがえ》し〟です。書院番が単体精霊〝鬼手《きじゅ》〟で精霊を移し替える時に宵返しの神言を唱えるでしょう。宵国へ引っ張られないように。あれと原理は同じです。先読が何かの拍子に損傷し、宵国へ繋がる扉が開いてしまった時、鳳泉だけは宵国から流れてくる毒を浄化し、扉を閉じることができる。時空を操作する鳳泉の浄化能力の一つです」

そう言えば、ガイから聞いたことがあるとカディアスはぼんやりと思った。

〝浄化〟とは全て、時空を操作する能力なのだ、と。

今も、昔も、未来も、この世も、あの世も、全て超越できる力なのだ、と。

「〝宵返し〟をすると、魔獣になってしまうのか」

「宵国の毒を俺の身体で受け止めても、浄化を行えませんから魔獣化します。身に受けた毒だけを浄化できればいいのですが、浄化を行えばその力は周囲の空間に広がるでしょう。浄化とは、死の国に追いやるということです。今の状況では、子供は確実に死んでしまう」

カザンはそこまで言うと、傍らに立つトーヤに目を向けた。

「トーヤをよろしくお願いします。俺に巻き込むわけにはいきません」

「俺はいいよ、カザン」

カザンの手を、トーヤは自分から取った。

「俺は、カザンと一緒にいる」

「……トーヤ」

「一緒にいる」

まっすぐに訴えるトーヤをカザンは見つめ、慈愛に満ちた微笑みを向けた。愛おしそうに、その身体をゆっくりと抱きしめる。


「……トーヤ。……ごめんな。ありがとう」

突然、トーヤが軽く悲鳴を上げたかと思うと、意識を失った。

「カザン様⁉」

「力動を乱して意識を失わせた。頼むイサルド、トーヤを黒宮へ連れていってくれ。あの穴がふさがったら、俺は魔獣になっている。必ず俺を殺せ。護符を燃やせばどんな神獣だろうが死ぬ。必ずだ。分かったな」

「カザン様……！」

空に渦巻く宵国の毒を、一身に受ける。

己の命を捨てて、子供をこの世に送り出そうとしているのか。

一体その子供に、どれだけの価値があるというのか。

「王。俺があの宵国への入り口をふさぐには、時間がかかると思われます。それまでなんとしても、もちこたえてほしいと神獣師らに伝えてください」

それだけ言い残すとカザンはステファネスのいる奥へ走った。

「カザン！」

カディアスはカザンの後を追い、奥へ足を踏み入れた。苦痛に声を絞り上げるステファネスの声が響き渡っていた。

　カザンはためらいなく白い布を引いた。布が重なるようにして落ち、血まみれになった床の上で、ステファネスが出産の苦しみに耐えていた。その出血の量だけで、この出産が終わった後、ステファネスの身体がどうなるのかは明らかだった。

　汚れなき真っ白な布に覆われた向こうで、鮮血に染まった出産が行われている。その白と赤に、カディアスは眩暈《めまい》を覚えた。なんという対比か。これが、人の出産というものか。

　セイラは自分の腕にも、顔にも、結界の神言を書いていた。セイラは上位の神官だった女である。自分を守る術は心得ていた。自分が取り上げなければ、子供は死ぬ。その使命感だけで、いつ死に巻き込まれてもおかしくないこの状況でもこの場に留まっていた。カザンとカディアスが入ってきても何も見えていないないようにステファネスの足を支える。

「ステファネス様、しっかり！　呼吸をするんです！」

　カディアスはその場に近寄ることすらできなかったが、カザンはステファネスの背中を支えるように後ろに回った。衰弱したステファネスが、荒い息を繰り返し、それでも必死でカザンに顔を向ける。

「……カザン」

「〝宵返し〟を、行ってまいります」

　それですべてを悟ったのだろう。ステファネスは、カザンを見つめて弱々しく微笑んだ。

「すまん、カザン……我もこの身体、もつまい……だが、だがどうか、子供だけは」

「分かっております。ご安心ください。必ず、この世へ送り出しましょう」

　ステファネスの双眸から涙があふれ出る。だがその口元には、幸せな微笑みが浮かんでいた。

「カザン、お前の魂は必ず我が捕まえよう。ともにあの世へ参ろうぞ」

「……ステファネス様……！」

　カザンは最後にステファネスをしっかりと抱きしめた。再びステファネスを産みの苦しみが襲い、カザンにしがみついて激痛に耐える。そして力が一度抜け、ステファネスが呼吸を繰り返したところで、カザンは静かにその場から離れた。

　カザンが横を通り過ぎても、カディアスは立ち尽くすだけで一言も声を発することができなかった。

ためらいなく死の国に向かって歩き出すカザンに、何一つかける言葉が出てこなかった。

自分でも、身の内に渦巻くこの感情がなんなのか説明がつかなかった。だがそれを考えている暇などない。カディアスは意を決して、外に飛び出した。

先程よりもはるかに大きな渦が空を覆っていた。ぐるぐると渦は速度を増し、中心には真っ黒な穴が開いている。それが、渦が大きくなるにつれて広がりつつあるのだ。あれこそが、宵国への入り口だった。

その真下に、カザンが立っていた。片腕から血が滴《したた》っていた。一瞬怪我をしたのかと思ったが、自分で切ったのだとすぐに分かった。カザンが立つ場所に、円状に血文字が書かれていたからである。おそらく〝宵返し〟を行う術だろう。

穴を睨み据えるカザンの口から神言が流れ出る。地面に書かれた血文字が浮き上がり、文字がべたべたとカザンの身体に貼りついていく。カザンの顔が、腕が、身体が血文字に覆われた時、いきなり上空の穴から黒い噴煙のようなものがカザンの身体めがけて落ちてきた。

その勢いに、カディアスは身体が浮き上がり、はるか後方まで吹っ飛ばされた。

地面に身体が叩きつけられ、ゴロゴロと木の葉のように飛ばされる。その衝撃に、カディアスは一瞬意識を失いそうになった。

カディアスは多少の力動は使えるが、千影山で修行をしたわけではない。生活に困らぬように調整する術を教えられた程度である。当然、自分の身に張る結界など、下位の神官くらいしか強度はなかった。

それでも宵国へと魂を奪われないのは、王たるゆえんなのだろうか。

朦朧《もうろう》とした頭で遠く離れたカザンの方を見ると、カザンは身体に黒煙を吸い込みながらも、まだ神言を唱えるのをやめていなかった。とぎれとぎれであったが、神言が吐き出されているのは、この距離からも分かった。

カザンが宵返しを行っているというのに、黒い穴はどんどん広がる一方だった。なぜだ。子供が、あの穴を押し広げて出てきているからか。

「王！」

いきなり上半身を抱え上げられたと思ったら、ゼドの手に支えられていた。

「ゼド……！」

　ゼドはカディアスを抱き起こしながらも、その目をカザンに向けていた。毒を一身に受ける弟を見て、瞳が揺れる。だがそれを振り払うように、カディアスの身体を背負うようにしてその場を離れた。

「王、黒宮へ！　被害は甚大《じんだい》です。〝百花〟は混乱する住人らを全員、速やかに王宮から出すために、催眠の花をまき散らして誘導しております。兵士らも、皆撤退させました」

　いきなり空に宵国への扉が開いたのだ。ばたばたと隣の人間が死んでいく状況で、人々の恐怖が大きな混乱を引き起こすのは間違いない。〝百花〟の花は人を自在に操る能力を持つ。ジュドは、王宮内の人間に集団催眠をかけ、速やかに逃げるようにしているのだろう。

「しかし、あの穴は、まだ」

「カザンは確実に穴をふさぎつつあります。だからこそ俺は、神殿近くまで来ることができた」

　ふとカディアスは、ゼドの背中から後ろを振り返った。

　カザンの神言が、ついに途切れたのだ。


　その声はかすれ、なんとか神言を紡ぎ出そうとしても、後が続かなくなっている。

　そして、神言の代わりにカザンの口から漏れ出したのは、言葉にならぬ魔獣の呻き声だった。

　背中が膨れ上がり、背骨と肩甲骨《けんこうこつ》がビキビキと形を変え、黒ずんだ背中から黒い羽がバサバサとこぼれ落ちてくる。

　ゼドはカディアスを背中から下ろした。そして、呻くような声を、喉の奥から振り絞った。

「カザン……!!」

　その時、黒煙を避けるようにして、何かを抱えるようにしながらセイラがこちらに走ってくる姿を見た。

「セイラ！」

　おぼつかない足取りで懸命にこちらに走ってくるセイラに、ゼドが駆け寄る。カディアスは、ゼドが白い布に包まれたものを、ゆっくりと腕の中に収めるのを目にした。

「お、お生まれになられました」

　涙で顔をぐしゃぐしゃにしながら、セイラが訴えた。

「ス、ステファネス様は、もう、お命が、ほとんど……。さ、最後に、カザンとともに、宵国をふさぐから、御子様と逃げろとおっしゃって、そのまま……」

セイラの言葉はそこまでしか続かなかった。再び突風のようなものが吹き上がり、カディアスの身体は宙に浮いた。ゼドが力動で身体に結界を張らなければ、セイラもろとも地面に叩きつけられて即死していただろう。

「王!!」

カディアスは地面を転がりながら、ダナルの絶叫を聞いた。空を飛ばされて、降神門の近くに落とされたらしい。ダナルに助け起こされたカディアスは、気を失ったセイラがザフィに抱え起こされるのを目にした。

ゼドの姿は見えなかった。子供は。ダナルの腕の中で辺りを見回したカディアスは、ダナルの手が、神殿の上空を指すのを見た。

空の大きな灰色の渦はそのままだったが、上空の黒い穴は、先程よりも小さくなっていた。

そして神殿から、白い糸のようなものが、無数に集まりながら長く伸びて、黒い穴に向かっている光景を目にした。

「……ステファネス……」

カディアスは、兄、そして姉である者が、自分の残りのわずかな生命を、そこに注いでいるのを見つめた。

ステファネスの最後の生命力が黒い穴をふさぎつつある。

穴が完全にふさがったら、魔獣と化したカザンを殺さねばならなかった。

「ダナル、イサルドから聞いたか。鳳泉の護符から、トーヤの正名を外すんだ。宵国の毒を吸い込んで、カザンは魔獣化した。護符を燃やして、殺さねばならない」

ダナルは顔を歪めて黒宮へ目を向けた。そのまま黒宮の中へ飛び込むダナルの後を追ったカディアスは、中からルカの悲鳴のような声を聞いた。

「トーヤ！　なんてことを！」

そこにあったのは、トーヤが手にしている護符をびりびりと破いている姿だった。シンがトーヤを押さえつけようとするが、トーヤは気が狂った獣のように、力動で様々なものを投げて近づけさせない。ダナルはカディアスを背に庇いながら、護符が破かれたことに怒りの声を上げた。

「正気か！　神獣の護符だぞ！」

だがもうトーヤの目は正気を失っていた。親を奪われた獣のように、ぎらぎらと目を光らせて破いた護符を握りしめている。トーヤにとって、目にする者全てが敵だった。

「咄嗟《とっさ》に文字そのものは結界で守ったから、破かれても大丈夫だ」

シンがトーヤを興奮させないように距離を測りながらそう言った。

通常でも護符は結界で守られており、そう簡単に破かれるものではないが、トーヤはありったけの力動でそれを破いたのだろう。自分の正名を移されてしまえば、カザンの正名だけが残った護符はあっという間に燃やされる。それを阻止するために自殺ともいえる行為をしたのだろう。だがその危険を察したシンが、〝紫道〟の結界能力で護符の文字そのものを結界で守ったのだった。

「お前も、カザンとともに死ぬというのか、トーヤ」

やり切れないというようにダナルが問いかける。トーヤは目を異様に光らせながら、こくりと頷いた。

ようやく愛を手に入れた子供。また再び闇の世界に戻るくらいならば、愛とともにこの世界から去る方を選ぶというのか。


何事にも無関心だった瞳が、愛を得て穏やかさを宿し、そして今狂気を孕んでいる。

トーヤの目を見つめながら、カディアスの頭に、ゼドが以前カザンに言い放った言葉が甦った。

――お前が犯した、最も大きな罪は、これだ。

「イサルド、この事態でもサイザーは書院に残っているはずだ。すぐに連れてきてくれ。〝鬼手〟で鳳泉の名前を新たな護符に移し替えないといけない。そうでないと正式な呪解ができない」

ルカはイサルドにそう告げると、トーヤに頼み込むように言った。

「トーヤ。お前の言う通りにしよう。ただ、このままでは鳳泉が呪解されずにカザンとともに宵国へ連れていかれてしまう。サイザーが来たら鳳泉を新たな護符に移し替えさせてくれ。それからは、お前の望むようにしよう」

だが、ルカの声はそこまでだった。シンがびくりと身体を大きく震わせ、床に片膝をついたのである。

「待て、ルカ！　け、結界、紫道の結界が……！」

シンの身体に黒煙がまとわりつく。カザンが吸い込んでいた宵国の毒だとカディアスが察した瞬間、シンの身体から噴き出した紫と銀の糸があっという間にそれらを散らした。糸を出したザフィがシンを抱え上げる。

「シン！」

「大丈夫だ。しかし、ザフィ、結界が、王宮の結界が破られつつある。し、紫道の結界を破ってくるなんてこれは……」

突如として凄まじい轟音《ごうおん》が黒宮を襲った。

天井からパラパラと漆喰《しっくい》が落ち、床に亀裂が走る。壊れる、とカディアスが思ったのは一瞬だった。ダナルが弾かれたように外に飛び出す。

ダナルの後を追ったカディアスは、真っ暗な空に、青き神獣と、この国最高位の神獣師の魔獣化した姿を見た。

完全に魔獣化したカザンの姿は、黒と赤の鳥の化け物だった。顔と首、胸のあたりまではかろうじて人らしい姿をしているが、もはやカザンの面影もない。吊り上がった目は金色に光り、くちばしの形をした口から黒煙を吐き、赤と黒の炎をまとわりつかせ、ばさりと背中の黒い翼が揺れるだけで羽が舞い散る。その羽は炎となり、落下する。

魔獣の炎は、水の属性を持つ精霊の力でなければ消せない。ゼドの操る青雷は、魔獣と対峙しながらも下に水の結界を張り、王宮を守っていた。

もうカザンは、完全に魔獣と化し、人の意識をわずかも残していなかった。

空は闇に包まれているが、宵国の穴は閉じられている。ステファネスは既に、息絶えたのだろう。カディアスは誰もいない神殿で、一人絶命しているステファネスを思った。

子を孕み、その子を産み落とし、その子の将来も国の未来も見ることなく死ぬとは。

満足だったか、と問いたくなった。人として、母として終えた生は、生き神として崇《あが》め奉《たてまつ》られる生涯よりも、尊かったと言えるのか。

突如、空間を切り裂くような獣の声に、カディアスは反射的に耳を押さえた。カザンか。それとも青雷の声か。

「シン！」

ザフィの悲鳴のような声に振り返ると、シンが先程のように黒煙を身にまとわりつかせていた。ザフィは自分の力ではもうどうにもできないらしく、真っ青になっている。

「ほ、鳳泉の魔獣化の勢いが、紫道の結界を侵食している。青雷が結界を張っているだけでは追いつかない。このままでは、紫道の結界が張られている要所に影響が出る。一度、結界を浄化し、張り直す必要がある」

苦しみに顔を歪めながらシンはきっぱりと言った。

王宮の中で、最も重要な場所は、護符院だった。

そこには数えきれないほどの精霊が収められている。

万が一、結界が破られ、魔獣の毒に晒されれば、それらの精霊は一気に魔獣化するだろう。

「ダナル、紫道を外すぞ！　いったん、シンの身体に全て戻し、浄化をしなければ！」

ザフィはダナルの許可など必要としない勢いで叫んだ。

「だが今、紫道の結界を外したら……」

「そんなこと言っている場合か！　万が一護符院に毒が注がれたら、一巻の終わりだ！」

ザフィがシンの身体を支えた途端、シンの身体に勢いよく紫と銀の糸がまとわりついた。それは黒煙をあっという間に消し去り、シンの頭から足の先まですさまじい速さで糸を巻きつかせた。

紫道の結界が消えたからか、カディアスらのいる黒宮の敷地内も再び地が揺れ、立っていられないほどになる。

ダナルが光蟲で結界を張るが、この国随一の結界力を誇る紫道の足元にも及ばない。ジュドが操作する百花は、今王都の人々の意識を操作している。こちらにまで手が回らない。

王宮の結界力の弱さから、ゼドは青雷の最大の武器である雷を大きく出せないようだった。小さい雷を青雷の口から放つが、そんな程度では魔獣と化した鳳泉を貫くことができない。

魔獣のくちばしが大きく開き、黒と赤の炎が凄まじい勢いで青雷に向かって放たれた。その炎は、あっという間に青雷の身を覆った。竜のけたたましい声が空に響き渡る。

「あ、ああ……！　セツ……！」

後方でルカが悲鳴のような声を上げた。この攻撃では、依代が無事であるわけがないと悟ったのだろう。精霊が傷つけば、真っ先にやられるのは依代なのである。

ゼドは攻撃を止め、青雷の身体にまとわりつく炎を水で先に消した。またも魔獣から炎が放たれる。大量の水の渦でそれを跳ね飛ばす。

「つ……強い……」

これが魔獣というものか。攻撃力で最上位の青雷が、全く攻撃ができない。ダナルの茫然とした呟きを聞きながら、この地獄絵図にカディアスは絶句するしかなかった。

必ず、護符を燃やせと言ったカザンの言葉が耳に甦る。魔獣化した鳳泉など、誰にも仕留められないと分かっていたのだろう。

「イサルドは、サイザーはまだか！」

書院番サイザーが鳳泉を新たな護符に移さなければ、カザンを葬ることが出来ない。鳳泉までが宵国に引っ張られ、この国最高位の神獣が失われることになる。

カディアスの目に、はるか遠くであったが、イサルドがサイザーを守るようにしてこちらに走ってくる姿が映った。空から降りかかる火を避けながらも、必死で向かってくる。

「サイザー！　イサルド！」

カディアスの喜色をあらわにした声は、そこでとぎれた。


黒宮の中から、絶叫が響き渡った。

その悲鳴は、苦しみなのか、怒りなのか、恨みなのか、絶望なのか、分からなかった。

ひたすらに、愛を求めて叫ぶ声があったとしたら、この声なのかもしれなかった。

「カザン……カザン、カザン、カザン、カザン!!」

黒宮の中に飛び込んだカディアスの目に入ったのは、破いた護符に火をつけ、業火に焼かれているトーヤの姿だった。

天空にいる魔獣も同様に、自分から出る黒と赤の炎の中で、断末魔《だんまつま》の声を上げている。

鳳泉の名と、カザンとトーヤの正名が書かれた護符の破片が燃え上がる姿を、トーヤのカザンを呼ぶ声を聞きながら、カディアスは見つめるしかなかった。

トーヤの身体にまとわりついているのは、本当の火ではない。だが宿した神獣に内部から焼かれるのは、想像を絶する苦しみに違いなかった。

「カザン……カザン……カザン……！」

床を転げまわるようにして業火に焼かれながら、トーヤは心が叫ぶままに、その名を呼び続けた。

ずっと、こんな激しい感情を、トーヤは抱いていたのかもしれないとカディアスは思った。

それが、表にうまく出なかっただけで。

心の底から愛されたいと、真実、半神になりたいと、自分では気づかなくとも、その想いは小さく芽を出していたかもしれないのだ。

空に魔獣のけたたましい叫びが響き渡る。その姿は、もう青雷の半分の大きさになっていた。

ようやく終わる。カディアスは身体中の力が抜けそうになった。カザンと、トーヤの、苦しむ声は響いていたが、あとはもうこのまま、ともに死の国へ旅立ってくれることを願った。

だがそれも、隣でルカが絶叫に近い声を出すまでだった。

「サイザー！　早く！　早く鳳泉を新たな護符に移し替えろ!!」

トーヤが破いた護符で、わずかな文字が書かれた欠片だけは、残っていた。それを掴みながらルカが叫ぶ。黒宮にやっと辿り着いたサイザーは、息も絶え絶えになりながらそれを見て弱々しく首を振った。

「ルカ様、そ、それだけでは、鳳泉の呪解は無理です」

「分かっている。呪解をするわけじゃない。封印だ」

サイザーの顔が一瞬で真っ青になった。だがルカはいつも冷静なその瞳に狂気のような意思を秘めながら、サイザーに言い切った。

「封印は俺が行う。この紙では封印はできん。早くしろ！」

封印？

カディアスには、ルカが何をしようとしているのか分からなかった。ダナルが結界を張り、サイザーが胸元から出した護符に単体精霊〝鬼手〟で紙片に残された文字を移し替えた途端、ルカがその上に血を滴らせた手をかざし神言を唱えた。

『赤き神獣、鳳泉よ、我が声に従え。宿主・トーヤ・ヘルド・ヨダ・ナリス・アジスの命をもって、その身を封ずる』

その神言にカディアスが絶句するのと、新たな護符に移し替えられたその小さな文字——鳳泉とトーヤの正名の文字が、突如踊り狂うように絡み合ったのは、ほとんど同時だった。

護符の上で文字が絡み合い、次第に文字が増えてゆく。それとともにトーヤの方に変化があった。身体を包む黒い炎が、目にも鮮やかな赤い炎へと変わる。

「あっ、アっ……？　あ、ああ、カザン」

　宵国へ消えてゆくカザンの後を追おうとしていたトーヤは、封印によって現世に引き戻されたことに気がついたのだろう。ルカの地を這うような声で紡がれる神言は、焼かれていた文字を護符の上に戻している。

　結果、宵国へ行ったのは、カザン一人だった。

「嫌、嫌あ！　カザン、カザン‼」

　拒絶しようと悲鳴を上げるトーヤを、光蟲の結界が縛り上げる。自殺しないように手に、足に、口の中にまで金色の帯がまとわりつく。

　トーヤが拒否しているからだろう。まだ封印は完全ではなく、鳳泉の炎が光蟲を襲う。依代であるルカの額がいきなり切れ、鮮血が飛んだ。だがルカは封印の護符から目を離さず、神言を唱えるのをやめなかった。ダナルもルカの顔が血に染まるのを目にしても、絶対にトーヤの結界を外さなかった。

「嫌だ、行かせて、行かせてよお、カザン、カザン！」

「もういい、もうやめてくれルカ、ダナル‼」

　トーヤの声に、カディアスは耐えられなくなって叫んだ。ダナルに摑みかかろうとしたがイサルドに羽交い締めにされる。ルカの前にはサイザーが両腕を広げて立ちはだかった。

「死なせてやってくれ、せめてあの世にともに行かせてやれ！　ダナル！」

「トーヤ様の命で縛る他に鳳泉をこの世に留める術《すべ》はありません！　鳳泉は、鳳泉だけは我が国から失うわけにはいかない神獣なのです。これが失われれば、この国の最後の砦《とりで》が失われる！」

　背中でイサルドが懸命に諫《いさ》める声がするが、カディアスは、残っていたわずかな力が足元から抜けていくような気がした。

「そこまでして、この国を残す意味が、どこにある……！」

　ついに、口の端から、ずっと堪えていた言葉がこぼれ落ちた。

「なんのために……！　なんのために、存続させるのだ。先読も消えた。未来も失った。国を存続させるためなら、トーヤのことなどどうでもいいというのか。これが国家か。これが、国の正しき姿か‼」

「あなたがそれを口にするな」

　燃えるような瞳でトーヤを見据えながら結界を決して緩めないダナルが、低い声で言い切った。

「一国の王になった者は、たとえそう思ったとしても、それを絶対に口にしてはならないのだ」

カディアスは、イサルドの腕から崩れ落ちるように地に膝をついた。

進め、というのか。

未来も消え失せたこの国の行く末を、なんの光も宿っていない闇の中を、それでも、這ってでも進めというのか。

この国に、王位に、死に物狂いで食らいついてもらう。ダナルはそう言った。王としての天命から逃げぬのなら、必ず自分は傍に立つと。

情けない王だとダナルは思うかもしれない。何を犠牲にしても、この国の進む道を示すのが王なのだろう。だがもうカディアスは、国を導く指先を、どこに持っていけばいいのか分からなかった。何万という国民の視線を受けながら、見えぬ闇に指を向けられる者がどこにいるだろう。

そんなに俺は強くない。

対《つい》であった先読を失ってまで、この世界に王として立っていられるほど、強くはないのだ。

トーヤの泣き声が、次第に遠くなる。カディアスはもう、その姿を見ることはできなかった。


破壊され、ボロボロになった執務室の片隅で、カディアスは一人膝を抱えていた。

その身に鳳泉を封印されたトーヤは、黒宮の奥に連れていかれた。まだ封印がトーヤの身体に馴染まず、結界が張られた部屋に閉じ込められることになったのである。

混乱を極める王宮と王都の収拾にジュドとラグーンは奔走《ほんそう》し、ザフィとシンは新たなる結界を張るまでは身動きできない。

「……ステファネス様の浄化を、霊廟の元神獣師らに任せます。ステファネス様のご遺体とともに、セイラ妃も霊廟に連れていきますが、浄化に立ち会われますか」

頭に包帯を巻いたルカの言葉に、カディアスは俯きながら頭を振った。

「……任せる。……カザンのことも、良きようにしろと伝えてくれ」

頷くルカの顔には、疲労の色がにじんでいた。神獣師たちは、皆そうだろう。力動はこれ以上ないくらいに乱れ、失われているだろうに、一瞬の休む暇もない。

「ゼドは……セツは、大丈夫だったのか」

カザンと戦ったゼドとセツのことをふと思い出して訊くと、ルカは苦痛を堪えるように顔をしかめた。

「どうしたんだ。まさか、まさかセツは」

「いいえ。生きております。虫の息ですが、千影山で、ガイの手当てを受けております」

意味が分からずカディアスは首を傾げた。千影山？　まさかあの戦いの時、ここから距離のある千影山にいたわけではあるまい。そんなカディアスに、一言一言、区切るようにルカが告げた。

「……ステファネス様が産んだ子供に、ゼドが青雷を宿しました」

頭をいきなり殴られたような衝撃に、カディアスは前のめりになっていた身体を再びドスンと床に下ろした。

「……なんだって……？」

「もともと弱い身体だったのかもしれません。カザンが死んだ後ゼドが確かめると、もう命が消えかかっていたそうです。あの戦いでセツもかなりの重傷を負いましたが、青雷を外し宿らせることで、子供の命を繋いだと言っていました」

カディアスは頭が酸欠になったように、ガンガンと耳鳴りが響くのを感じた。

鳳泉の神獣師が消えたというのに、青雷まで失ってしまったというのか。

元凶ともいえる子供一人の命を救うために!?

「そんな勝手なことを……！　神獣の授戒は王命だぞ！　外せ、すぐにその子供から青雷を外すんだ！」

「それが王、ゼドは十六年の期限を授戒に与えました。青雷は今後十六年、その子供に宿ります。外すには、子供を殺すしか方法はありません」

「だったら殺せ！」

「王！　セツとゼドは神獣師の地位を捨ててまで子供を助けました。一度呪解してしまえば、同じ精霊を宿すことはできません。もう青雷はセツにもゼドにも扱えないのです。また新たに青雷を宿せるほどの器と、弦を持つ者の出現を待つしかありません。今千影山には、青雷を継げる能力のある者はいないのです」

カディアスは拳を床に叩きつけた。

「なぜカザンとステファネスの子供が生き、トーヤがあんな苦しみを味わわなければならないんだ。なぜ子供は神獣に守られ、トーヤは鳳泉に命を喰われなければならないんだ。なあルカ、教えてくれ。なぜこんな非道がまかり通るんだ。お前が行ったのは、リアンが自分の命で鳳泉を繋ぎ止めたあの方法だろう。リアンは、あれから数年で死んでしまったんだぞ……！」

ルカは唇を噛みしめていたが、ゆっくりと口を開いた。

「……リアンは器を破壊されていたので寿命は限られていましたが、トーヤは、すぐ命が尽きるということにはならないかと……。それに、リアンの時と違って、単純に封印した精霊は、その封印を解くことができるのです」

ルカの言葉にカディアスは再び身を乗り出した。

「封印を解く？　呪解できるのか？　トーヤから、鳳泉を離すことができるのか？　トーヤを、救うことができるのか」

「理論上はできます。ただ、不可能ですが」

「なぜだ」

「操者と共鳴をしなければならないのです」

カディアスはルカの目をまじまじと見つめた。

「新たなる半神と、共鳴しなければならないのです。その者の力をもって内側から呪解しなければなりません。ですが、先程言った青雷と同様に、今現在鳳泉の操者となれるほどの能力者が千影山におりません」

カディアスは、ゆっくりと立ち上がった。ルカがそんな自分を、怪訝そうに見つめてくるのが分かる。

「王？」

「いるではないか。操者が」

ルカが分からないというように顔を不安に曇らせる。なぜ分からないのかカディアスは理解できなかった。先程ルカが全て語ったというのに。

「ゼドはもう、青雷の神獣師ではないのだろう。もう二度と、同じ精霊を授戒できない。そうだな？　ルカ」

ルカの顔が恐怖に染まる。だがもうカディアスには、何も見えなかった。トーヤを助ける方法が見つかったこと以外、何も考えられなかった。

「ゼドを呼べ！　トーヤの、新たなる半神となるように伝えるのだ！」

◇◇◇

青雷を勝手に呪解し、カザンとステファネスの子の守護精霊にしたことでゼドは捕縛されていたが、牢に入れるわけでもなく黒宮の一室に閉じ込めているという話だった。

力動を使い切り、死んだように眠っている、と。

「……まあ、あの男のことですからすぐに目覚めるでしょうが」

ダナルが顔を歪ませながら呟くように言った。

カディアスは半壊状態になった謁見の間で、神獣師らを前に玉座に座っていた。報告に来た百花、紫道の神獣師らも、ダナル同様に顔を曇らせている。

「お前らが言ったんだぞ。俺が今後どうするか意見を求めた時に、ここで言った。鳳泉は失えない。鳳泉の神獣師だけは必須だと。そう言ったな!?　答えろ！　ラグーン！」

「……言いました。言いましたよ。ですが、いくらなんでもゼドを鳳泉の神獣師になんてできるわけがない」

「なぜだ。トーヤの命を犠牲にして鳳泉を繋ぎとめて、それでいいとお前らは言うのか」

「そんなことは言ってないですよ。だが冷静に考えてください。ゼドはセツを半神としていたんですよ。それを捨てて新たに半神を持てと……鳳泉の操者としてトーヤと共鳴しろというのはそういうことです。それを承知すると思いますか」

「させればいいのだろう。王命に逆らうならば罪人だ。処罰する」

「王……」

ラグーンがもう何を言っても伝わらないというように天を仰ぐ。

「ダナル、鳳泉の神獣師を失えば、今後どうなるのか俺に言ったな。それをそのまま言ってみろ」

「……先読の浄化が行われません」

「ではその場合はどうなると言った」

「……他の浄化能力のある神獣で行うことになりますが、宵国と繋がれる鳳泉と違い、命にかかわるほどの危険を伴います」

「来年にでも俺の新しい妃が先読を産んだら、誰が浄化する。百花のお前か、ジュド。それとも紫道か」

沈黙が降りる。それを破ったのは、名指しされたジュドだった。

「やりましょう。それで俺とラグーンが死んだとしても、その方がまだ現実的だ。ゼドが受け入れるはずがない。受け入れられるはずがないんです。無理に鳳泉を授戒したところで、確実に魔獣化する。セツへの葛藤から、狂気に走らないわけがない」

「なぜお前ら神獣師は、ゼドを守ろうとする⁉　なぜトーヤを憐れと思わんのだ⁉　見ただろう、あの姿を！」

「守ろうなどと思っていない、現実的に無理だと言っているんです！　俺等は半神というものが、唯一無二がどんな存在か分かっている。呪解したからといって、すぐに新たなる半神を、二神《にしん》を持てと言われて承知できる精霊師など一人もいないんです！　あなたには分からないかもしれないが」

「……ああ、そうだな。分からん」

口をつぐむジュドを、カディアスは睨み据えた。

「俺には、唯一無二などいない。これから先永劫に。お前らの言う、半神というものを、俺は知ることはない」

再び重い沈黙が謁見の間に満ちた。

侍従も神官も兵士も、誰も立ち入らせていない黒宮に一人出入りを許されているイサルドが、謁見の間に姿を現した。

「……内府。少々よろしいですか」

トーヤが移された部屋にいたはずのイサルドがやってきたことをカディアスが訝《いぶか》しんだのは一瞬だった。ダナルが行動する前に、玉座から弾けるように立ち上がり、謁見の間から走り出た。

「王！」

ダナルが後方で叫ぶが、構わずカディアスは走った。ゼドがいる部屋の扉を、体当たりするように開ける。

ゼドはまだ、寝台の上で身体を支えるように座っていた。顔色は戻らず、疲労の色がにじんだままだった。たった数時間で生気を失ってしまったような有様を見つめながら、カディアスはその近くへ寄った。

「王……」

ゼドが立ち上がろうとするが、身体が言うことを聞かないらしく、足にも腕にも力が入らず諦める。ゼドはカディアスを見上げ、はっきりとした口調で告げた。

「……ステファネス様がお産みになった子供に、正名を与え、青雷を授戒いたしました。我が身がしたことについて、いかなる弁明もいたしません。本来王命で授けるべき神獣を、無断で呪解し、新しき宿主に与えました。どのような罰も受けるつもりです」

　カディアスはゼドの目を見据え、静かに頷いた。それを見たゼドの肩がわずかに下がり、口調が和《やわ》らぐ。

「王、しかし、罰を受けるのはどうか私一人にお願いします。ガイが受け入れてくれたので、子供と一緒にセツは千影山に逃がしました。どうかセツは、セツには罰を与えないでください」

「それはお前の返答次第だ」

　視線が泳いだゼドの目を、一瞬もそらさずに見つめてカディアスは告げた。

「鳳泉の神獣師になれ。トーヤと共鳴するんだ」

　ゼドはカディアスの言葉が全く頭に入っていかないようだった。

　拒絶しているのではなく、本当に理解できないようだった。この男にしては珍しく、虚を衝《つ》かれたような顔で見つめ返してくる。構わずにカディアスは続けた。

「鳳泉の護符をトーヤが燃やしカザンが死に至った際、鳳泉をこの世に留めるためにトーヤの命を糧《かて》に封印した。このままではトーヤは鳳泉に命を喰われ続け、やがてリアン同様に死に至る。今現在、鳳泉の操者になれる者はお前しかおらんのだ、ゼド」

　ようやく状況を理解したゼドの目が見開き、傍目にも分かるほどに身体が震えだす。カディアスは思わずその震える腕を両手で掴んだ。

「頼む、ゼド。トーヤを助けてくれ。哀れだと思わんか。トーヤはカザンとともに死ぬことを望んだのだ。だが鳳泉を失うわけにいかず、この世に留められ、あげく命を犠牲にされた。どうかその命を救ってくれ。お前しか助けられる者はおらんのだ」

「……殺してください……」

　見開かれたゼドの双眸から涙があふれ出し、震える唇から懇願の声が漏れた。

「どうか、どうか俺を殺してください……！　それは、それだけは無理です。新たな半神など、持てるわけがありません……！」

「ゼド！」

「セツはカザンの子を救うために青雷を捨てたんです。もう二度と授戒できないと覚悟のうえで子供の命を救ってくれたんです！　今だって千影山で死にそうになっている半神を捨てるなど俺にはできません！」

カディアスはゼドの衣服の襟を摑み上げると、力任せに立ち上がらせた。そしてそのまま、ゼドの身体を引きずるように部屋の出口に向かう。神獣師たちがその場に立っていたが、彼らを蹴散らすように部屋から出た。

そしてゼドの身体を引っ張るようにして、その部屋に入った。

床に結界が描かれた中心に、身体中に結界の護符が貼られたトーヤの身体があった。

まだ鳳泉の封印が馴染まず、ぶすぶすと灰色の煙を護符の間から立ちのぼらせている。

目にも、口にも、腕にも、足にも、身体中にべたべたと幾重にも護符を貼られながら、その隙間から、封印への抵抗を示す煙が上がっていた。

それを目にした時、ゼドの喉の奥から潰れたような声が漏れた。力が抜け、床に膝をつく。

「……頼む」

カディアスは床に腰を下ろしたゼドの前に、両手をついた。

「頼む、頼む。この通りだ。トーヤを助けてくれ。頼む。幽閉されて育ち、やっと、やっとこの世の光を見ることができたのに、その光を自分の手であの世へ送ったんだぞ。唯一の望みはカザンと一緒にあの世へ行くことだっただろうに、国のためにそれも叶えられず、封印された身になるなど、あまりに、あまりに酷だと思わんか。頼む、ゼド。お前しかいないんだ。トーヤを助けてくれ。頼む。お願いだ……！」

王たる身が、臣下に対して頭を床に擦りつける真似を、一体なぜしているのか、カディアスにも分からなかった。

ただ、トーヤを助けてほしいという思いだけだった。あんまりではないか。これでは、あんまりだ。一体、なんのために。なんのために。

「お許しください……」

カディアスと同じように床に頭をつけながら、慟哭の狭間にゼドが声を絞り出した。

「他のことならば、なんでもいたします。しかし、半半神だけは、それだけは無理です。セツ以外に、形だけであれ、愛することはできません……！」

父が自害し、弟と戦い、姉が追放され、神獣も失い、ただの人となった男が、渾身の力で拒絶を示していた。

カディアスは、床に落としていた額をゆっくりと上げた。

神獣師たちが、事の成り行きを見守っている。それらの姿を睨むように見つめるカディアスの双眸から、あふれ出すものがあった。

……一体、なんのために生まれてきた。

対となる者に裏切られ、去られ、一人残され、それでも生きろと。

封印されても、この国の未来が語れなくなっても、俺らに生きろと、この国を救えと、お前らは言う。

俺とトーヤには、もう何も残されていないのに。

カディアスは、歯を食いしばって天を仰いだ。堪えに堪えていたものが、身体の芯を揺さぶり、震えとなって外に出る。そしてそれは、一つの叫びとなった。


……「お前らの愛だけが、絶対か!!」


それは、どこに発したものだったのか、カディアスにも分からなかった。

カザンか。ステファネスか。ゼドとセツか。ダナルら神獣師か。

それとも、この国を築いてきた、精霊師という存在にか。

ただ分からぬままに、あふれ出す感情を、天に向かって叫ぶしかなかった。

4

呼び出した謁見の間で再度カディアスが確認した時に、否と答えたゼドからは、もう取り乱した様子は見受けられなかった。

「私の半神は、セツだけです」

そう言い切った男からは、これから先地獄の中を突き進もうと、意思を貫き通す覚悟が感じられた。

ゼドがどういう男なのか、分かっているつもりだった。この決断が、この男を今後どれほど苦しめ、また半神であるセツを追い詰めるか、カディアスとて少し想像すれば、分からないわけではなかったのだ。

だがそれを自分が許してしまっては、トーヤがあまりにも憐《あわ》れすぎた。

王宮は混乱が続いており、ダナルら神獣師はその対応に追われて、連日王宮内を駆けまわっている。

この事態に、国王たる者が執務室に戻らない状態が続いても、ダナルはそれを責めてはこなかった。

カディアスは連日、自室とトーヤが寝かされている部屋の往復しかしなかった。国王がこの有様であることや、神獣師が封印されていることを秘密にするためだろう。神殿はもとより、黒宮《こっきゅう》、青宮《せいぐう》にも、ほとんど人は配置されていなかった。

カディアスがトーヤの下を訪れると、イサルドは静かに席を外すようになっていた。

「王様？」

封印の護符が身体中だけでなく、顔にも貼られているので、トーヤはわずかな隙間から口を動かした。

「ああ、俺だよ。俺の気配が、分かるようになってきたか？」

「あんまり分かんない」

トーヤはようやく意識を取り戻し、ポツリポツリとだったが、会話ができるようになっていた。

だがまだ護符と護符の隙間から漏れる煙は収まらず、トーヤは結界を描いた床に結界の護符で身体を縛られている状態だった。

時が止められているような状態なので、腹も空かず、水分もとらず、排泄すらすることがないらしいが、意識だけは時々浮かび上がる。全く身動きできない状態の苦痛を少しでも紛らわすことができればと、カディアスはトーヤが封印されているこの部屋に留まっていた。一言二言、言葉を交わしただけで意識が落ちてしまうこともあるが、次第に長い間意識を保てるようになってきた。

「ねえ王様。宵国《よいこく》に行ってもね、カザンの魂はもうなさそうなんだよ。ステファネス様と一緒に、浄化できたのかなあ」

今日はどうやら意識がはっきりしているらしい。カディアスは小さく動くトーヤの口元を見つめた。

「多分さ、俺が今死んでも、もうカザン、見つけられないよ、です、ね」

「……別に敬語はいらない。普通に話していい」

カディアスは床に腰を下ろし、酒を器《うつわ》に注いだ。

「ふん？」

トーヤが鼻を鳴らす。

「王様？　お酒の匂いがする」

「お前、匂いが分かるのか？　俺の気配は分からないのに？」

精霊師らは精霊を所有しているせいか、人の気配に敏感だ。トーヤは封印されているのでそれが鈍《にぶ》くなっているが、五感の方は次第に戻ってきているらしい。

良かった。少しずつ人の感覚を取り戻すようになってきたとカディアスは安堵した。またしても千影山《ちかげやま》に入山した頃の、物言わぬ人形になってしまったらどうしようかと思っていたのだ。

逆に、カザンへの想いを爆発させたことで、一気に感情が目覚めた様子だった。受け答えの豊かさが以前と雲泥《うんでい》の差である。

あんなことで閉じ込められていた感情が開花することになろうとは。なんという皮肉かと、カディアスは思わず一気に酒杯をあおった。

「王様はのんべえなんだね？」

トーヤの言葉に、カディアスは杯を床に置いた。

「嫌か？」

「お酒の匂い好きじゃない。臭い」

護符の隙間から見える唇がわずかに尖っている。

カディアスは護符を全て手で剝《は》がしたくなった。今、トーヤの無表情だったあの顔は、どうなっているのだろう。

「すまなかった。もう飲まない。匂いに敏感になってきたんだな。次はお前の好きな匂いを持ってこよう。なんの匂いがいい？」

「お日様の匂い」

「お日様？」

幽閉されて育ったトーヤは、ほとんど太陽の光を知らずに育った。目と肌を慣らすために、ある一定の時間は日光浴をさせられたが、望む時に外に出られたわけではない。

「お日様の匂いってなんだ？　太陽の匂いってどんなものだ」

「王様も地面をクンクンしてみるといいよ」

「地面……」

「カザンの服からはお日様の匂いがする」

そう言うとトーヤはまた意識が薄れてきたのか、うとうととまどろみの中に落ちていった。


誰も配置されていない黒宮の執務室は、天井が歪み、床はひび割れた状態だった。

久方ぶりにそこに足を踏み入れたカディアスは、普段政務を執《と》っていた机の前に、ダナルが佇んでいることに気がついた。

まだ片づけられていない机の上に山のように書類を置き、カディアスを振り返った。

「国璽《こくじ》が必要なものです。早急にお願いします」

カディアスは、ダナルの手入れされていない顎髭《あごひげ》や乾いた肌を見た。

精悍《せいかん》な男で、やつれた様子は少しも漂わせていなかったが、睡眠不足からだろう、目が窪み、白目が充血していた。

それでも自分を見つめてくる瞳の強さは、烈火の宰相のままだった。思わずカディアスはその強い光に、微笑みを漏らした。

世の中というものはよくできている。

こんな、何も持っていない王の御代《みよ》に、こういう男を誕生させるのだから。

「王」

「……かなり多いな。ジオを呼べ。話を聞こう。……お前は少し休め、ダナル」

カディアスは執務机につくと、書記官らが寝ずに作っているのだろう書類の数々を手に取った。

「ダナル、書院に詰めているルカにも外宮に戻るように言え。トーヤの封印をどうにかして呪解する方法はないか、サイザーと一緒に文献をひっくり返しているんだろう。ひとまず、休めと言ってくれ」

我ながら弱い声だと思いつつダナルを見ると、ダナルは返事をせずじっと見つめ返していた。

「お前たち神獣師がどうにかなってしまったら、今度こそ俺にはもう何も残らない」

ダナルはしばらく無言のままだったが、やがて静かに目を伏せて頷《うなず》いた。

「……ジオを呼びましょう。早急に、黒宮の執務室だけでも修理させせます」

「ああ、頼む」

すぐにジオが数名の書記官や侍従を連れて黒宮にやってきた。周辺がドタバタと片づけられる中で、カディアスはジオの説明を受けながら押印していたが、ふと換気のために開け放たれた窓の外を見た。

冬の訪れが、近くなってきたのを感じさせる風が入る。だがまだ、目に痛いほどの陽光は残っていた。

「……ジオ、太陽の匂いとは、なんだろうな」

「太陽……で、ございますか？」

「言われるまで気がつかなかった。俺は今まで一度も、地面の匂いを嗅いだことがない。空高くにある存在の香りが、地の上にあるなど、思いもよらなかった」

返答に困るジオに微笑みを向けながら、カディアスは思った。

今度はトーヤに、花の香りを届けてやろう。

太陽の匂いには遠く及ばぬ香りかもしれないが、酒の匂いで顔をしかめられるよりはましだろう。


「お花だ」

トーヤは幼い子供が宝物を見つけたような声を上げた。

「ありがとう、王様」

笑みが浮かぶというほどではなかったが、口元が柔らかくなっていた。結界ギリギリに花を差し出す。ほとんど身動きできない身体で、トーヤが花の香りを感じているのが分かる。もっと早くこのくらいしてあげればよかったと思いつつ、嬉しさで心が満たされた。

「もう冬なのに、どうしてこんなにお花があるの？」

「ラグーンが百花《ひゃっか》の殿舎にいるからな。外宮に詰めて仕事仕事で身動きできないから、どんどん花が咲く。あんな奴でもこれほどの花を咲かせられるんだから、百花とは見事な神獣だな」

「王様。ゼドを怒ったの？」

心があっという間に沈んでゆく。

「あいつがここに来たのか」

「単体の精霊師になるために千影山で修行するって。俺に、ごめんって言ってた。王様、ゼドを怒らないで」

「怒るも何もないだろう、あいつは……」

「俺もやだし。カザン以外の半神なんて」

なぜかその言葉は、矢のようにカディアスに突き刺さった。

「だからいいよってゼドに言っておいた。でもゼド、死んじゃいそうな感じだった。王様、許してあげるってゼドに言ってきてください」

「死んでも言わん」

「王様は意地悪な人なの？」

意地悪だろうがなんだろうが、このくらいの感情を残しておかなければ、人としてどうにかなりそうだった。

「もっと恨んでいいんだぞ、トーヤ。カザンのことも、ステファネスのことも、ゼドのことも、この国のことも、なんだって恨んでいいんだ。もちろん俺のことも。お前を死なせてやることはできなかったが、この理不尽さに対する恨みは、俺は受け止めなければと思っている。救ってはやれないかもしれないが、お前の気持ちは……」

「恨みって何？」

無邪気な韻《いん》を含んだその言葉に、カディアスは返事をすることができなかった。

「ねえ、王様。俺まだ護符で覆われているから目は見えないけど、お花、触りたいなあ。結界の中にぱあって散らしてみてください」

「どうなるんだ？　大丈夫なのか」

「わかんない。うまくいけば触れると思うんだ」

言われた通りカディアスは、両腕いっぱいに抱えていた花束を結界の円陣の中に放り投げた。

それらは空に舞い、そのまま床に寝かせられているトーヤの身体の上に降ると思われたが、トーヤに触れる前に、ことごとく引火し空中で燃え上がった。

トーヤの身体には、灰一つ降り落ちることがなかった。

「……燃えちゃった？」

「……ああ」

トーヤはしばらく黙ってから、ぽつりと呟《つぶや》いた。

「俺、よく分かんないんだけど、まだ鳳泉《ほうせん》の封印が馴《な》染《じ》まないってことは、恨みとかがあるからなのかなあ」

カディアスは答えられなかった。

ただ、花の匂いの消え去った空間に、立ち尽くすしかなかった。

◇◇◇

カディアスは久しぶりに高熱を出した。

自分でも丈夫な方だと思っていたため、あまりの熱の高さにカディアス自身も気持ちが沈んだ。新たな侍医が女性だったことにも気が滅入《めい》った。国王の住まいの黒宮は男しかおらず、女官は排除されているため、女の存在が異様に思えるほどである。

師匠が亡くなって侍医の地位に就いた女性の単体精霊師・カドレアは弱冠二十一歳。単体だったため十九歳で下山した後、学府にて医師の資格を得るために勉強中だった。

「普通の医師でいい。おらんのか」

「内府。王族を診《み》る医師は精霊師と決まっております」

イサルドの言葉に後押しされたカドレアは、ダナルのうさんくさそうな瞳に怯《ひる》みながらも必死で告げた。

「お疲れが溜まっていたのだと思われます。特に治療は必要なく、このまま水分と休息をとるだけで十分かと……」

「前の専属医師は精霊を中に入れて病を治したが？」

「いえ、ですから病ではありません。お疲れが出ただけだと……」

ダナルの額に青筋が浮く。

「分かっているのだろうな？　お前が診ているのは我が国の王なのだぞ。見立てに間違いはないのだろうな？」

カドレアは泣きそうになっていた。いきなり師匠が死に、訳の分からないまま侍医となったのに、やたら怖い神獣師に詰問《きつもん》されてはたまったものではないだろう。さすがにカディアスは同情した。

しかしダナルの心配ももっともだった。ほとんど食事もとれず高熱が出て下がらないのだ。休息だけでいいと言われても安心できるわけがない。

それでもカドレアの必死の看護のおかげで熱は次第に下がってきたが、体力がかなり失われ、微熱もなかなか下がらず、枕が上がらぬ状態が続いた。

ダナルは政務の間に何度もカディアスの部屋を訪れ、容態を確認した。烈火の宰相がオロオロと部屋を覗《のぞ》く姿に、ルカも首席補佐官のジオも苦笑したが、カドレアは気が休まることがなかっただろう。

「カドレア。もう、だいぶ熱も落ち着いたから、お前も少しは休め」

カディアスはそう声をかけたがカドレアは顔を歪めた。

「万が一私が離れている間に国王様の身に何かあったら、内府《ないふ》様になんと言われるか……」

「案ずるな。まだ体がだるいが、悪い気分ではない。ダナルにはそう言っておく」

まだ学んでいる最中なので、カドレアは黒宮に常勤することを免除されている。許可をもらうと早足で学府へと戻っていった。よほど息苦しかったのだろう。

傍《そば》に侍《はべ》ろうとする侍従を外に出し、カディアスは再度意識を深く落とした。


「王様」

呼ばれて目を開けると、懐かしい顔がそこにはあった。

以前、黒宮の中庭で月を見ていた幼い顔を思い出した。

「……トーヤ」

ああ、夢か。カディアスは自分を覗き込んでいるトーヤの顔に触れ、微笑んだ。

千影山で見た時には真っ暗な空洞だった瞳に、光が映っている。よかった。護符の下の瞳が、光を失っていないことを心から願っていたのだ。

「……よかった、トーヤ。また元に戻ってしまったら、どうしようかと思っていた……」

指先に伝わる頰の柔らかさは、子供のようだった。

カディアスはふと、長いこと触れていない自分の息子を思い出した。

「キリアス……元気に過ごしているとは聞いているが、王宮が落ち着くまでは、戻せないでいる。かわいそうに、寂しい思いをさせてしまっている」

「王子様？」

「ああ。未来の国王だ。母親がいなくなっても、お前がいてくれるな、トーヤ。俺もそうだった。鳳泉の神獣師に育てられたんだ」

「俺が育てるの？」

「そうだ。俺と一緒に息子を育ててくれ。未来の国王と、先読《さきよみ》を育てるのは、鳳泉の神獣師の役目だ」

トーヤの目がわずかに揺れる。

拒絶しているのだろうか。カディアスは不安になった。もう、鳳泉の神獣師であることなど、捨ててしまいたいと思っているのだろうか。

「……カザンがいないのに、できるのかな」

視線が伏せられる。カディアスは突如、猛々しい気持ちに襲われた。仕方のないことだとは思うが、ここでカザンの名前など耳にしたくなかった。

「俺がいるだろう。俺がいる、トーヤ」

「でも……王様」

その不安そうな声を、今は聞きたくなかった。

思わずカディアスは、そんな言葉が出る唇を、己のそれでふさいだ。

熱い。

自分の熱に、カディアスはため息をついた。一時は良くなったと思ったが、まだ落ち着かないらしい。

カディアスは、なんの反応も示さないトーヤの唇を舐めた。そのみずみずしさに、身体の芯が安堵する。本当に、自分の身体は干上がっている。

「……どうした。何をされているかも分からんか」

トーヤの身体を下にして、カディアスは訊《き》いた。トーヤはぼんやりとしたまま、カディアスの目を見つめてきた。

「王様は俺に、力動は流せないよ」

「……そうだったな。お前らにとってこれは、栄養補給のようなものだったな」

カディアスは再度トーヤの唇を割り、口内を舌で激しくかきまわした。まるで水に飢えた獣のように、さんざん舐めまわした後、唇を合わせたまま、トーヤに訊いた。

「こうするんだろう」

「……ここまで、しない」

合わせた唇から漏れる荒い息が、自分だけのものなのか、それともトーヤの息づかいも入っているのか、カディアスには分からなかった。ただ、ひたすら熱かった。触れる部分の何もかもが熱い。頭の中も、心臓がそちらに移ったかと思うほどの鼓動が響いていた。

「じゃあ、どこまでしたんだ。トーヤ……おまえ、カザンと、一体どこまで……」

狂ったように熱い肌が、疎《うと》ましかった。冷やしてくれ。この肌を。冷たい肌を求めてトーヤの服を左右に割り、手を這わせる。火照《ほて》る頬をその胸に押しつけて、そこにある斑紋《はんもん》に気がついた。

心の臓から下へ向かって、半円を描いている斑紋と同化するように、真っ赤な契約紋が浮き出ている。

まるでそれは、心の臓から流れる血の筋を描いているようだった。契約紋はトーヤの鼓動に合わせるように赤の文字をわずかに震わせ、それが煌《きら》めきを生んでいる。

カディアスは斑紋に宿った契約紋をまともに見たのは初めてだった。精霊師の誰もが、口々に言っていた。

俺の依代《よりしろ》の精霊が最も美しいと。

この中にあるのは、この国で最も尊い精霊なのだ。カディアスにとって鳳泉は、狂ったような赤い鳥の大群だった。それか、鮮血を散らしたような赤い花びらだ。攻撃にせよ浄化にせよ、それはいつも、心をざわつかせるような恐怖しか与えてこなかった。

だが今は、このうごめく赤い文字の下にあるものが、どんな美しさを孕《はら》んでいるのか知りたいと思った。

斑紋が浮かぶ、平らな胸の突起に舌を這わせる。それは舌先で驚いたように震えた。唇を押し当てて吸い上げる。

冷えた感触を求めていたのに、その身体は熱かった。身体中に舌を、手を這わせると、赤い神言はよりいっそう燃えるように赤く輝いた。その赤さに魅入《みい》られるようにひたすら斑紋に、赤くうごめく文字に接吻《せっぷん》した。

この中のものが欲しい。目もくらむような美しさだという、精霊の世界が見たい。背筋から手を這わせて尻の割れ目に指を埋める。燃えるように熱い箇所に、カディアスの心は躍った。ああ、ここだ。やっと見つけた。

ぬめぬめとした白濁した液が手に絡みつく。それを指先になじませながらカディアスの意識は熱い穴に沈んだ。ああ、入りたい。ここに入りたい。

その中はひたすら熱かった。この熱さは、この灼熱の世界は、ここが鳳泉の中だからなのか。

燃やされる。そう思っても、カディアスには欲望の流れを止められなかった。信じられぬほどの快感が、穴の奥に、奥に入るほどに突き上げてくる。

たとえこの身を燃やし尽くされようと、この世界に留まっていられるなら、それでもいい。

カディアスは自分の生の全てを、その中に放った。


誰かが囁く声で目覚めた。

カドレアが戻ってきたのだろうか？　ふと浮遊していた意識を身体に向けると、意外なほど軽く腕が上がった。

（……だいぶ回復したか）

ぼんやりとそう思いながら自分の腕を見たカディアスは、腕に何も布がまとわりついていないことに気がついた。


「……王。お目覚めくださいませ……」

そして初めてカディアスは、自分が裸であること、傍《かたわ》らで、同じように裸のトーヤが眠っていることに気がついた。

一体何が起こったのか、カディアスには分からなかった。

なぜトーヤがここにいる？

結界で封じられているトーヤが、なぜ、ここに。

「王……お目覚めになりましたか」

「……誰か」

「イサルドでございます。夜明け前にございます。どうか王、トーヤ様をこちらにお戻しください」

寝台の帳《とばり》の向こう側にいるイサルドの声は、いつものように単調で、低かった。カディアスは、子供のような寝顔で規則正しい寝息を立てているトーヤを、食い入るように見つめたまま、イサルドに訊いた。

「……トーヤが、なぜここにいる。封印は、どうなった」

「一昨日の夜には封印が完全に成されましたので、ルカ様が結界を解きました。それから半日ほどは神殿にてお休みでしたが、身体の方はなんの損傷もなく弱られたところもございませんでした。王にご挨拶《あいさつ》をとご希望されましたが、今、王は伏せっておられるのでまた今度と申し上げました。ご納得いただけたかと思ったのですが、いつの間にか神殿を抜け出されて……もしやと思いましたらこちらに」

カディアスは男を抱いたことは一度もない。

だから本当に、行為に及んで事を為《な》せたかどうか自分でも疑わしかった。

だが昨夜、一体自分が何に興奮し、誰を抱いたのか、トーヤの身体を見れば一目瞭然だった。

見事な斑紋と赤い契約紋で覆われた上半身に、自分が狂ったように接吻した痕跡が残っていた。

「王。夜明けとともに宿直が替わります。どうか私めにトーヤ様を……」

カディアスは急いで衣服を身につけると、寝台の帳を左右に開き、自分の上衣で包んだトーヤを腕に抱きながらイサルドの前に立った。

「俺が運ぶ。神殿には誰がいる？」

「お目覚めになってすぐ、トーヤ様が神殿に入りたいとおっしゃいましたので久方ぶりに神殿を開けましたが、私の他にはまだ誰もおりません」

イサルドの促しで、カディアスは薄闇の中を神殿に向かった。久々の外気が肌を刺してくるが、そんなことも気にならぬほどに心が騒いでいた。

一体、自分は、なんということをしでかしたのか。

「……王様」

寝ぼけた子供のようなその声に、思わずカディアスは足を止めた。青い上衣にくるまって顔がわずかしか見えていないトーヤが、眠そうに瞬きをする。

「トーヤ……大丈夫か。身体は……つらくないか」

情けないことに語尾が震えた。

「すまなかった、トーヤ。俺は、なんてことを……」

「どこ行くの？　王様」

うとうとと瞼《まぶた》を落としそうになりながらトーヤが尋《たず》ねる。その様子に、思わずカディアスは声音を変えた。

「……神殿だよ」

「……嫌。独りぼっち……」

トーヤの顔が胸にすりつけられる。眠さゆえか、寂しさゆえかは分からない。だがその子供のような仕草を、カディアスはひたすら見つめた。

「王様。一緒にいて。一人にしないで」

カディアスは自分の胸に押しつけられたトーヤの頭

に、頬を寄せた。幼子のように柔らかく細い髪に口づける。

「……ああ、分かった。お前を一人にしない。一緒にいるよ」

カディアスの声は、冷たい風に舞い、薄闇に溶けていった。

王宮の朝の訪れは、まだ果てしなく遠かった。

◇◇◇

神殿と青宮の復旧が終わったのを機に、承香殿《じょうこうでん》にいた王太子キリアスを戻した。

母親の不在には慣れた様子と聞いていたが、カディアスを見るなり駆けてきて飛びついてきた。安堵したのかわんわんと泣き出す息子を哀れんだカディアスは、しばらくの間息子を黒宮で育てることにした。

しかしこの王太子は、母親がいなくなった同情を差し引いても、手のかかる暴れん坊だった。最初に音《ね》を上げたのが、黒宮で王の相談役に就いているルカだった。理屈の通じない相手が苦手なのだろう。さっさと書院に引きこもってしまった。

ダナルが雷を落としてもすぐに慣れて言うことを聞かなくなるのだから、相当の悪ガキだと神獣師らは嘔き合った。子供好きのザフィは相手にしてくれたが、暴れまわる王子を肩の上に乗せ、苦笑した。

「力動が強すぎる。まだこの歳では断言できないが、精霊師程度の弦《げん》を持つことは確実でしょう」

ザフィの言葉にカディアスは困惑した。

「将来的に、千影山で修行をしなければ力を制御できないほどか？」

「どうだろう。未来の国王様だしなあ。……たぶんダナルやジュドも分かっていると思いますよ。俺たちのガキの頃に酷似しているから。じっとさせておくのは余計に危険なんだ。力動が溜まりすぎる。王宮内は落ち着かない日々が続いたし、おとなしくしていろと強要されてきたんだろうな。それが父上のところでのびのびできて、やっと安心して解放しているんじゃないかな。俺も時間が空いたら相手をしに来ますから、あまり窮屈には育てないでやってください」

書院もまだ落ち着かない状態だったが、書院番のサイザーを家庭教師に任命すると、サイザーは顔をしかめながらも承知した。あまりうるさいことを言わないでくれとカディアスが頼んでも無駄だった。サイザーは毎日黒宮に怒声を響かせるほど叱りつけていたが、キリアスは全然こたえていなかった。そのうちに侍医のカドレアも守《も》り役に呼ばれ、逃げまわるキリアスを追いかけて黒宮を二人でばたばたと走り、逆にダナルの叱責を食らう有様だった。

子供の笑い声と、ダナルの怒声と、賑《にぎ》やかさが戻ってくると、あの暗かった時間がまるで遠い昔のようだった。日常というものはありがたく、そして恐ろしい。何も解決していないのに、あたりまえのように生活するだけで、心に安寧を生む。神殿に本来鎮座《ちんざ》する者と、それを守る神獣が不在であるのに。


カディアスは息子の手を引いて神殿へと向かった。

今は神殿には、トーヤと神官長のイサルドしか住んでいない。

王宮の復旧のさなか、新たなる先読が生まれるまで神官の配置は行わないこととなったのだ。それだけでなく内府・ダナルは全ての人事も凍結させた。あまりにも数多くの死傷者が出たために、新たな配置を行う余裕がなかったのである。

トーヤは、キリアスを見たのは初めてだった。幼い子供の存在に驚き、どうしていいのか分からず、困ったようにカディアスに助けを求める目を向けた。

「シンジューシ？」

服装ですぐに分かったのだろう。キリアスの問いにトーヤは頷いた。子供に対して子供の態度を取ってしまっている。案の定、キリアスは単なる遊び相手としか認識しなかったようだった。木刀を渡し、相手になれとトーヤに要求した。

黒宮と違って神殿は、部屋数が少ないので広々とした空間である。大声を上げても咎《とが》められることなく騒いだキリアスは、突然糸が切れたように眠ってしまった。あまりの突然さに、トーヤの方が驚いてその様子を興味深そうに覗き込み、観察するように眺める。

全く人に興味を示さなかった頃とは段違いの反応に、

カディアスは微笑んだ。

「ルカが、腕白《わんぱく》王子は苦手だって言っていたけど、俺は嫌いじゃない」

「そうか、良かった」

キリアスを寝台の上に運び、毛布をかけてやる。そのままキリアスを眺めるトーヤをカディアスは呼んだ。

「トーヤ、こっちへ」

素直にトーヤはカディアスの傍に歩いてきた。その身体も顔も、明らかに男のそれだった。細身ではあるが、女らしい柔らかさはどこにもない。なのに、触れたいと思うこの心は一体なんなのか、カディアスにも分からなかった。

だがそのままゆっくりと、トーヤの身体を腕の中に抱きしめた。

◇◇◇

初めてトーヤを抱いた翌朝、神殿にトーヤを運んでから黒宮に戻ったカディアスは、ダナルとルカから、トーヤの封印が完了したことを告げられた。

「一見、普通と変わりません。半年以上封印され身動きできませんでしたが、時を止めた状態でしたので身体も衰えておりません。すぐにここに呼びますか」

「いや、いい。大丈夫だ」

あれほどトーヤの身を心配していたというのに、すぐに会おうとしないことを不審に思われてもおかしくなかった。まともに二人の顔が見られずにわずかに俯《うつむ》く。

「封印は授戒《じゅかい》と違って、精霊が無理矢理言うことを聞かされている状態ですので、自然と生命力は奪われていきます。ですが、器が損傷しているわけではないので、そんなに早く命が失われることはないかと思われます。では一体いつまで身体がもつかは、はっきり言えませんが……」

ルカが低い声で告げる。

「確かめたところ、鳳泉の神獣師としての力は残っている。宵国へ飛ぶことができるのです。しかし、依代である以上絶対にできないのが先読浄化です」

操者ではないので、鳳泉の力を操作することはできないということだ。鳳泉の最大の特徴である浄化能力を使えない。

「封印を解くには、半神と……操者と共鳴をしなければならない」

「ええ」

「ゼドが拒否し、千影山にも相応の者がいない。……共鳴なしに封印を外せばどうなる？」

「宿主が死にます。命で繋いでいる封印ですから」

やはりそうなるか。

「では現状として、トーヤの相手になれる者が現れるのを待つしかない、ということか……しかし、滅多に現れないのだろう」

「神獣を操れる力動を持つ者さえ、滅多に生まれませんから。たとえ奇跡的に該当者が来年、入山しても、そこから最低六年はかかります」

どちらにせよ、先が全く読めない状況だということだ。分かっているのは、時が刻まれるとともに、トーヤの命が削られてゆくということだけだった。

執務室には山のように書類の束が積まれていたが、病み上がりだからかダナルはうるさく言ってこなかった。それにざっと目を通したその日の夕方、カディアスは供《とも》の一人もつけず神殿に向かった。

他の場所ならば誰かが必ずついてくるが、王が神殿に行く際は、侍《はべ》るなと言われれば侍従は従う。

イサルドが一人、扉を開けた。

「イサルド、トーヤの様子は」

「一度はお目覚めになり、汁物を食されましたがそのまま、またお眠りに」

「具合が悪そうか」

「いいえ。単にお疲れのご様子です」

「イサルド。俺が何をしたか、分かっているんだろう」

イサルドは静かな光を瞳に浮かべたまま、無言で通した。王宮の深淵《しんえん》をつぶさに見てきた男の瞳には、忠義以外の何も映っていなかった。

イサルドの案内で、カディアスはトーヤの自室へ入った。部屋の扉を開けると、起きていたのかすぐに寝台の上のトーヤがこちらを向いた。

「王様？」

変わらぬ無邪気な声に心臓がわしづかみにされる心地がしたが、同時に安堵も覚える。枕に手をついて身体を起こしたトーヤの下へカディアスは近づいた。イサルドの気配が、砂が流れるように消えてゆく。

「トーヤ、大丈夫か。身体は痛くないか？」

「お尻ちょっと痛い」

その言葉にカディアスは絶句し、思わず片手で顔を覆った。

「つらい、だろう……すまない、トーヤ」

「あれって、性交でしょう？」

手をどけると、目の前のトーヤは無邪気な瞳のままだった。

「半神同士なら性交しても痛くないって誰かが言ってた。でもお尻はちょっと痛かったけど、王様は半神じゃないのに気持ちよかったよ。だから平気」

懺悔《ざんげ》の心が静かに流れてゆく。代わりに浮き上がってきたのが、一人の男の存在だった。

我が子のようにしか思えない、とあの男は言っていたが、欲望が止められない状態になってもそれを貫き通したのだろうか。接吻ぐらいはしていた様子だった。ではその先は？　考えてもどうしようもないことなのに、思考が止まらずカディアスは苛立《いらだ》った。知ったところでどうにもならないというのに。

「もう誰も、俺を抱きしめてくれないと思っていたから、気持ちよかった」

さすがにカザンのことを訊くことはできなかった。

もともと半神同士の身体の関係はカザンとだけ成り立つものであり、自分との性交の方が異質なのだ。

そう。ありえないことなのだ。王と、神獣師が、身体を重ねる、など。

精霊も何もない関係で、互いに身体を求めるとしたら、それは単なる性欲で、獣の交わりにすぎないのだろう。

少なくとも彼らは、共有と共鳴の果てに唯一無二を手にしている彼らは、そう思うだろう。

お前の想いなど、寂しさからの情欲でしかない、と。

「王様？」

トーヤが無邪気な顔をわずかに傾ける。その顔に、指が伸びた。そのまま顔を近づける。

「……嫌か。力動も注がれないのに接吻を受けるのは」

トーヤは問われている意味も分かっていないようだった。

「あったかいのは、好き」

……何も分からない。

その行為も、その想いも、何もトーヤには分からない。伝わらない。

ただトーヤの中には、決して失われない、唯一無二の半神の存在があるだけだ。

愛の全ては、その男から受け取った。失うくらいならともに死にたいと思うほどに、激しいものを。

もう、自分が与えられるものは、何一つ残っていない。

それでも、カディアスはその唇に引き寄せられた。

全ての思考を閉ざしながら、あどけなく半開きになった唇を、ふさいだ。

◇◇◇

腕の中でしなやかな身体が動物のように動く。

トーヤは快感に素直だった。羞恥、という感情がほとんどないからだろう。存分に絶頂を求めて背中を反らした後、ぶるりと身体を震わせて精を放った。


「は、あ、ああ、ん……」

同時に、挿入したままのカディアスの陰茎を根元まで締め上げてくる。きゅうう、と痛みすら感じるほどに絡んでくる内襞《うちひだ》に、カディアスは思わずきつく目を閉じた。

「はあ、ああ、あう、ん」

嬌声《きょうせい》も身体の動きも、何もかも素直すぎて逆に淫《いん》猥《わい》だった。

「びくびくする、抜いて、王様」

カディアスの方はまだ達していない。抜いてやりたいのはやまやまだが、この中にまだ留まっていたいという欲望が言うことを聞かなかった。腰をぴたりと押しつけたまま動かずにいると、それだけでも感じるのかトーヤの身体がぶるぶると震える。

「あ、あ、いやあ、待って、抜いて」

脳が甘い毒にやられているようだった。トーヤの声も息づかいも汗も、何もかもが欲情をかき立てる。まるで盛りのついた動物のようにカディアスは再び腰を打ちつけ始めた。トーヤの声が次第に快楽を求めるそれに変わる。トーヤの手が、背中に、肩に、さまようように這い出す。

トーヤが動けるようになってから半年、あの惨事から一年が経《た》とうとしていた。

王宮の人員整理や復旧がほとんど終わり、前と変わらぬ機能が戻っており、神獣師たちもようやく以前の調子で仕事ができるようになっていた。

昼は政務をし、そして夜は神殿を訪れ、トーヤを抱くのがカディアスの毎日だった。

イサルドしか知らないこととはいえ、毎晩神殿にこっそり忍び込む生活を続けていることにバツの悪さを感じながらも、カディアスは神殿に向かう足を止められなかった。

だがトーヤはいつでも訪れを喜んだ。表情にはっきり笑顔が出るわけではなかったが、安心したように目を閉じて頬をすり寄せてくる。その顔を見ただけでも来て良かったと喜びが湧き上がる。その繰り返しだった。

ヨダ王室の婚姻は、基本的に王は黒宮で生活をし、妃のもとへ通う通い婚である。妃と一晩過ごしてから夜明け前に黒宮へ戻るのが通例だ。王は三人まで妃を持てるので、一人のところへ居座れば他の二人が不快な思いをするゆえの配慮だった。

王の生活の場はあくまで黒宮であり、他の場所が王の世話をするのは好ましくないということが、暗黙の了解になっていた。カディアスは、イサルドに余計な気を遣わせないように配慮した。

夜明けの光が届く前に身体を起こしたカディアスの背中に、そっとトーヤの手が触れる。眠たい目をやっと開けているといった様子に、カディアスは苦笑して顔を近づけた。

「いい、寝ていろ」

「王様。虫、ついてる」

「虫?」

「〝光蟲《こうき》〟」

一瞬にして身体の熱が冷える。トーヤはぼんやりした顔のままカディアスの髪に触れると、その指先に塵《ちり》ほどの小さい虫をつけて見せた。そしてその指先の虫が黄金の蝶へ姿を変えるのと同時に、トーヤは再び無邪気な眠りの中に落ちていった。

ダナルが姿を現したのは、黒宮の中庭でカディアスが午後の茶の時間を過ごしている時だった。

カディアスはダナルに自分の向かい側に座るように促し、ダナルの分の茶を運んできた侍従に、しばらく下がっているようにと片手で示した。

お菓子を食べ終えたキリアスが木登りをして侍従らをはらはらさせている。それに目を向けながらカディアスは訊いた。

「いつから気がついていた？」

ダナルは、中庭に来てからバツが悪そうに顔をしかめっぱなしだった。

「俺は、実は、こういうの、疎いんですよ」

カディアスが視線を向けると、ダナルはどこを見ていいのか分からないというように顔をそらしながら、ぶつぶつと繰り返した。

「本当に、俺は、こういうのは、苦手なんです」

思わずカディアスは吹き出した。どんな時だって力強さを失わないダナルが、こんな顔をするとは思わなかった。

「疎くないところからの情報か。ラグーンあたりか」

「正解です。あいつらは、見なくとも気配で感じますからね。なんでこう毎晩のように王一人で神殿に向かっているのかと。俺は、そう言われても、なんとも思わないほどの鈍い男なわけですよ」

「そりゃ、ルカも苦労するわけだ」

「ええ、申し訳ないがさんざん傷つけましたよ。そんな俺ですから、信じなかったんです。ですが」

「悪い」

思わずこぼれた言葉に、ダナルがしばらく沈黙したまま見つめてくる。

「……どうして謝るんですか」

「鳳泉の神獣師を、トーヤの半神をとあれほど騒いでおきながらこの醜態《しゅうたい》だ。呆れただろう」

「いや、ゼドはトーヤの相手になどなれんのですから。それに、おそらく、……ゼドやカザンほど力のある操者がトーヤの存命中に現れる可能性は、ほとんどない。それはもう、王もご存知でしたよね。だからこそゼドを推《お》したんでしょう」

「……だからといって王が依代に手を出すなど言語道断。ラグーンはそう言ってなかったか」

「いいえ」

ダナルはもう顔をそらしていなかった。まっすぐに視線が注がれるのが分かっていたが、カディアスの方は目を向けられなかった。

「男同士で、なんの益もない、不毛なだけの関係だと思うだろうな。それはその通りだ。お前たち半神同士と違って、俺とトーヤは何も生み出さない」

「王」

「王たる者が、国益をもたらさないものを手にするべきではない。それは分かっているが、俺は」

「王」

ダナルの強い口調に気づき、カディアスはその声に目を向けた。ダナルは机に腕をついて身を乗り出し、鋭い眼光を注いでいた。

「王。俺はそんなことは思っていない。人の想いや、その関係など、他人がどうこう言うことではないと俺は思っている。俺ら神獣師とて、精霊を共有していても、所詮《しょせん》人間だ。市井《しせい》の街角で痴話げんかを繰り返す若い恋人同士となんら変わらん。相手の心を受け止めるのに、四苦八苦している、愚かな人間だ」

カディアスは自分を見つめてくる目を、静かに見返した。

「……俺は、四苦八苦すら、していない、ダナル。……分からないんだ。いや、多分……分かりたくないのだろう。俺の心は。」

この関係が、何も生み出さない無意味なものだと、思いたくないのだ。

国益を生み出す方向へ進み出さなければならないのだと、気づきたくないのだ。

この心を形にしてしまったら、おそらくそこで、終わってしまうのだ。

皆が寝静まった闇の中を、神殿に向かうのも。

人肌の温もりを求めて顔をすり寄せてくるトーヤを抱きしめるのも。

「……弱いと思うか」

「いいえ」

ダナルは首を振り、中庭に目を向けた。木登りに成功したキリアスが歓声を上げている。

「俺はあなたに、酷《こく》な道を強いた。あなたの、人としての心を、これ以上虐《しいた》げることはできません。王位に、しがみついてもらった。もう、十分です。鳳泉を、この世に留めさせてもらった。もう、十分です。あとは全て、我々神獣師が負いましょう。未来が読めなくとも、国を守る方法はある」

青空の下、キリアスが褒めてほしくて呼ぶ声が響く。

その姿を、ダナルがわずかに目を細めて見つめる。

カディアスはその光景を、陽光に抱かれながらただ、見ていた。


「忙しかったの？　王様。全然来てくれないから、こっちから行こうと思った。イサルドに止められて待つことにしたけど」

神獣師たちにこの関係が知られていると分かってから、バツが悪くて神殿に足が向かなかったというのに、こんな言葉をトーヤから聞くだけで心が満たされる。

身体を引き寄せると素直に体重を預けてくる。その重さが心地いい。

考えまいとしてきたが、無理だった。トーヤに慕われるのが嬉しい。トーヤを抱くことに喜びを感じる。

「ダナルに怒られた？」

「怒られていないよ。お前は？　誰かに何か言われたか」

「ううん、全然。俺はあまりあっちに行かないから。ねえ王様、裸になっていい？　気持ちよくしてほしい」

あまりに無邪気な言葉と行為だった。だがカディアスは、ただ目を細めた。するすると服を脱いでいくトーヤの頬に触れ、後ろで軽く結ばれている髪をほどく。トーヤの肩にぱさりとかかる髪を撫でながら、カディアスは言った。

「カディアス」

「かでぃあす？」

「俺の名だ。〝カディアス・ニルス・ヨダ〟。……この韻で、呼んでみてくれ」

トーヤの口が小さく開く。呪文を唱《とな》えるように、唇が動く。

「〝カディアス・ニルス・ヨダ〟」

カディアスは微笑んでトーヤの肩にかかる髪を手に取ると、そこに口づけた。

トーヤはじっと動かずにされるがままになっていた。

カディアスはトーヤの身体を引き寄せて耳元で囁いた。

「これから、二人の時は俺を名前で呼んでくれ。……お前には、王と呼ばれたくない」

トーヤはしばらく黙っていたが、カディアスの胸に顔を押し当てながらぽつりと言った。

「カディアス様」

その小さな呟きを、カディアスは必死で抱きしめた。

何も、分からない。

何も、伝わらないとしても。

◇◇◇

謁見の要望が入った時、ちょうど内府・ダナルは各役所の監査で不在にしていた。

タレン・アジスは名門アジス家の長老的な存在だった。自身は精霊師ではなく、アジス家の当主はトーヤの次兄で近衛第五連隊長のギルスである。

だがこのギルスは、精霊師としてアジス家の当主におさまっていても、家には寄りつかなかった。形だけは当主となって結婚し、妻との間に三人子を生《な》しているが、精霊師である以上当然半神がいる。家に逆らえず妻を娶《めと》り子を作ったが、夫や父親としての役割を放棄して半神と生活している。

アジス家の当主は皆こうだった。力と社会的地位の高い精霊師が当主になり、血統の存続のために女と結婚する。そして、作った子供の一人を幽閉し、物言わぬ人形として育てることを見て見ぬふりするのだ。

形だけの当主の代わりに家を動かすのが、長老の存在である。タレン・アジスはギルスの叔父である。社会的地位は低くても、その交友関係の広さと人脈の豊富さは侮《あなど》れず、アジス家は実質この男を頂点として動いてきた。

「お久しぶりでございます、王。ようやくお目通りが叶いました」

ヨダに貴族制がないとはいえ、精霊師を多く輩出する血統は恩恵を受け、自然と名家と呼ばれるようになっている。

だからこそダナルのように、庶民出身の者が行政の中心に立つと、血統と家柄を尊重してきた者たちは慌てるしかない。なんのしがらみもないダナルはタレンを毒虫のごとく嫌い、今まで容易にカディアスに近づけることすらしなかった。

「久しぶりだな。いつだったたか。幽閉していたギルスの末子の存在が明らかになって以来か」

トーヤが幽閉されて育ったと知ってから、カディアスはアジス家に子供を幽閉して育てることを禁じた。

だがそれから数年経ち、調べ直したところ、ギルスの末子が幽閉されていることが明らかになったのだ。

カディアスは激怒して、アジス家を断罪しようとタレンと当主のギルスを呼びつけた。タレンは平伏して色々とごまかしたが、ギルスは謝罪するどころか、我が子のことなど全く興味なさそうだった。

「今地下牢から出したとしても、廃人としての人生を送るだけですよ。我が家には、あれを今から人間にしてやるような心の持ち主は一人もいない。もちろん私も。ならばトーヤ様のように神獣師になった方が、クルトの幸せではないですか」

カディアスはギルスの投げやりな態度と子を子とも思わない非情さに絶句したが、もっと呆《あき》れたのは、ラグーンら神獣師がそれもそうかもしれないと頷いたことだった。

「お前らはそれでも人か！」

「いやしかし王、トーヤの最初の状態を王だって知っているでしょ。あんなもんじゃないんですよ、入山した頃は。今助け出したって、幸せになれるとは確かに思えない。確実に精霊師にしてやって、半神を与えてやった方がずっと幸せですよ」

カディアスはアジス家の私的財産を一部没収するだけにとどめたが、次の代でこれをやったら絶対に一族郎党断罪し、全ての職と財産を取り上げて王都から追放すると申し渡した。

「二度と俺の目をすり抜けられると思うなよ」

タレンはカディアスの本気を感じた様子で、あの手この手で機嫌を取ろうとしてきたが、ダナルの強固な盾のおかげでカディアスに目通りすら許されていなかった。

だからこそダナル不在の今しか謁見の機会がないと思って来たのだろう。面倒になったカディアスは、謁見の間に通すことを許したのである。

「王、先読様が急にお亡くなりになってから一年半が経とうとしております。あの混乱からようやく我々も落ち着き、そろそろ先を見る余裕も出てまいりました。市井の者たちが今、何を不安に思っているかお分かりでしょうか」

タレンの言葉に、謁見の理由はこれかとカディアスは目を閉じた。

「新たなる予知を、皆が待っております」

先読誕生を望む声はどうしても出てくるだろうと思っていた。

おそらくもっと前から、ダナルらはこの声を聞いていただろう。それをあえて自分の耳に届かぬようにしていたのではないか。

無論、この男は純粋に先読不在を懸念して申し立ててきたわけではない。

「王、先読様が崩御《ほうぎょ》なされた際にセイラ妃が心身不調で霊廟《れいびょう》に移られた後、王のお傍には誰かが侍《はべ》っておられるのでしょうか。私は黒土門より先のことは、とんと疎く……」

「で？　お前は孫娘あたりを妃として薦めようと思ってきたわけか」

アジスに対する目が厳しくなってきたことで、タレンも不安になってきたのだろう。王家に血統を入れれば、また大目に見てもらえると思っているに違いない。

カディアスは目の前の一見好々爺《こうこうや》にすら見える男を見据えた。

「セイラ様が妃を降りられてから、妃は一人もおられない。先読様はお生まれになられていない。私だけではありません、どの家も、我が娘をと望んでおりますよ」

無言のカディアスに、タレンは眉尻を下げて半歩近づいてきた。

「あの惨事を過去のものとし、人々の心に安寧をもたらすのは、何よりも新しき未来、新しき先読様の誕生であることは明白。王妃様がお立ちになれば王の御代も安泰《あんたい》と思われます」

「王妃は立てぬ」

じりじりと近づこうとする男の足を睨《にら》みながらカディアスは告げた。

「あと二人、妃の枠は埋めても、我が隣に王妃は立てぬ」

前屈みになっていたタレンの身体がわずかに戻る。顔には人の良さそうな笑みを張りつけたまま、タレンは言った。

「正式に王妃の宣下《せんげ》は受けておられませんでしたが、もう既にセイラ妃は、内々に王の正名を受け取られておられましたかな」

黙ったままのカディアスに頷き、タレンは一歩、二歩身を引いた。

「先王は王妃ただ一人をご寵愛《ちょうあい》され、正式な婚姻の証《あかし》である正名を早々にお渡しになられ、王妃亡き後は一人の妃も持つことなく過ごされましたが、その愛を貫くことができたのも三人も優秀なお子様に恵まれたゆえ。王は、得がたい力を継承するお役目がございます。どうか、妃の候補者を存分にお選びくださいますように……」

恭《うやうや》しく臣下の礼をとりながらタレンが謁見の間から姿を消した後も、カディアスは玉座に座ったまま動かなかった。


「あの狸《たぬき》めが。俺のいない隙にあざとい真似を」

ダナルは苛立ったように吐き捨てた。

「補佐官の一人くらい残しておくのだった」

「そう言うな、ダナル。謁見を許したのは俺だ。お前、相当、妃候補を内府で止めているんじゃないのか」


ダナルが渋面《じゅうめん》でそっぽを向いた。ルカが困ったように俯く。

「実はもう、その対応でダナルは各所とやり合って、補佐官らが訝《いぶか》しがるほどです。……せめてセイラ妃から先読が生まれていれば、ここまで声が大きくなることはなかったのでしょうが……」

「こればかりはどうしようもないな。先読がいつ、どの妃から生まれるかは誰にも分からん。そして、キリアスとて王の力があるか分からない。あくまでも王を選ぶのは先読。嫡子《ちゃくし》といえど、このままではキリアスは王として認められん」

黒宮の中庭で侍従と遊んでいる六歳の息子の姿を、カディアスは目に収めた。

「……潮時だな」

呟きに、ダナルとルカは無言だった。

「ダナル、お前、アジス家以外の家で、これはと思った家の娘はなかったか」

ダナルとルカは顔を見合わせた。どうも既に心当たりがありそうな様子に、カディアスは苦笑した。

「なんだ、遠慮せず言ってみろ」

「いや、実は、千影山からも言われていたんですよ」

確かに山の師匠らも、いい加減妃を娶《めと》らせろとせっついてきていてもおかしくはない。

「バルドの姪が女官として衣紋所《えもんじょ》にいるんですが、結構な美人なんでどうかと」

衣紋所とは、王宮で働く者たちの着物を用意する場所である。

「まあ、そこに一生勤める者もいるんですが、大概は花嫁修業の一環なんです。それも良家の娘のね」

バルドは元、青雷の神獣師だ。神獣師一人を出しただけでその家系は三代は栄華を約束される。

「バルドも美しい男だからな。姪なら美人だろう」

「ええ。一着頼むついでに内府に呼びました」

「査定済みか」

「いや、でも俺は全く好みじゃありませんでした」

ダナルの好みなどどうでもいいだろう、という目でルカが呆れた視線を送る。慌ててダナルが付け足す。

「いや、なんていうか、ああいう女らを好む男もいるんでしょうな。なんか頭がゆるいというか、いえ、あまり深く物事を考えないというか、えーと、セイラ妃の真逆です。だから山の連中は推してきたんでしょうけど、まあ、毒にも薬にもならないような女らの方がいいって師匠らは思ったんでしょうかねえ」

「女、ら？」

「二人なんですよ」

姉妹か、双子か。思わず顔をしかめたカディアスに、ダナルは慌てて説明した。

「いえ、従姉妹《いとこ》ですよ。けど同い年で姉妹同然に育っているらしく、とにかく仲がいいらしいです。まあ、こういう二人ならいがみ合うこともなく、王を余計なことで煩《わずら》わすこともないだろうと」

ダナルにかかると女の評価もさんざんである。カディアスは立ち上がり、任せる、と告げた。

「タレンにも言ったが、俺は、俺の代に王妃は立てん。……おそらく夫として十分慈《いつく》しんでもやれん。王室に入ることで家の面目が立てられる妃を選ぶもよし、仲良しの妃同士にするもよし、判断は任せる」

ダナルらの返答は求めなかった。無言の諾《だく》を背に受けて、カディアスはその場を離れた。

そのまま回廊を渡り外に出ようとするカディアスの後ろに侍従が付き従ったが、無言で片手を振るとその場に留まった。

一人降神門《こうじんもん》へ向かったが、ゆっくりと足が止まった。

〝……俺の想いなど、本当の半神を愛し抜く精霊師らに言わせれば、偽物にすぎない、半神という言葉を使うなと言うのでしょう。だが、俺の半神はステファネス様一人だ。外道《げどう》と言われようが人でなしと言われようが、あの方一人の手しか俺は取れない〟

思い出したくもない男の声が、脳裏によみがえる。

あの男は、そう言った。責務も放り投げ、未来をめちゃくちゃにし、罪人に身を堕《お》としても、挑むように言った。

相手にとって、お前は半神ではない。それでも構わないかと問われても、構わないと、言い切った。

カザン。

結局俺は、お前に何一つ敵《かな》わない。

貫けるものが何一つない俺に、お前は、逆に問うのだろうな。

偽物はどちらか。覚悟も、何もかも中途半端なお前が、人を断罪できるのか、と。

最初にセイラが添《そ》い臥《ふ》しとして選ばれた時もそうだったが、王族の結婚は国家の行事であり、それ以上でもそれ以下でもない。

だがそれでいいのだろうとカディアスは思った。

結果、どうやらバルドの姪二人に決まりそうだとルカが報告してきたが、そのことについて特に思い巡らせることもなかった。

カディアスは妃を迎えると決めてから、トーヤのもとを訪れていなかった。

いずれ自分の口から、結婚するゆえにもうお前には会いに行けないのだと説明しなければと思っていたが、一体どういう言葉で話せばいいのか分からなかった。

あの行為を、トーヤはどう思っているのだろうか。

ただ快楽を求めて、人肌の温もりを感じるだけの行為としか思っていないだろう。

そこにどんな気持ちが宿るのか、分かっていないだろう。

考えれば考えるほどに、思考は藪《やぶ》の中に入る。

言葉はばらばらになってその中に潜《ひそ》む。

想いだけが、心の臓に傷をつける。

そんなことを感じる資格すらないのだと分かっていても、王という殻を外した自分と向き合った時、それは、息もつけぬほどの痛みを伴う。

その夜、寝所に入ったカディアスは、寝台を整えようとした侍従が軽く悲鳴を上げるのを聞いた。

「ひ、筆頭様！」

振り返るとそこに、トーヤが神獣師の上衣をまとった姿のままで横になっていた。まさか王の寝台に人が潜《もぐ》り込んでいるとは思わなかった侍従が、腰を抜かしそうになっている。

「トーヤ!?」

目を覚ましたトーヤは大あくびをして身体を起こした。

「眠っちゃった」

啞然《あぜん》とする侍従らとカディアスの前で、トーヤは困ったように首を傾げた。

「ごめんなさい？」

毛布にくるまって謝る神獣師に困惑している侍従らを、カディアスは下がらせた。

「宿直にも離れているように言え」

侍従らが静かに部屋から離れると、カディアスは寝台の上のトーヤに目を向けた。

「カディアス様」

二人になった空間でトーヤはそう呼んで両腕を広げた。抱きしめてほしいのだろう。自分を呼ぶその姿を、カディアスは見つめた。

「カディアス様？」

「……俺が神殿に行かないから、自分から来たのか？」

「うん。イサルドには、行ったらいけないって言われたけど。カディアス様どうして来てくれないの？　忙しいの？」

カディアスは静かに近づき、その手を取った。両手にトーヤの手を握りしめ、カディアスは告げた。

「妃を、新たに迎えるんだ。もう、お前には会いに行けないんだよ」

「妃様？」

「ああ……先読を、この世に、誕生させなければならない。トーヤ、前に話しただろう。鳳泉の神獣師は、王と先読の父であり母だ。お前が、養育するんだ」

トーヤの目が困惑したように揺れる。その瞳に映る自分の顔がぶれるのを、カディアスは見つめた。

「カディアス様、妃がいたら、俺を抱きしめることはもうできないの？」

揺れる瞳に耐えられず、カディアスはその顔を両手で包んだ。

「トーヤ」

「俺は、カディアス様が誰を好きでもいいよ。誰を好きでもいいから、俺のことも好きでいて」

「トーヤ……！」

何かが、心の堰《せき》を破いたように、カディアスは双眸《そうぼう》からあふれ出すものを止めることができなかった。

想いが濁流となって、口をついて勢いよく流れ出す。

「好きなのはお前だけだ、トーヤ。俺が愛しているのはお前だ。お前だけだ、トーヤ。許せ……許してくれ。何も知らないお前に、ただお前の寂しさにつけ込んで俺は……」

寂しい。それだけだろう、きっと。

カザンに抱いた愛に比べれば、足元にも及ばぬほどの気持ちしか、宿っていないに違いない。

それでも、自分が抱かなかったら、そんな寂しさも、知らずに終わっていたはずだったのだ。

誰を好きでもいいから、好きでいてくれ。


そんな言葉を、二度と言わせたくはなかったのに。

カザンの時と同じ目に、まさか自分があわせるとは。

「アイ……シテル」

繰り返すトーヤの口からは、本来の意味とは別の韻を含んだ言葉しか出てこなかった。

大好きです。

以前、カザンのことを訊いた時に、トーヤはその言葉を、大事そうに告げた。

カザンはその言葉を、きっと何度も、何度も教えたのだろう。

お前が好きだ。大好きだよ。

幼い子供に与えるようなそれだったとしても、トーヤの心にそれはどれほど染み込んだだろう。

大好きです。最も愛する者に伝える言葉として、トーヤは今もそれを、抱きしめている。

愛している。

その言葉の意味を、自分は教えられない。

何度告げたとしても、その言の葉《ことは》は、トーヤの指の間からすり抜けて舞い散っていくだけにすぎない。

それをトーヤが、抱きしめてくれることは、未来永劫ありえない。

「……自分の半神に、想いを告げる時に使う言葉だ」

トーヤの瞳が、よく見えないものを見るように、わずかに曇る。

カザンからは、聞かされなかった言葉だろう。

そして、半神でもない王が、なぜそれを自分に向けるのか、不思議に思っているに違いない。

ふと、トーヤの指先がカディアスの顎に触れた。

頬から流れ、そこに雫《しずく》を作っていた涙がすくい取られる。トーヤの唇が、それを吸い取る。

「俺は、カディアス様に抱きしめられるの、好き。カディアス様も、好きだよね？」

トーヤの唇が降ってくる。

決壊した心は、情けないほどに、叫ぶのを止めなかった。もう終わりにしなければならないこの時に、ほとばしるようにまき散らされる。

「……愛している……」

理性はもう欠片も残されていなかった。すまない、許せとも思わなかった。ただ、感情の全てを相手にぶつけるだけだった。トーヤの身体を抱きしめて、その身体中に接吻する息の狭間に、ただ寝台の上にまき散らされるだけの言の葉を告げた。


「……愛している……愛している、愛してる、トーヤ」

カディアスはその夜、黒宮にありながら、初めて己が王であることを、忘れた。


それからしばらくは、ただいたずらに時が過ぎた。

結婚の儀の準備を進めることを承諾していたカディアスは、準備の進行に許可を出さなくなった。

再びトーヤのいる神殿に通うようになってしまってからは、儀式の準備に目を向けることができなくなった。ダナルは何も言わず、先方には政務の多忙を理由にしたが、周囲は明らかに困惑していた。

情けないとは思いながらも、トーヤに理解してもらえるまでは妃を迎える気にはなれなかった。

結局は、自分がトーヤを失いたくないからだろうと自嘲《じちょう》する。

トーヤの無邪気さのせいにして、全てうやむやにしてしまおうとする卑怯さに、カディアスは我ながら吐き気がするほどの嫌悪を感じた。

だがそれでも、一度言葉にしてしまった想いは、トーヤを前にすると抑えられなかった。

「お花！」

神殿にカディアスが持ってきた花を見て、トーヤはぴょんと跳び上がって喜んだ。

「ああ。黒宮に届けられた花だ。お前が好きな、香りの強い花だよ」

通常は夜にしか神殿を訪れなかったが、あまりに見事な花が届けられたので花好きのトーヤに渡したくなったのだ。

トーヤは差し出された花束に顔を突っ込んだ。匂いを嗅《か》ぐためだったのだろうが、慌ててカディアスは花束を引き戻した。案の定、トーヤの鼻の頭に花粉がついてしまっている。

「ああもう、この花粉はなかなか落ちないのに」

イサルドを呼ぼうかと思ったが、早めに顔を洗わねば肌が荒れてしまうかもしれない。カディアスはトーヤを、神殿中庭にある泉が湧き出ている噴水場に連れていった。水場の縁に腰かけたカディアスはトーヤを膝の上に乗せ、自分の袖に水をつけて顔を拭いてやった。

トーヤは花を抱えながらおとなしく顔を拭かれていた。

「とれた？」

「ああ」

カディアスはふと思い出して、トーヤの鼻の頭に口づけた。

「お前にくしゃみされて唾をまき散らされて、顔をゴシゴシえらい力で拭かれたことがあったなあ。覚えているか」

「覚えてるよ」

カディアスはトーヤを腕の中に収めながら、微笑んだ。

「今だったら、どんなふうに俺の顔を拭けるかな」

トーヤは袖口を軽くつまんで、カディアスの顔に当てた。そろそろと撫でるように顔を拭く。その極端な力の差に、カディアスは声を上げて笑い、トーヤを抱きしめた。

「王！」

珍しくもイサルドが駆けながら自分を呼ぶ姿に、カディアスは思わず立ち上がった。

「どうした」

「今こちらに、千影山から下山の挨拶にいらっしゃった御師様《おしさま》方が向かわれておりまする」

師匠らがなぜこちらに向かっているのか。カディアスは眉をひそめた。

「黒宮へ戻る。そちらで謁見すると伝えよ」

「元・鳳泉の神獣師であられた、ルファサ様とイア様のお二人でございます」

カディアスは、ほとんど面識のないその鳳泉の神獣師の名前だけは知っていた。

ガイとリアンの、前の鳳泉の所有者にして、師匠だった二人である。

自分が生まれた頃に代替わりしたために、ほとんど接点はなかった。

「千影山を下りられて、霊廟に移ることになったとのことで挨拶にまいられました。ですが、王が神殿の方へいらっしゃっていると侍従の誰かから聞いたようで、こちらに向かい始めたと、内府からの使いが」

通常は王への謁見は黒宮で行われる。

元鳳泉の神獣師であったとしても、王の許しなしに黒宮を通り過ぎて降神門をくぐるなど許されない。

それを、した。なぜか。

カディアスは緊張で張り詰めた様子のイサルドの顔を見た。

「……神獣師とは、人の気配で、人同士が身体を寄せ合っていることすら分かるのか」

イサルドが無言でわずかに頷く。

二つの気配が重なっていることなど、容易に分かるのだと、初めてカディアスは知った。この関係にラグーンがすぐに気がついたわけである。ダナルも、光蟲を飛ばさずとも察してはいたのだろう。

身動きできずにいるカディアスの後方から、低い声が届いた。

「……お久しぶりでございます、王。……と言っても、我らが誰なのかはお分かりにならないでしょうが」

茫然《ぼうぜん》と佇むカディアスの後ろから、七十歳近いと思われる老人二人が姿を現した。その後ろに、苦虫を噛み潰したような顔でダナルも立っている。

「御師様」

花束を抱えたトーヤが驚いたような声を出す。元鳳泉の操者・ルファサは目を細めた。

「トーヤ。一体どうなってしまったかと思ったが、元気そうで安心した」

ルファサの半神で依代だったイアは、無言のままでである。その様子に、カディアスはすぐにアジス家出身であると分かった。以前ガイが、師匠の半神の声すら聞いたことがないと言っていたのを思い出す。イアはトーヤの叔父であり、同じように幽閉されて育った者だった。

「王。私もアジス家の者を半神に持つ者。トーヤの心に何があったのか、少しは分かるつもりです」

ルファサは年を重ねてもなお精悍な背中をしていた。ほっそりとしたイアの手を、壊れ物に触れるように自分の手に取る。

「私どもはステファネス様を、八歳まで養育しました。鳳泉の神獣師にとって、先読様は恐れながら子も同然。あのような事態になったことを、自らの責任と思い、ステファネス様の御霊《みたま》を慰めるために霊廟に入ろうと決めました」

そしてルファサは、静かな光をたたえた瞳をまっすぐにカディアスに向けた。

「王も、御自《おんみずか》らが歩むべき道を、お間違えなきよう」

ルファサとイアがそのまま静かに去っていっても、カディアスはただの一声も言葉を発することはできなかった。

ただ静かに、トーヤの抱える花束の香りが、風に流れていった。

千影山からガイが下山し、謁見を申し込んできたのは、翌日のことだった。

◇◇◇

半神が千影山に葬られて以来、決して下山しようとしなかった男が、たった一人で黒土門を通ってきたと聞いた時、カディアスは来るべきものが来たとどこかで覚悟した。

自分が訪れた理由はもう分かっているだろうとその顔には書いてあった。久しぶりに会う、父親同然の男の顔を、カディアスはまともに見ることができなかった。

「下がれ、ダナル」

謁見の間で、玉座に座るカディアスを見つめたまま、ガイはカディアスの隣に立つダナルに告げた。ダナルはすぐには従わなかったが、ガイがカディアスから目を離さない姿を見て、わずかにため息をついてその場から静かに離れた。

「王」

ダナルが去ってから、ガイは許しも得ず玉座に近づいた。

「私が何を言うのか、もうお分かりですな」

「ガイ……」

ガイの身体が玉座に触れられるほどに近づいてくる。たまらずにカディアスは顔を上げた。

「子は、生す。先読を、この世に誕生させる。だから」

「王」

ガイの右手が玉座の肘掛けに触れる。

「あなたを育てたのは、私だ。あなたがどういうお人か、よく分かっております。あなたは、トーヤを諦めない限り、先読を誕生させることはできません」

完全に絶て、と目の前の厳しい父は言っていた。

そう言われるだろうとは思っていた。ガイが、神獣師と王、このありえない関係を許すはずがない。カザンが先読と契《ちぎ》ってこの事態を生んだ。そして今度はその残された半神が王と、など、それを耳にした時にガイはどれほど戦慄《せんりつ》しただろう。この狂った状況を、なんとしても改めねばならぬと思ったに違いない。

「……話を聞いた時、あのダナルがよくもそれを許していたものだと思いました。他の神獣師らも、あなたに降りかかった苦難を思えばこそ、それを諫《いさ》めることができなかったのでしょう。だから、私が言います。どれほど疎まれても恨まれても構いません。王よ。神獣師は、あなたの相手にはなれません。あなたの唯一無二は、人ではなく、この国でございます」

何かが、決定的な何かが、身体の中に落ちてきた気がした。

それは、わずかな鈍痛とともに、己の芯の上に乗った。

もう絶対に、動かせぬと分かるほどの力で。

「王。あなたにはこの国を、民を、救う義務があるのです。この歩みを止めることは、立ち止まることは許されません。それが、王たる者の宿命です」

ガイの声を聞きながら、カディアスは、目の前にステファネスの姿を見た。

ふくらんだ腹を撫でながら、ステファネスは言った。

分かるまいな、カディアス。なぜ我がこれを求めたのか、お前には分かるまいな。

狂ってしまった伯母を見た。王妃を亡くし、ふさぎ込んで国を捨てた父を見た。

そして最後に、血を吐きながら、鳳泉を守り通した神獣師の姿を見た。自分を育て、この王室を、この国を、命を犠牲にして守ったリアンの姿を見た。

そして目の前にいる、一人生き残った、その半神の姿を見た。

ガイの目の中の自分を、カディアスは食い入るように見つめた。

捨てるのは、なんと容易《たやす》いことか。

なのに守り通すのは、どれほど困難なことか。

幾千もの人々の思いが織られた道の上に、自分は今立っている。

自分が降りてしまったら、その道は途絶《とだ》えるのだ。

ガイの身体が静かに退いていく。

「……酷な道を歩ませることを、お許しくださいとは言いません。ですが私はあなたの父代わりとして、これだけは言わなければならない。この諫言《かんげん》を申し上げることができただけでも、リアンの死後生き続けた甲《か》斐《い》はありました」

臣下の礼をとり、ガイが謁見の間を去っていった後も、カディアスは一人そこに留まった。

黒と白の床が次第に黒一色へと変わってゆく。薄闇が足元へ静かに近づいてくるのを、カディアスはただ見つめていた。

そしてなぜか、思い当たったことに身体が反応した。玉座から立ち上がり、謁見の間を飛び出す。控えていた侍従が驚いて声をかけるが、カディアスは返事もしなかった。

黒宮を飛び出し、降神門へと走る。許可なく侍従らはその門をくぐることができない。侍従らを残し、カディアスは神殿へと走った。

ステファネスが死んで以来、ぴたりと閉ざされている神殿の扉に手をつけ、扉につけられている鐘を鳴らす。

「イサルド、俺だ、開けろ!」

イサルドは毎回、声を張り上げなくとも扉の鐘を叩くだけですぐに応じてきた。だが今回は、なかなか中から応じる気配がなかった。悪い予感がカディアスの身の内を巡った。

「トーヤ！　俺だ、開けてくれ！」

あまりの大声に降神門で待つ侍従らの目を気にしたのか、扉がわずかに開き、隙間からイサルドが顔を出した。

「王。これ以上は開けられません。トーヤ様のご意志です。どうか、お願いいたします」

「イサルド、今ここにガイが来なかったか。トーヤに何を言った？」

「王、どうか、恐れながらこれ以上は。後ほど、私の方から黒宮へ参ります」

「頼む、イサルド。ここを開けてくれ。トーヤに会わせてくれ、一度でいい。頼む」

だがイサルドは顔が半分見せられるかどうかの隙間以上、開けようとしなかった。頭を垂れ、懇願するように戻るように告げる。だがカディアスも、退くことはできなかった。

「トーヤ！　頼む、姿を、声を聞かせてくれ！」

隙間に立つイサルドの後方から、声が流れてきた。

「王様。もう、ここを通すことはできません」

王様。その言葉に、カディアスはわずかに冷静になった。だが、口からこぼれた声は、情けなくも震えていた。

「……ガイに、俺を、もうここには通すなと言われたのか？」

「はい。御師様が、俺がいると先読様が生まれないのだと言っていました」

トーヤはよどみなく敬語を使っていた。

そう聞こえるだけなのかもしれない。言葉を選んで、一つ一つ丁寧に発しているようでもあった。

そんな口調にしなくてもいい、名を呼んでほしいと思っても、カディアスはそれを頼むことができなかった。

「トーヤ、先読が生まれないのはお前のせいではない。俺が悪いんだ。俺が、王としての務めを果たさないから」

「王様、俺に言いましたよね。俺は、先読様を、育てるんだって」

……言った。そう言った。

俺と、育ててほしいと言ったのだ。

「俺は、修行していた時は、鳳泉の神獣師に一体どういう役割があるのか、分かっていなかった。カザンが分かっていればそれで良かったし、考える必要もなかったから。けど、今こうして鳳泉を封印された身体になって、御師様が話していたことがようやく分かった」

先読を、育てることができるのは、鳳泉の神獣師のみ。

「俺は、カザンが死んで、それでもこの世に生き残って、鳳泉を宿したままで、一体なんのために存在するのか分からなかった。だけど、宵国へ飛べるこの身体が、この器が残ったのは、先読様を育てるためなんだ。俺がいなければ、宵国でほとんどの時間を過ごす先読様を生かすことも、成長させることもできない。そうなんでしょう？」

その通りだった。

宵国と繋がる鳳泉の神獣師しか、的確に先読の意思を拾い、育てることはできない。

一体なんのために存在するのか。

先読のため。

「俺を、必要としてくれる存在がこの世にあるというなら、俺はまだ、この世に生きている価値がある」

必要と、している。

心の底から、お前を、必要としている。


「アジスで、幽閉されて大きな器となって、カザンを失って、俺はなんのために生まれてきたのかと思ったけれど、まだ、生きる意味がある」

生きる、意味。

「それを俺に、与えてください、王様」

……先読を。

未来を。

生きる、糧《かて》を。

「先読様をこの神殿に迎えられるまでは、ここは閉じます。王様、待っています。ここに、先読様を連れてきてください」

一つ一つの言葉が、己の身の中へ静かに沈んでゆく。それは重石《おもし》となって、この王国が続くための道に足をつかせた。

それを感じながらも、カディアスは言った。

イサルドの後ろから流れる声に、懇願した。

「トーヤ、扉は開けなくてもいい。一度でいい。お前の顔を見せてくれ。頼む」

ずっと俯いていたイサルドの身体が、静かに扉の前から離れる。

カディアスは、その後ろにあった姿を見て、絶句した。

　そこに立つトーヤの顔には、仮面がつけられていた。神官がつける、鳳泉の、赤い鳥の面だった。

　もはや顔すら見せないつもりか。遠くなる意識の中で、扉が静かに閉められるのを見ながら、カディアスはトーヤの声を聞いた。

「さよなら。カディアス様」

5

　光差す霊廟の最も奥の離宮から、まだ出ることを許されていない元妃が、静かに姿を見せた。

　カディアスはその姿を、穏やかに眺めた。同様にセイラも、挨拶も忘れたように、じっと見つめてきた。

　あの一件があってから、ゆっくりと見つめ合ったことなどなかったことに、互いに気がついた。この期間でどれほど憔悴《しょうすい》し、そしてわずかでも回復した兆《きざ》しがあったか、無言のまま確認し合う。それは、元は夫婦だったことを思い出させた。

「セイラ」

　臣下の礼をとろうと片膝をつこうとした元妻の身体を、カディアスは止めた。その手が触れた時、セイラは声もなく涙を流した。

「御身《おんみ》は、落ち着かれましたか」

　結婚の儀が滞《とどこお》りなく済み、半年が過ぎようとしていた。

「ああ。まあな」

セイラが淹《い》れた茶を飲みながら、カディアスは答えた。静かな霊廟の中庭には、二人の気配しかなかった。穏やかな光があふれているとはいえ、ここは死者の冥福を祈る場所なのだと改めて感じさせた。

「王子は、お健やかにお過ごしでしょうか。新しいお妃様方には、もう懐かれましたか」

カディアスは苦笑した。

「バルドの姪らということは聞いているか」

「いいえ。王宮のことは何も。お二人同時に迎えられたとはついこの間知りました」

「まあ、幼いのだ」

二人とも同い年で二十歳になったばかりだったが、精神的な成熟は年相応ではない女性たちだった。

「キリアスもなかなか人を見る子供なのでな。早々に、母代わりにはならんと悟ったらしい。妃らは妃らで王子としてキリアスを立てているし、特に問題はない。既に第二妃は妊娠した。そのことは？」

「はい」

「腹の中の子は、おそらく先読だ」

妊娠の兆候《ちょうこう》があってわずか四か月しか経っていないというのに、もう腹は相当大きくなっているのである。

「しかし、胎動はない。腹の大きさだけ、いきなり臨月ほどにふくらんだ。通常の妊娠と明らかに違う。記録によるとステファネスもそうだったらしい。だから周りは慌てぬが、孕んでいる方は恐ろしいだろうな。第三妃と部屋に籠もりきりになってしまった」

「……左様《さよう》でございますか」

「侍医のカドレアが調べたが、歴代の先読は似たような状況で生まれてくる。腹が先にふくらんでも、母親の胎内にいるのは十月十日《とつきとおか》だ。特に普通と変わらず生まれてくる。先読が自ら産んだ場合に比べればずっと楽だな」

セイラはわずかに視線を伏せたままだった。子供がどうなったのかは、訊く立場にないと思っているのだろう。

「ステファネスの産んだ子がどうなったのかは聞いたか」

「……いいえ。弟……ゼドが、青雷を宿して命を繋いだとしか……」

「ゼドの部下だった精霊師夫夫が、辺境のどこぞで育てているらしい」

セイラは反射的に顔を上げた。カディアスはその顔を見つめながら言った。

「俺の手はもう及ばん。子には、精霊が宿った。あの子供が、どんな宿命を負うかは、あとは、精霊が決めるだろう」

セイラの瞳が揺れる。それを静かな気持ちで見つめ返せるようになったことを、カディアスは感じていた。

「セイラ。ステファネスを愛していたのか」

自然とそんな言葉が口をついて出た。セイラは驚いたように目を見開いたが、己の行動の意味を、問われると覚悟していたのだろう。すぐに冷静さを取り戻し、静かに話した。

「……分かりません。自分の気持ちが、私にも分からないのです。ステファネス様がカザンの求愛を受けたと知った時も、嫉妬《しっと》などはいたしませんでした。ですが、崇拝という気持ちだけで、あなた様のこともキリアスのことも、すべて忘れてあの行動が取れたとは思えません。あの方を、心よりお慕いしておりました。それは間違いありません。結ばれたいという思いを抱かずとも、人を想うことはあるとしか、申し上げられません」

伏し目がちの瞳を見つめながら、かつてその理知的な瞳に、憧《あこが》れた少年の頃をカディアスは思い出した。

「……そういう愛もあろうな」

セイラの顔が上げられると同時に、カディアスは森の向こうへ視線を向けた。

「全てが、半神を求める愛だけではあるまい」

セイラが食い入るように見つめてくるのを、カディアスは目を向けずとも感じた。かつて妻だったこの女性が、何も言わずとも何かを感じ取っていることに、それを受け止めてくれていることに、カディアスはなぜか感謝したい気持ちになった。

茶器を静かに卓に戻し、カディアスは椅子から立ち上がった。

「セイラ、お前の罪は許す。あとは、好きなように生きるがいい。王宮が落ち着いたらキリアスへの面会も許そう。これをもって、お前の幽閉を解く」

セイラは静かに立ち上がり、祈るように両手を組んで胸に当てた。

「ありがたきお言葉、感謝いたします、王。ですが、お許しいただけますのなら、このままこの身はこの霊廟へ。どうか、ステファネス様の御霊《みたま》を守る生をお与えくださいませ」

カディアスは黙って頷いた。おそらくそう言ってくるだろうとは思ったが、安堵した。霊廟にいてくれれば、この先を見守り続けられる。

「幸せに、セイラ。キリアスを産んでくれて感謝する」

セイラの目から、はたはたと涙がこぼれ落ちた。それを見つめた後、カディアスは死者の眠りを妨《さまた》げぬように、静かな歩みで霊廟を去った。

◇◇◇

長く苦痛に耐えた声の後、赤子の泣き声が響き渡った。

喜びよりも人々の心に警戒が走る。幾重にも張られた結界の中で、赤ん坊は誕生した。

次に部屋の外で待つカディアスの耳に届いたのは、女の悲鳴だった。

赤ん坊を産んだ、母親の声だった。おそらくはその子供の姿を目にしたのだろう。果たしてどんな異形《いぎょう》で生まれてきたか。カディアスは促される前に立ち上がった。

産場の扉の前に立つと、中から女官が姿を現した。女官も、産婆も、魂を吸われてしまうのではないかと緊張のあまり真っ青になっている。何が生まれたのか、一目瞭然だった。

寝台の上で第二妃は、悲鳴のような泣き声を上げていた。第三妃にしがみつき、カディアスが中に入ってきても目も向けずに泣いている。生まれてきた子の恐ろしさに、二人は震え上がっていた。

ただ一人、侍医のカドレアだけが赤ん坊を産湯から上げ、身体を拭きながら状態を確認していた。カドレアの師匠は先読ステファネスに魂を奪われている。それでもカドレアは気丈に侍医としての務めを果たし、皆が身体をすくませている中、赤子の処置を手早く行っていた。

「女の、お子様でございます」

カドレアが真っ白な布で赤ん坊を幾重にも包み、抱きかかえながら告げた。緊張と恐怖でぶるぶると震えながら差し出してくる。カディアスは子供を腕の中に抱いた。

白い子供だった。

わずかな羽毛のような頭髪も白く、肌も生まれたばかりだというのに真っ白だった。そして、まだ見えぬその瞳は、血を落としたように真っ赤だった。

「健康そうな子だ。よく無事で産んでくれた。このまま神殿に入らねばならんが、そうなるともう自由には会えん。魂が取られることもない。抱いてみるか」

第二妃にそう声をかけたが、産んだ母親は恐ろしがって顔を向けようともせず泣きじゃくるだけだった。

見れません、お許しを。第三妃が袖で第二妃の顔を隠すようにする姿を見て、カディアスはもうそれ以上勧めなかった。

「疲れたであろう。あとは、ゆっくり休むがいい」

カディアスは腕の中の娘を抱え直した。小さな産声を上げるしわくちゃの顔に、そっと口づける。

待っていろ。連れていってやる。お前を、慈しみ育ててくれるところへ。


産場から出て、そのまま青宮から外へ姿を見せると、神官らが地に片膝をついた臣下の礼の姿で左右に侍り、互いに向き合って道を作っていた。それは降神門へ、そして神殿まで続いていた。

この誕生のために新たに配置された神官らは、皆赤い鳳泉の鳥の仮面をつけ、先読の姿を見ないように面《おもて》を伏せていた。

その道を通り、カディアスは神殿へと向かった。神殿の真正面の扉の前に、赤い鳥の仮面をつけた神官長イサルドが、顔をわずかに伏せて立っていた。イサルドは、歩んできたカディアスに臣下の礼をとると、速やかに扉を開けた。

そして、そこに立っていた人物は、仮面をつけていなかった。

約一年ぶりに顔を合わせたトーヤは、すぐにカディアスの腕の中にいる者に釘付けになった。

息を詰め、じっと白い布にくるまれたものに視線を注ぐトーヤをしばし見つめた後、カディアスはゆっくりと腕の中の赤ん坊を差し出した。

「……名は、ラルフネスだ」

トーヤはおそるおそる腕を前に出した。その腕の中

にカディアスがラルフネスを抱かせると、戸惑ったように身体を強張らせたが、まじまじと白い布の中をのぞき込んだ。

そして、ラルフネスが小さなあくびをしながら瞳を開けた時、トーヤの表情がほころび、内側からこぼれるような笑みがラルフネスに注がれた。

その笑みは、カディアスが初めて見た、いや、おそらくトーヤが生まれて初めて出した、笑顔というものだった。

トーヤ。
俺はお前に、男として、人として何も与えてはやれなかったけれど。
慈愛というものは、教えてやれたと思ってもいいのだろうか。
お前がこの世に生まれてきて良かったと思える存在を、与えてやれたとしたら。
俺は、王であって良かったと思う。
この国の、王として生まれて良かったと思える。
お前が今、生きる意味を感じてくれているとしたら。
俺はもう、この人生に何も望むまい。
俺の唯一無二は、
俺の心の中に存在するだけでいい。

◇◇◇

ダナルが全てを語り終えた後も、キリアスは自分がどんな状態なのか、把握できずにいた。

両目から流れ出るものが、いつから頬を伝って落ちているのか、分からなかった。

今、自分を覆っている感情が、驚きなのか、哀しみなのか、それすらも、分からなかった。

一体なんの感情が、この涙となっているのか。

「王は、第三妃にセディアス王子が誕生してからは、もう青宮へ通うこともなくなった。お前も、少しは気がついていたんじゃないのか。王が、妃らととっくに夫婦関係にないことは、誰が何を言わずとも分かりそうなものだろう」

分かっていた。

そして他に、父王には寵愛している者がいないことも分かっていた。

まだ四十にもならない若さで、なぜ誰の閨《ねや》も訪れないのか不思議には思っても、父親のそんなことを考えたくなくて気づかないふりをしていた。

「夫として、愛してやれない引け目からだろう。妃らがセディアス王子を過保護に育てても、周りが甘やかしすぎると文句を言っても、王は王子を、妃らの好きなように養育させた。幸いあの妃らも、女として妻としての愛情を求めない二人だったから不満もない様子だったがな。……あれから今日まで、王とトーヤの関係は、あくまで王と神獣師でしかない」

ダナルは静かに立ち上がり、長い話を締めくくった。

もう何も、語ることはないと思ったのだろう。キリアスに何も問うことなく、ダナルはその場を離れていった。

一人残されたキリアスは、椅子に腰を下ろしたまま動けなかった。膝の上に置いた、握りしめた拳《こぶし》にただ涙だけが落ちる。

父王の膝の上で、はしゃいだ子供の頃を思い出す。

抱きしめられた腕の力が、向けられた笑顔が、脳裏に浮かんでくる。

それらが一つ一つ、あふれるほどに思い起こされると同時に、涙が、声が、嗚咽《おえつ》となって外に出た。

あれらの愛は、一体どれほどの犠牲の上に、与えられてきたものだっただろう。

無償の愛を、当然と思い、傲慢《ごうまん》に、尊大に、自分はなんという愚かな、幸せな道を歩んできたことか。

だが脳裏に、思い出の全てに、父王の姿が思い浮かんでくるというのに、心では別の名を叫んでいる。

幸せな子供の頃の記憶も、父への思いも、こんなにも胸に抱きながら、やはり心が叫ぶのは、たった一つの名前なのだ。

お許しを。

キリアスは叫んだ。父の面影に、ひたすら叫んだ。

お許しを。父上。お許しください。

この身勝手で、愚かな息子をお許しください。

畜生と罵《ののし》られようと、人でなしと言われようと、俺は絶対にあの手を離すことができない。

オルガ。

頼むから俺を選んでくれ。

お前の心は今、ずたずたに引き裂かれ、血の涙を流しているに違いない。

それでも俺は、お前に望む。

逃げないでくれ。俺の手を取ってくれ。俺と一緒に、生きてくれ。


玉座に座っていたはずのカディアス王が、静かに近づいてくる気配がした。

突っ伏し、何度も耳をふさぎ、かきむしった床に、王の足が見えた。

そして遙か天空から、審判の声が、降った。

「選べ。このまま王宮を去り、ただの市井の人間としての一生を送るか。それともキリアスの半神として、鳳泉の神獣師となるか。トーヤの命はこのままでも残りわずかであろう。だが今、鳳泉をお前に授戒するために封印を外せば、その場で死ぬ。授戒か。只人《ただびと》となるか。お前自身が、選び取るがいい」

涙で濡れた顔を、オルガはぶるぶると震わせながら上げた。

カディアス王は立ったまま、まっすぐに射貫《いぬ》くように見つめてきた。

その迫力に気圧《けお》され、何か言葉を発しようとしたが、長く嗚咽を堪《こら》え息さえも止めていた喉は、突然送り出そうとした空気に思わずむせた。

涙と涎《よだれ》で濡れた床に血が混ざる。唇を噛み締めていたために唇が切れたのだが、オルガはその赤に、臓腑《ぞうふ》の底から湧き上がるような恐怖を感じ、悲鳴を上げそうになった。それは、己が生まれた時の血の凄まじさ、鳳泉の赤を連想させた。きつく唇を噛みしめ、叫び出しそうになるのを堪える。

目の前の男は、愛する男と酷似していた。青の瞳も、整った輪郭も、自分を愛してくれている、愛おしい男と同じだった。

自分を選んでほしいと、その男は言った。手を取りたい。あの腕の中に、抱きしめられたい。何も考えず、ただ守られたい。愛されたい。

だがそれは、許されなかった。

この選択は、己一人でしなければならないのだ。

人の手に縋《すが》って選べるほど、簡単なものではない。

そんな、容易なものではない。

むしろ、今まで自分を守ってくれていた愛をそぎ落とし、答えなければならない。

何百人もの人間の命を犠牲にして生まれたこの生は、今なお一人の命を犠牲にしているこの命は、たとえ未来永劫、苦しみ続ける傷を残そうと、死んでも許せぬ自分を抱えようと、己一人で答えを出さねばならないのだ。

「……キリアス様の……半神にしてください」

身体が、顎が揺れ、舌を噛みそうになりながらも、オルガはその言葉を口にした。

目の前の、まっすぐに見つめてくる男の目を見据え、オルガはがくがくと震える己の身体を地に押さえつけながら、言った。

「唯一無二を、貫かせてくださるならば、この身はいくらでも国に捧げます。今すぐ、人柱になれと言われたらなりましょう。ですから、ですからどうか、どうか……」

鳳泉の、授戒をさせてください。


杭《くい》を打たれるような痛みが胸を貫いたが、オルガはその言葉を吐き出した。

耐えきれずに言葉の最後は慟哭《どうこく》となった。床に額を押しつけて歯を食いしばったが、吠えるような声は収まらなかった。感情を声に、涙にして出さなければ、気が狂ってしまうと身体が分かっているかのようだった。

一体どれほどそうしていたのか、床に這いつくばり、泣き疲れた赤ん坊のように、荒い呼吸を繰り返した。嗚咽の狭間にむせながら、朦朧《もうろう》とする意識の中で、オルガはかすかに人の気配を感じた。

まだそこにはカディアス王の足があった。だが先程と違い、もっと近く、王は、身を屈《かが》めている様子だった。片膝を床についている。気配の近さを感じた時、何かが頭の上に降ってきた。

それが人の手だと、すぐにはオルガは気がつかなかった。視線をわずかに上げて初めて、カディアス王が自分の頭をそっと撫でているのだと、理解した。

そして、目の前で自分を覗き込んでくるように注がれる視線は、先程の刺すような厳しいそれではなくなっていた。

「……それで、良い」

オルガは信じられぬ思いで、カディアス王の笑みを見た。王は、慈しみとも、哀しみともつかぬ微笑を浮かべたまま、オルガに言った。

「お前がキリアスの半神を諦めていたら、俺はお前がたとえ先読に選ばれし鳳泉の神獣師だとしても、授戒は許さなかった。俺の育ての親だった鳳泉の神獣師が、常にこう言っていた。何があろうと神獣師だけは信じろ、と。正直その意味がようやく分かったのは、事ここに至ってからだ。たった一つ、唯一無二を貫けぬ者に、この国の行く末を託せようか。宿命に耐え抜くために我らの祖先は半神の存在を求めたのではない。宿命を打破する力を持つために、己の隣に必ず立つ者の存在を作り出したのだ」

カディアス王は再び立ち上がり、視線を窓へと向けた。

「お前の存在を疎んだこともあった。だが俺のそんな感情など、精霊の前には意味をなさん。青雷がお前を生かし、鳳泉がお前を選んだ。この国の全てが精霊とともにあるならば、そこに我らが進むべき道はあるのだろう。オルガ。これから先は列強諸国との戦いになる。お前とキリアスに託すものは大きい。進むべき道を、見誤るでないぞ」

再び表情を引きしめたカディアス王に、床に座り込んだ格好のままで、オルガは頷いた。

「……はい……！」

再度顔を向けてきたカディアス王の瞳は、一瞬だが揺らいで見えた。

一体それは、何を見つめる瞳だったのか。

たまらずオルガは再び瞳を涙であふれさせた。

「……王……！」

カディアス王は、濃紺の上衣を翻《ひるがえ》し、それきり一度も振り返ることなくその場を去った。

その鮮やかな王の青を食い入るように見つめたオルガは、堪えきれずに床に突っ伏して、大声を張り上げて泣き叫んだ。


ああ、今、あの方は、覚悟を決めたのだ。

新たなる宿主に鳳泉を授戒する、ということ。

それすなわち、トーヤの封印を解き、完全に鳳泉を呪解するということだ。

最愛の者の命を終わらせる。

それを、自らの手で行うことを、決意したのだ。

6

ヨダ国創世記によると、この国が誕生した時、砂漠だった土地にいきなり緑と水脈が現れたと記されている。

数多くの精霊とともに生き神・先読の存在が生まれ落ちたと伝えられているが、神話上の話である。祖を同じくするいくつかの遊牧民が、偶然発見したオアシスに国を作ったのだろうと言われている。

では、その緑と水脈豊かなオアシスはいつ、どのようにして生まれたか。これは、周辺諸国の神話や伝説をひっくり返しても、突然現れたとしか記されていない。

ヨダ国の歴史学者は、数多くの精霊を生み出す千影山に裏と表の時空の歪みがあるように、ヨダ国全体が時空の歪みによって、どこからか現れたのかもしれないと記している。

それを証明するのが、時空の流れの中を自在に飛ぶことができる先読と、時空を操る神獣・鳳泉の存在だろうと。

ヨダ国は砂漠に囲まれた緑の国だが、周辺の砂漠にもオアシスは点在し、主に遊牧を生業《なりわい》とする部族が村を築いているところもある。スーファ帝国はオアシスが多く村も大きい場所までは一応己の国境に入れているが、砂漠側には大して旨みもないので、その守りは傭兵に任せている。

そしてヨダのさらに西側にはまたも砂漠が続き、同じように遊牧民が暮らしている。その先に、アウバス国があるのである。

アウバスはアウバスで、利権は海のある西側に集中し、有力貴族らはそちらに領土を構えている。そんな理由でアウバスとスーファはヨダ国を挟んで完全に没交渉の関係を続けてきたのだ。

「アウバス国王がスーファと手を組もうとしているのを、果たしてどういう道を辿《たど》るか、諸侯連中は高みの見物をしている。兵を出せと命令されても、腰は重いだろう。国王フリスタブル二世をどうやって引きずり下ろすか、国王と仲の悪かった諸侯らがいよいよ算段し始めた」

そんな情報が、ゼドを介してヨダ国の国防を担う護衛団に入った。麗街《れいがい》の大火直後の話である。

麗街は、アウバスへ続く国境近くにある繁華街で、その周辺にいる傭兵らや行商人がやってくる街だ。

麗街の大火の数年前から諜報機関『第五』がここに潜入していたのは、アウバスの政情が不安定になっており、追放され身を持ち崩して傭兵になる連中の数がどんどん増えてきていたからである。

『第五』とはまた別に、国境を守る護衛団は、アウバス国やスーファ帝国側に加担している遊牧民や傭兵の動きを常に調べていた。

国境周辺には昔から、商隊や旅人を狙う盗賊や統率の取れていない傭兵らが多かった。今までは諸外国とのいざこざに発展することを避け、傭兵らの行動はよほど逸脱しない限り見逃されてきた。だが護衛団の長になったライキは、それらを許さなかった。それは彼らを捕縛し、罪に問うためだけでなく、捕えてきた傭兵らから情報を引き出す目的も兼ねていた。

その情報を取りまとめているのが、護衛団第一連隊長・ハザトである。

麗街の大火では死傷者が多数出て被害も大きかったため、商人や傭兵らは身元と損害の確認という名目で麗街に留め置かれている状態だった。

「救済目的じゃねえのかよ。俺らが尋問される理由は何もねえぞ！」

ハザト自らの事情聴取を受けている男二人は、まだ二十代の若さだったが、傭兵でもかなり地位が高い二人と思われた。一人は浅黒い肌で精悍な身体つき、それでいて目が緑色の典型的なアウバス国出身の兵士だったが、もう一人は遊牧民出身と思われた。だが部族の中でも出自がいいことは、物腰と態度で分かる。

「火事場泥棒が多すぎてな。お前らが一緒についてきた商人が、積み荷の数が変だと騒いでいるんだ」

ハザトの言葉に、遊牧民出身らしき男が顔をそむける。

「知らねえよ。商人に騙《だま》されてるんじゃねえのか。てめえ、積み荷より調べたいことがあるんじゃねえのか」

「お利口で助かるよ。お前らが率いている兵の数は？こっちの男はアウバス出身の兵士か」

精悍な身体つきの男が鋭い目を向けてくるが、ハザトはそちらには目も向けなかった。諦めたように遊牧民出身の男が答える。

「俺が部族を追われた時に連れてきたやつらを中心に百人くらいいる。こいつは後から裸一貫で俺の兵に加わった。もとは五人ぐらいの兵士らでアウバスから逃げてきたが、生き残ったのはこいつ一人。俺が拾わなかったらのたれ死にしていた」

あっさりと出自をバラされたアウバス人は、憎々しげに遊牧民の男を睨みつけた。かなり長い間尋問されていても背筋がしゃんとして疲れを見せない様子を見ると、もともと将校の階級出身だったかもしれない。

「だから嫌だったんだ、お前についてくるのは！」

遊牧民の男は肩をすくめてアウバス出身の兵の文句を聞き流した。

「俺らは傭兵といってもアウバス側でもスーファ側でもない。今のところはな」

「商人の護衛をしているだけか」

「そう。俺は部族長の父親を毒殺され、仲間と追放された。女子供家畜は皆奪われて男だけで。土地を追われた男だけの遊牧民は、傭兵として雇われるしか生きる道はない」

「名は？」

「ナッシュ」

百人といったら相当な大所帯である。もともとの部族の仲間だけでなく、はぐれ者も集まってできた集団だろう。それなりに統制が取れていそうだが、残してきた仲間は長が戻らないことを不安に思い始めているだろう。ナッシュは淡々と答えているが、ハザトは注意深くその様子を見つめながら尋問を続けた。

「麗街を出たいと焦っているに違いない。ハザトは注意深く」


「麗街に入ったのは、十二人の仲間とだな。そのうち死んだのが三人。生き残った連中は、商人の積み荷など知らんとわめいているが」

ナッシュはため息をついた。

「お前、積み荷なんてどうでもいいんだろう。俺らに絡む理由はなんだ。さっきも話したように、俺らは兵士としてアウバスにもスーファにもついたことはない。何も話せることはねえんだよ」

「その話が本当なら、依頼したい仕事がある」

ハザトの言葉に、ナッシュの視線が向けられた。

「で？　何をしろってんだ」

「金は出す。クランド砂漠へ行ってもらいたい。商隊に偽装した亡命者たちがスーファの国境を越えてやってくる。オアシスの村々が雇っている傭兵ら警備の目をごまかして来るが、身元がバレると非常にまずい。彼らを無事にヨダに亡命させてほしい」

「斑紋付きの子供らか」

ナッシュの目が据わる。

「お前、俺らを選んだ理由は他にもあるだろう。金のためとはいえ、俺らが無事に子供をヨダに送り届ける保証なんてない。全て奪い取って、人身売買の連中に売りつけるかもしれないからな。何を質に取るつもりだ。仲間か？」

ハザトは目を細めた。

「お前、入れ墨で隠しているが斑紋があるだろう」

ナッシュの目が観念したように伏せられた。

「悪いが俺らの目はごまかせない。たいした奴だ。それだけ大きな斑紋を所有しながら、護符の力も借りずに自分で調整しているとは。どうしているのか詳しく聞きたいくらいだよ」

「俺の中に精霊を宿す気か」

「そう。どうも、経験がありそうだな。遊牧民には斑紋を持つ子供に精霊を宿し、生贄《いけにえ》に似た儀式を行う部族もいると聞いたが、近いことをやったことがあるか」

ナッシュの身体が強張る。隣に座っていたアウバス出身の兵士が立ち上がった。護衛団の兵士がいっせいに元アウバスの兵士を囲むが、ハザトはゆっくり片手を上げてそれを止めた。

「止めろ、コイル。こいつは、あの氷を使った精霊使いだぞ。素手で敵う相手じゃない」

ナッシュの言葉に、コイルと呼ばれた元アウバス兵が闘志を漲《みなぎ》らせながら問うた。

「自分の身体をいいように使われてもいいのか、ナッシュ」

「将校くせえその尊厳、とっとと捨てろと言っているだろう。生き残る以外に大事なものなんてない」

コイルが殺しそうな目で睨みつけてくるのを、ハザトは少しも意に介さずに椅子にもたれた。

「安心しろ。その斑紋なら精霊を入れたところで特に変化はない。ただ、目的を達しないと中の精霊が暴れ狂う授戒をさせてもらうというだけだ。一行が無事に辿り着いたら精霊を外す。その後も続けて雇ってやってもいいけどな?」

ああそれと、とハザトは付け加えた。

「コイルのほう。アウバスの情報をもう少し詳しく聞きたい。お前はここに残ってくれ」

「冗談じゃねえぞ」

今度は睨みつけてきたのはナッシュの方だった。

「俺が戻る時はこいつも一緒だ」

コイルは守られたのが意外だったらしく、まじまじとナッシュのつむじを見つめている。どうやら木訥《ぼくとつ》な男らしい。

ハザトは後ろの兵らに片手を泳がせるようにして合図した。兵らが無言で去っていく。

人払いをして次は何を言ってくるつもりかとコイルとナッシュが身構える。だがハザトは座ったまま何も言わなかった。ナッシュとコイルが不審がるのを無視し、腹の上で手を組んで天井に顔を向け、目を閉じる。

そのうちハザトはおもむろに目を開け、立ち上がった。自分で扉の前に立ち、それを開ける。

「お越しいただいて申し訳ありませんでした」

「いいや。アウバスの情報なら俺も必要だった。いちいち尋問している時間も惜しいだろう」

入ってきた男……ゼドは、ちらりとコイルの方を見ただけで手をかざし、〝香奴《こうど》〟を発動させた。コイルがいきなり床に倒れる。

ナッシュは椅子から飛び上がったが、ハザトが一瞬で首の皮すれすれのところまで剣を突き出した。

「動くな。殺しはしない。お前にも、こいつの記憶を見せてやる。黙って見ていろ」

そこにあった記憶に、ゼドもハザトも仰天することになった。

コイルはやはり将校としてアウバス軍で勤務していたが、直属の上官がいきなり魔獣化するのを目にしていた。

そして恐ろしいことに、上官は魔獣化した姿から元に戻り、普通の人間のようにまた生活していたのである。一緒に魔獣化を目撃したコイルの同僚は突然姿を消した。コイルはすぐに、仲間五人と国を抜け出した。

「お前、こいつがどこの部隊に所属していたか聞いたか」

ハザトの問いに、ナッシュはコイルの凄惨《せいさん》な記憶を食い入るように見つめながら、ぼそりと呟いた。

「知らない……」

「おそらくはこいつの所属していた部隊は、諜報機関だぞ」

ハザトの言葉にナッシュはわずかに頷いて呟くように言った。

「だからか……。麗街で魔獣が暴れているのを見て、魔獣はアウバスの間者かもしれないと言っていた。その姿を、見たことがあったんだろう。こいつは、あんな魔獣にさせられそうになって、逃げたんだろう」

ゼドは胸からヤモリの入った小瓶を取り出すと、蓋を開けてヤモリを外に出した。掌《てのひら》に乗ってきたヤモリに記憶を吸い取らせる。

「敵国の諜報機関にいた人間を、簡単に自由にはさせられん。少々話を聞かせてもらう。だが安心しろ。捕虜扱いなどしない。協力してもらうだけだ」

「今みたいに操ってか。精霊で無力な人間をどうにかするお前らのやり方には反吐《へど》が出る」

唾を吐いたナッシュを、ゼドは冷静な目で見つめた。

「これが、俺らの武力だ。麗街に入ってきたのはそっちの方だぞ。魔獣から救ってやったのも俺らだ。なんら責められる筋合いはない。どうする？　商人の護衛よりも金になる仕事を与えてやるぞ」

「スーファにお前らを売った方がマシだな」

ゼドはハザトの剣を取ると、ナッシュの服を剣で裂いた。腹の斑紋とその上に隠すように描かれた入れ墨が現れる。

「俺も相当諸国を巡っているんでね。入れ墨の施し方でどの部族かだいたい分かる。お前が追放された部族は、東寄りのオアシスの村だな。もうスーファの手足となっている。お前の村はスーファ側、こいつはアウバスの兵士、どっちにもつけずに商人の護衛をやっているわけだ」

ナッシュの激しく燃える瞳を、ゼドは平然と受け止めながら言った。

「高く買ってやる。ヨダにつけ。スーファからの亡命者を無事にヨダへ送り届けることができたら、今からお前に授戒する精霊を外し、今後もヨダの傭兵として使ってやろう」

◇◇◇

一体どれほどの時間が過ぎたのか。オルガは一人、謁見の間に座り込んでいた。

力という力が削がれてしまったようだった。幾度も涙が通った頬は、わずかでも動かすと引きつり、わめいた喉は唾を飲むだけでひりひりと痛んだ。

時が止まったような空間に、ふわりと風が泳いだ気がした。視界に、黒い艶やかな髪と黒の衣装が落ちてくる。ユセフスが、身体を屈めて顔を覗き込むようにしていた。静かな声で語りかけてくる。

「……キリアスを呼ぶか」

その言葉に、オルガはぐらぐらと揺れる頭を必死で振り、拒絶を示した。

「あいつは今、お前が聞いた話とほぼ同じ話を、ダナルから聞いたはずだ」

目の前のユセフスの口調は、幼い子供に言い聞かせるように穏やかだった。いつもは冷たい口調でしか語らないこの人物は、そういえば自分を気にかけてくれていたと、オルガはまたも心が震えた。そろそろと視線を上げると、男には見えないほどの美貌があった。同じ親から生まれた兄弟なのに、国王よりも描かれる線が繊細で整っている。もしかしたら、自分を産んでくれたこの人の兄であり姉である人は、この容貌に近かったかと、オルガは涙をこぼした。

ユセフスはもう何も言わず、オルガの身体を立たせると引きずるように別室へと連れていった。

何人かの手で、身体を横にさせられたが、オルガの重い頭ではもう何も考えられず、何も捉えられなかった。

世界が真っ暗になったまま、オルガは、身体が深い、深い闇の底へと落ちてゆくのを感じた。


どのくらいの間横たわっていたのか、まるで地と同化していく泥のように思えた。

身体を動かした気配を感じたのか、誰かの手が頭の後ろに回され、口元に水が運ばれた。

いきなりの水にむせてこぼしたが、穏やかな手は動じずに少しずつ水を与えた。

この手は、母か。優しい手の温もりに、その人物を確かめようと頭と目が勝手に動いた。

母ではなかった。再び力が抜ける前に、目の前の人物の格好を無意識に確認した。乳白色の羽織。では、神官か。

ふわりと身体が浮き、その人物に抱き上げられたのを感じた。抵抗する気も起きず好きにさせていると、温かい空気がまとわりつく空間に入った。湯場だ、と頭が働いたのと同時に、服を脱がされそうになった。

「じ、自分、で……」

抵抗を示すと、神官は無言で頷いた。軽く礼をとり、静かに下がってゆく。湯場の入り口付近に控えているような気配に、これは湯に浸からなければならなそうだとオルガは観念した。

泥のようだった身体にはもう力など残っていないと思っていたのに、湯に入ると凝《こ》り固まっていた力が一気に水の中に流れていくのを感じた。

その感覚は、かつて青雷を宿していた頃を思い出させた。水と一体化していたあの心地よさ。自分の中を自在に巡るあの水が、どれほど尊いものだったか、今になって思い知らされる。

次に、宿すものはその対極なのだ。存分に甘やかされ、優しさと慈しみの中で育ってきた時代はもう終わった。あとはこの業を、火の激しさをもって、身に受けなければならない。

長湯をし、またも力が削がれた気がしたが、地に足をつけている感覚は戻ってきたようだった。

用意されている服は神官の衣装に近いものだった。下着と着物の一枚を身につけていると、気配を読んだ神官が音もなく姿を現した。どうも、この気配の読み方といい、この神官はおそらく上位の神官だろうとオルガは悟った。帯を取る神官の手を止める。

「これは以前着たことがあります。自分で着られますから、大丈夫です」

神官が頷く。オルガは以前王宮に来た際にしきたりを聞いていたので、位の高い者には低い方の者から口を開いてはならない王宮の決まりを思い出した。

「口をきいていいですよ。俺は、まだ何も授戒していない、只人です」

だが神官は、かすかに微笑みながら首を横に振るだけだった。その様子にすぐにオルガは気がついた。口がきけないのだ。

「耳は？」

また神官は首を横に振った。そして、自分の目とオルガの唇を指す。目で唇の動きを読んでいると言いたいのだろう。

まだ二十代半ばと思われる。二十代で上位神官の地位を与えられるということは、千影山でかなり長い間修行したということだ。神官は、着替えたオルガを部屋に戻し、椅子に座らせ、茶の準備を始めた。

この部屋は客間などではなく、誰かの住居のようだった。物の数は少ないが、生活感が漂っている。

「お起きになられたか」

神官が外からの気配に反応して出迎えに行く。現れた男は、軍人のように剣を下げていたが、近衛兵の上衣は羽織っていなかった。オルガを前にして膝をつく。

「従者のナハドと申します。ユセフス様の命により、こちらにお連れいたしました。ここは、私とこの神官のイルムの住居でございます。私は王の従者で、黒宮の一室に居を構えるのを許されておりますので。狭い場所ですが、こちらでしばらくお過ごしください」

王の従者。各宮殿には神官、侍従がいるが、従者とは。

「王、王太子には、必ず従者がついております。私はこのイルムとともに裏山で一年、修行いたしましたが、精霊師になることが叶わず、ともに下山いたしました」

ナハドと見つめ合ったイルムの穏やかな目がよりいっそう深く微笑む。

「下山後、キリアス様には二年、従者としてお仕えしました。あの方が入山されてからは私も国王様の従者へと異動させられましたが」

ナハドのいたわるような視線の理由が分かった。以前、黒宮で青雷を出したあの騒動を、ナハドも見ていたのだろう。

「お待ちしておりました。次なる鳳泉の器として、キリアス様の半神として、ここに戻ってきてくださるのを、心待ちにしておりました」

そんな言葉をかけてもらえるような立場ではない。だが、そう思ってくれた人がこの王宮にいることが、オルガをやるせない気持ちにもさせ、また、嬉しさがこみ上げるのも止められなかった。

何度泣けば気が済むのかと思うが、オルガは嗚咽を漏らした。イルムがそっと寄り添い、背中を撫でてくる。

「オルガ様、内府が、外でお待ちです……お通ししてもよろしいですか。もう少し後になさいますか」

ナハドの言葉に慌ててオルガは頷いた。多忙のユセフスに迷惑をかけてはならない。

「大丈夫です。会います」

すぐに現れたユセフスは、ナハドの用意した椅子に勢いよく腰を下ろした。万事所作が美しいこの人物にしては珍しい。

「疲れた」

大きなため息とともにユセフスは言った。オルガは先程まで泣いていたことも忘れて、向かい側に座るユセフスをまじまじと見つめてしまった。

「ナハド、イルム、オルガに食事を用意しろ。ああ、俺もここで食べさせてくれ。簡単な物でいい。二人分」

ナハドとイルムが姿を消すと、ユセフスは額にかかる前髪を払いながら言った。

「表に出ていると、食事をする暇もない」

オルガが無言で見つめていると、ユセフスは再び軽くため息をついた。

「俺は、ミルド以外の人間の前ではあまり弱音は吐かんのだが。イルムは、性質が穏やかなこともあって、何かとあの夫夫を頼りにしてしまう。ナハドも忠誠心の厚い男だからな。あの二人なら大丈夫だ。しばらくここで世話になれ。キリアスの下へ戻る気にはなれんのだろう」

オルガはしばし考えたが、強く頷いた。

「鳳泉の授戒の時までは、一人でいたいんです。俺は弱い人間だから、また甘えてしまいます」

「別に良いだろうに」

顔を上げるとユセフスはまた珍しく微笑んでいた。

「こういう時のための、半神の存在だろう」

「……意味合いが違います。王と、トーヤ様のことを考えれば、俺はとてもキリアス様に縋るわけにはいきません」

「お前がそう思うならそうすればいいだろう。しかしキリアスとて、同じようにお前に縋りたいと思っているであろうことは、忘れてくれるなよ」

オルガはユセフスの美しい顔を眺めた。

「葛藤は、誰にでもある。どの半神でも。あのイルムなどは、神獣を宿せるかもしれないというほど斑紋が大きかった。操者として半神に選ばれたナハドも同様に力動が強かったが、ナハドが病にかかり、どういうわけか力動が減少するばかりになった。あの二人は、もともと紫道《しどう》の神獣師にどうかと考えられていたんだ。だがナハドが徐々に力を失ってしまった。その頃、イーゼスが先の半神を失い、イルムを光蟲の新しい依代にという話が出たが、ナハドを失うなら即座にイルムは死を選ぶに違いないと山の師匠らはためらった。ハユルが光蟲の依代になる道を選んでくれた時、内心俺はどれほど感謝したか分からんぞ」

今でこそ話すけどな、とユセフスは珍しく笑みを浮かべながら言った。

「だから、お前はお前が選んだものを、決して離すな。それは、お前の決断だけではない。様々な人間の意思も、決断も、運命も、そこに握りしめていると思え。お前が選んだ道は、決して楽ではないがな。まあ、それは今から話す」

ナハドとイルムによって運ばれてきた食事は、簡単とはいえないものだった。卓に並べられるそれを見てもオルガは食欲が湧かなかったが、ユセフスが手を動かすのにつられて汁物を口に含むと、意外なほどそれは身の内側に染み渡った。

「各国の情勢を簡単に説明してやる。お前はあまりこの国の周辺の地理が分からんだろうが、理解してもらわねば困る」

ユセフスが食事をしながら語り始めると、ナハドとイルムが席を外そうとしたが、ユセフスは止めた。

「いい。ここにいろ。麗街が燃えてそこにいた連中を一時拘束し、かなり洗ったんだが、そこにいた傭兵がアウバス国出身でな。しかも諜報機関の将校だった。国から徹底的に追われただろうによく生き残ったと思う。まあ、こいつからかなりの情報を得て分かったのだが、もうすでにアウバスとスーファは同盟を結んでいる。ヨダ国に兵を向かわせるのは時間の問題だ」

オルガは思わず息を止めた。では、スーファ側の国境付近に住む父と母は。里子の村は。

「こうなると我々はもう、早々に敵軍を撤退させる方法を探るしかない。まあ、戦争というのは準備期間も必要だ。そういきなりは始まらない。そこで、スーファ内の反乱分子らと手を組むため、ゼドがスーファに潜入した。彼らの協力を得る条件として、スーファから二百人以上の斑紋を持つ子供と親を亡命させてくれと言われた」

オルガは辺境で育ったこともあり、クランド砂漠やその周辺にいる傭兵らや山賊の存在は知っている。二百、という数字に仰天した。大きな商隊でもそんなにはいない。

「いくらなんでも、無茶でしょう」

「ゼドと一緒に『第五』の精霊師をスーファに入れていたからなんとかなると思っている。子供らを静かにさせるために、催眠の術を使うんだ。しかし二百人もの子供にそれが効くのか、不安だが」

「俺の親がいる、里子の村に入れるんですか？」

「ひとまずな。だが、スーファの国境付近はいつ攻め込まれてもおかしくない緊迫した状況だ。だからなるべく早く里子の村の連中も一緒に、皆王都に迎え入れる。そのための住居も用意した。お前の両親、カイトとコーダは了解済みだ。亡命者たちは既にスーファを発ったという情報が届いたばかりだ。おそらく今頃は、砂漠の中ほどを通過しているだろう」

一刻も早く王都に逃げてきてほしい。オルガは祈るような思いだった。

「ユセフス様、戦争が避けられないとしたら、ヨダは、戦えますか。俺は、青雷を宿したままの方が良かったのでは」

「青雷がいかに攻撃力で優れていようと、最も優先するべきは、鳳泉だ。鳳泉がいなければ先読は生きられない。俺とミルドの百花と、ライキとクルトの紫道で二回、先読浄化を行った。俺は足が不自由になり、クルトも血戒《けっかい》まで使った。もう、他の神獣での浄化は無理だ。それに、鳳泉なら、戦わずして勝つ方法がある」

ユセフスの目が向けられる。オルガは、ユセフスの青い瞳の中の自分を、食い入るように見つめた。

「『時飛ばし』だ」

「え?」

「鳳泉は、この国全体を、地上から消すことができるんだ」

国を、消す。

オルガには、その意味すら、分からなかった。

◇◇◇

クランド砂漠の真ん中までは自力で来てもらわないと困る、とナッシュは護衛団第一連隊長のハザトに言った。ナッシュが元いた部族は、クランド砂漠の東側一帯の所有権を主張している。部族の力を理解しているがゆえに、その領域には入りたくなかった。

「お前が請け負った仕事は、商隊がヨダまで無事に辿り着くよう守ることだ。むしろお前らの部族に見つからない方法を考えろ」

ハザトの容赦ない言葉に舌打ちしながら、ナッシュは仲間のところに戻り、事情を説明した。仲間は仰天したが、傭兵団の長であるナッシュに精霊を入れられては従うしかない。戦争が起こりそうな時に、群れから離れるのは全員嫌がった。一人も離反者が出なかったことに内心安堵しながら、ナッシュは地図を広げた。

「ナッシュ、コイルはどうした?」

「あいつはアウバスの兵だったから、ヨダが情報を欲して拘束されたままだ。この仕事をやり遂げたら、金を払い、コイルを返し、俺の精霊も解くと言っている」

傭兵の中には他にもナッシュの部族出身でないものがいる。そうしたはぐれ者らにとって、ここでコイルが簡単に切られるかどうかは見極めどころだった。案の定、コイルを守るとナッシュが宣言すると、彼らは元の部族の情報を提供してきた。

「こちらのオアシスは今の時期うちの部族が近くで冬を越す」

「うちの部族はこの辺まではやってこない」

　出された情報を整理して、ナッシュはますます頭を抱えた。

「人目を避けるためには、冬は一番いいんだろうが、どの部族や傭兵団にも見つからずにというのは無茶だ」

「なじみの村を経由するにしても、不審に思われないのか。ほとんどが斑紋のある子供だろう。人身売買の商隊だと思われたら、誰も水をくれんぞ」

「それは大丈夫だ。催眠を使える精霊師がいて、道中は子供らを眠らせて運ぶらしい。ただ二百人もいるから、力がどこまでもつか分からないそうだ。とにかく、東側まで少人数の偵察を飛ばして見守るしかないな。奴らがいざこざを起こさずにヨダに入れれば、それでいいんだから」

　ナッシュは数名ずつスーファからヨダまで繋がる道に点在させた。亡命者らの商隊を一番近いところで見張っている箇所からの伝令によると、商隊はもう既にスーファの堅牢な国境城塞は無事通過したとの話だった。途中で寄るオアシスや村は決まっている。光紙《こうし》を扱う商人が、長年懇意にしてきた村を経由してくるのだ。

　それでもこれだけの数の荷台を通すのに、相当金を払っているのは容易に想像できた。

　ナッシュはクランド砂漠の中間地点で待機していた。伝令に使っている鳥は順調に情報を送ってきたが、ある日一羽、定刻に戻ってこないことがあった。

　他の鳥が順調に戻ってきていることを考えれば、可能性があるのは二点だった。

　伝令鳥が他の大きな鳥に襲われたか、他の部族が伝令鳥の存在に気づき、矢を放って捕らえたか。ナッシュは、人を使って捜索に向かわせた。

　案外早く、捜索隊は答えを出してきた。

「オビ族だ」

　ナッシュは舌打ちした。そう大きな部族ではないが、男どもの気性が荒い。それでいてスーファ側にべったりである。

「奴ら、山の向こう側で越冬するんじゃなかったのか」

「戦争が近いことをうすうす感じているんじゃないか。スーファに恩を売りたいんだろう」

「何人だ」

「三十人ほど。乗り物は全員馬だ」

ナッシュは人員配置をし、先鋭三十人を率いて商隊が休んでいる地点まで走った。偵察していた仲間と落ち合うと、岩山の上から、オビ族がオアシスで休んでいる商隊に近づいているのを確認した。

「ナッシュ、どうする。もう少し近づくか」

「馬鹿野郎、よく見ろ。今移動したら、月の光を背にした俺らの影があいつらに気づかれる」

ほとんど子供で構成されていると聞いていたが、赤子の泣き声一つしない。催眠で眠らせているとはいえ、これだけの大人数を沈黙させられるなど、どんな精霊か知らないが可能なのか。

オアシスの管理人が、やってきたオビ族に商隊の説明をしているようだった。だがオビ族は確認させろと言って聞かない。

オアシスの管理人を押しのけて商隊に近づこうとしたオビ族にナッシュが矢を向けた時、子供の泣き声が荷台の方からいっせいに響き渡った。

十人二十人の声ではなかった。子供らの声の大合唱と同時に、オビ族の男どもがばたばたと馬から落ちていく。

「……子供にかけていた催眠を、オビ族の方に向けたんだ……！」

オビ族の男が、術をかけられていることを知り、大声で魔物封じの言葉のようなものを叫ぶ。ナッシュは迷わなかった。矢を引くと同時に、シンバで一気に岩山を下りた。

魔物封じの言葉を唱えていた男がナッシュの矢で倒れると、オビ族の男らは背後から駆け下りてきた一団に慌てた。急いで弓を構えるが時既に遅く、ナッシュの後方から射《い》られた矢にばたばたと倒される。

オアシスの管理人は叫びながら逃げようとしたが、ナッシュはその逃げ道を塞いだ。

「盗賊ではない！　ヨダ国から依頼された護衛だ。催眠を使う精霊師はどこにいる！」

オアシスの人間らが逃げ惑い、荷台の中の子供たちの声がますます広がる中、ナッシュは一番後方にある粗末な荷台を覆っている布を払った。

商隊を率いていると一目で分かる男らが、その二人を守るようにしていた。剣を手にしている者もいれば丸腰の者もいたが、皆絶対にその二人の姿を見せまいとしている。

「ヨダ国から雇われた者だ。声だけでも聞いてくれ。催眠を使う精霊師よ、俺はナッシュ。麗街で、護衛団第一連隊長のハザトに雇われた。今、俺の中には精霊がいる。契約に背けば死ぬ。俺の契約は、あんたらをヨダ国境まで無事に送り届けることだ」

「……信じるぞ」

男らの間に隙間ができ、後方に隠されていた精霊師が、震える声とともに姿を現した。荷台の奥に座り込み、もう一人の男を腕の中に抱えている。精霊師は一目で衰弱のひどさが分かるほどだった。ただ眠っていないだけではこうはなるまい。目は窪み、声はかすれ、呼吸をするのも困難なのか、肩が激しく上下している。それでも腕の中の、既に意識を失っている男のことは離さなかった。

「ハザト、の、名を、信じるぞ。俺の、俺の半神は、もう、無理だ。俺も、これに最後の力動を注いだら、あとは、時間の問題かもしれん。もう、精霊は使えん。逃げろ。止まることなく」

そう言うと男は身体をふらつかせながら腕の中の男に接吻した。そしてそのまま、男を抱えながらずるずると床に身を横たえた。荷台にいた男たちが、二人に近寄る。

「リガル様！」

「責任者は！」

ナッシュは声を張り上げた。オビ族の小隊を壊滅したのだ。必ず追っ手はやってくる。

「私だ。名はサワト。スーファの神職者だが、精霊を魔とし、斑紋のある子供らを迫害する新教義に反対し、仲間たちとこの亡命計画を立てた」

「よし、サワト、全速力で逃げるぞ。オビ族はもうスーファと固く繋がっている。必ずこの隊を捕らえ、スーファへの手柄にしようと追ってくる。子供らは泣くだろうが、突っ走るしか方法はねえ！」

サワトが頷くよりも先にナッシュはシンバに乗り、仲間の一人に伝令役を頼んだ。

「ここから一直線で行くぞ！　途中、待機している連中には、もしこの道に盗賊や他の傭兵らが近づく様子があったら、他の場所におびき寄せて近寄らせないようにしろと伝えろ！　そしてそのままヨダへ、この状況を伝えに行け！」

子供らは荒々しく荷台を引かれ、恐怖で泣きわめくが、ナッシュはもう構っていられなかった。後ろから、横から、誰が襲いかかってきてもおかしくない状況だ。少しでも早く、ヨダの国境へ近づかなければならない。

夜が明けても、食事を取る時間の余裕などなかった。まだ冬の入り口とはいえ、朝晩の冷えはあっという間に人の体力を奪う。それでも、火をおこす時間などとれなかった。

「ナッシュ！」

ナッシュはしんがりについていたが、偵察のため岩山の上を走っていた部下が山を下りてきた。すぐにナッシュは事情を察した。オビ族が、追いついてきた。相手は馬だ。平地ではシンバより速い。当然追いつかれると考えていたが、もうすぐヨダ国境が見えてくる。ここまで深追いしてくるとは思わなかった。

「数は！」

「百！」

ナッシュはシンバを止めた。しんがりにいた二十人が、同じように後方に身体を向け、矢を構える。

「そのまま突き進め！」

商隊に声を張り上げてから、ナッシュは後方からやってくるオビ族の一団を睨み据えた。

「まだだ。まだ射程内じゃない。いいか、前方の一団は絶対に仕留めろ」

傭兵の強みは、常に他部族の戦闘能力の情報収集をしていて、相手の戦闘力に確実に勝つ戦い方をするところである。

ナッシュの軍団は、部族よりもより強く、遠くまで矢を放てる弓を武器にしているのだ。

「矢を放て！」

ナッシュの見極めた射程内に入った連中に、まっすぐに二十本の矢が飛んでいく。相手の放った矢はこちらまでは届かない。一気に前列が倒れ、道をふさがれて体勢を崩した連中に、続けざまに第二弾をナッシュは放った。

そしてそのまま再びシンバを駆けさせながら、ナッシュらは次々と矢を放ち、オビ族を足止めした。それでもついにオビ族の矢が届くようになった時、ナッシュは大声で叫んだ。

「もう少しで、岩山で待機している連中と落ち合える。そこまでなんとか、連中を引っ張れ！」

ナッシュは仲間二人だけ従え、シンバを走らせながら矢を射続けた。馬とシンバ、どうしても相手の方が速く、距離を縮めてくる。そのうちに相手はナッシュらが矢を射るのも構わず、剣を手に馬を勢いよく走らせてきた。

ナッシュは矢がなくなるまで射続けたが、ついに腰の剣を取った。左右の仲間も同じように剣を取る。

次の瞬間、ナッシュの目の前に、信じられない光景が現れた。

いきなり地面から、鋭い氷の柱が現れたのである。

その槍のような氷は、勢いよく地面を走り、前方を走っていたオビ族の一団を馬ごと突き刺した。

一瞬にして血に染まった惨状に、オビ族の残った連中は、氷の槍を越えてくることはできなかった。尻込みし、そのまま東側に向かって逃げ出した。

その様子を見つめながら、ナッシュは西側からやってきた男の声を聞いた。

「手当てしろ。腕を、やられているぞ」

憎たらしいくらいに声音が全く変わっていなかった。

「いいのかよ。国境までまだ遠いぞ。ヨダは、ここまでは自国の兵を出さないんじゃなかったのか」

ナッシュの言葉に、護衛団第一連隊長・ハザトは淡々と告げた。

「良くはないがな。越境行為は、あちらも同じだ」

振り返ると、ハザトはシンバに乗り部下を従えていた。道の真ん中に止まった荷台に、護衛団の兵士らが乗り込んで、中の人々の様子を確認している。子供たちは大きな声で元気に泣いている。あれほど黙ってくれと願っていた子供らの泣き声を聞いて、こんなにも安堵するとは思いもよらなかった。

「俺は、国境まで届けてないと見なされるのか」

ナッシュの問いにハザトは肩をすくめた。

「お前がこれからどう行動するのかは分からんが、精霊は外してやるぞ」

そういえばあの精霊師は無事だっただろうかと、ナッシュはふと考えた。不思議な光景だった。精霊師は二人で一人だと聞いていたが、あれはなんという関係なのだろう。

「なあ、あんたにも片割れっているのか」

精霊を使ったのだから近くにはいるはずだと思ったが、同じような兵士ばかりで誰がハザトの片割れか分からなかった。ハザトはそれに答えず、素っ気なく返した。

「お前の片割れは、王都で元気にやっているらしいが、会っていくか」

ああ、コイルのことか。ナッシュは何故か、仕事が終わったことを実感して青い空を仰いだ。

◇◇◇

ユセフスから、神獣師の会議が開かれるから出席するようにと言われた時、キリアスはいよいよオルガに会えるかと心が騒ぐのを止められなかった。

会いたくないと言っている、とユセフスからは聞いていた。黒宮でナハドとイルムに守られている、とも。キリアスにとってナハドは信頼の置ける従者だった男で、その伴侶のイルムのこともよく知っている。あの二人なら大丈夫だろうと思ったが、オルガの姿を確認するまでは落ち着かなかった。

鳳泉を授戒することを選んだと聞いた時は、安堵したものの喜びなどはとても湧かなかった。果たして、どんな思いでそれを選んだだろう。一刻も早く抱きしめたいと思いつつも、今は誰にも会いたくないと思う心も分かった。

黒宮の円卓の間は、神獣師が王と会議をする際に用いられる部屋だ。中に入ると、すでに百花のミルドとユセフス、紫道のライキとクルト、光蟲《こうき》のイーゼスとハユルが卓についていた。

オルガの姿はなかった。肩を落としたキリアスに、クルトとハユルが飛びついてきた。

「キリアス、オルガは⁉　オルガはどこ？　一緒にいないの？」

「王宮にはいるの？　なんで連れてこなかったの？」

キリアスは答える気も失せて、右と左でわめき散らす二人の半神に目で訴えた。ライキとイーゼスが、わあわあわめく己の半神を抱きかかえ、席に戻らせる。ユセフスは氷のような目で、円卓に戻っても騒いでいる二人を睨み、黙らせた。

クルトとハユルがようやく静かになった時、鳳泉の神獣師トーヤが姿を現した。

トーヤは、この間と同じように、赤い鳥の仮面をつけていた。

トーヤの姿を見た時、キリアスは心臓をつかみ上げられるような感覚に捕らわれた。全身の血が騒ぎ出す。情けないことに、身体の震えを止められなかった。

そしてトーヤが王と対面する位置に座った時、カディアス王が姿を現した。

濃紺の上衣を身にまとい、青く光る石が散りばめられた冠を戴く父王の姿を、キリアスはまともに見られず視線を外した。

一体どんな表情をしているのか、その顔から何かを知りたい気持ちはあったが、正視できなかった。

おそらくそこには、国王としての表情以外何も映ってはいまい。独特の緊迫感に満ちた空間の中で、キリアスはこれから語られる話の内容を思い、覚悟を決めようと必死だった。

「報告いたします。まずスーファ側の動きから」

ミルドの促しで、イーゼスが身体をわずかに王の方へ向ける。

「スーファに潜入しておりました『第五』のリガルとトマの二人が、スーファからの亡命者総勢二百三十人を連れて戻ってまいりました。王都に呼び戻しましたがまだ二人は起き上がれない状態です。報告によると、ゼドはスーファの北側に勢力を持つ反乱分子と接触し、揺さぶりをかけるべく向かったそうです。ゼドが反乱分子の地に到着するまでは、少なくとも、一か月以上はかかると思われます」

カディアス王は場を見回して訊いた。

「ヨダに兵が向けられるまで、どのくらいだとお前たちは考えている」

「二か月」

イーゼスの言葉に、ライキは首を振った。

「三か月です。面積を考えてもアウバスとスーファの連合軍が、いっせいにヨダに兵を向ける調整が、そう簡単につくわけがない」

「お前のところの第一連隊長殿が国境線を大幅に越えて攻撃しなかったら、三か月だったかもしれないがな」

吐き捨てるように言ったイーゼスに、ライキは怒りを剝き出しにした。

「ハザトが精霊を出さなければあの場で全滅していた。傭兵らが無事生きていたから、クランド砂漠の情報が手に入ったんだぞ」

「それを踏まえて俺は二か月と言ってるんだよ。東側の遊牧民族や傭兵らは、皆スーファに従属している。ここ数年の干ばつで遊牧民の部族らもかなり疲弊して、大国の庇護下に入った。すぐに陣地を整えられるでしょうよ」

カディアス王はユセフスに視線を流した。ユセフスは視線を落とし、淡々と告げた。

「余裕を持つよりも、常に最悪の状況を想定して動いた方がいいと考えます。私も、イーゼスと同じ考えです。そして今は、その二か月の間にゼドがスーファの反乱分子を味方につけられるかが問題ではない。二か月の間に、鳳泉の修行が完了し、正戒を受けられるかどうかです」

カディアス王は、静かな声音でユセフスに訊いた。

「鳳泉の『時飛ばし』でこの国を消さない限り、連合軍の攻撃から我が国を守る術《すべ》はないか」

「ありません」

ユセフスは静かに、だが力強く断言した。

「敵は、軽く見積もっても、我が軍の十倍以上の大軍を送り込んでくるでしょう」

十倍。キリアスは想像もつかないその大軍に息をのんだ。馬に乗ったそれらの大軍がヨダに近づくだけで、人々は地鳴りに脅えるだろう。

ライキが王の方へ身体を向けて訴えるように告げた。

「アウバスの諜報機関に所属していた兵士の話によると、アウバス国は魔獣化した人間を兵士にし、軍隊を作っている可能性がある。麗街でやり合いましたが、魔獣化していると容易には死にません。精霊師には浄化能力がない。俺ら神獣師でなければ戦えません」

それに、とライキは顔をしかめて付け加えた。

「アウバスの呪術師は、この国出身で、精霊のことも、我らのことも知り尽くしている。俺らがこの国から遠く離れては精霊の力が失われること、力動に限界があることも知っている。相手に長期戦の構えを取られたら、負けです。そのためにゼドは反乱分子と繋がって、スーファを内部から攪乱《かくらん》しようと動いている」

イーゼスは大仰にため息をついた。

「セフィストに魔獣化させられている間者が、一体どれほどヨダ国内部に入り込んでいるかも分からないときた。今、『第五』連中が徹底的に洗い出していますが、神殿に十年近く潜まれていても気づけなかったほどです。戦争と同時に、ヨダの内部からも火の手が上がる可能性が高い。俺は今、そちらの方を懸念しています」

だから、とイーゼスは続けた。

「その『時飛ばし』とやらがどんなものか分かりませんが、国を消すことで戦意を失わせるしか、方法はないかと。一体どれほど消えられるのか分かりませんが、普通、国が消えてしまったら、引きますよね。俺だったら恐ろしくて戦う気になりません」

キリアスは国の情勢をダナルから聞き、一刻も早く鳳泉の授戒を求められていると知った時に、『時飛ばし』を行うのだろうと察しはついていた。

それについて異論はない。だが二か月で、それを会得できるかは分からない。

「俺、鳳泉を宿していても『時飛ばし』の方法を知らないんだけどさ。確か、四百年前くらいに一度行われたんだよね？　同じように軍を向けられて」

トーヤの無邪気な声音がユセフスに向けられた。

「建国以来、まだ二回しか行われていない」

「なんでたった二回？　他にも戦争あったよね」

「文献では、これを行える力のある鳳泉の操者が滅多に存在しないのが原因だ」

ああ、とトーヤは仮面を揺らして頷いた。

「まあ、そうだろうね。国を消すって、すごい力動だし。じゃあ、操者次第か。それ、無事で済むの」

「二回行われて二回操者は死に至っている」

場の人間の視線がいっせいに向けられるのをキリアスは感じた。初めて父王の視線がまっすぐに注がれたが、それを受け止められるだけの決意は既に持っていた。

自分が鳳泉の神獣師に、操者に選ばれた意味。求められている力も、覚悟はしていた。

「ああ、そうか。カザンは、鳳泉の姿を完全に外に出すことはできなかったからなあ」

トーヤの呟きに、思わずキリアスはトーヤの方に顔を向けた。

「ガイ師匠も無理だったってさ。ルファサ師匠も。普通はさ、青雷でも紫道でも神獣を出せるじゃない、外に。でも鳳泉は完全に外に出せないんだってさ。あれは力動が足りなかったからなんだ」

ユセフスが頷いた。

「ルカが調べたところによると、完全なる鳳泉の姿を外に映し出すことができれば、『時飛ばし』を行えると言われている」

「キリアス王子、大変だ。できるだけ死なないでね。俺みたく半神を独り身にしたくないでしょ。鳳泉の操者がいなかったら、先読浄化ができないんだから。がんばれー」

トーヤの仮面が揺れるのを、キリアスは見つめるしかなかった。トーヤはおもむろにユセフスに顔を向け、言った。

「じゃあ俺から鳳泉を外すのも、早い方がいいよね？」

そうなるのだ。

キリアスは再び、身体が震えるのを抑えられなかった。自分の死の覚悟は持てるのに、なぜ、こんなにも魂が揺さぶられるのか。

「……希望に任せる」

ユセフスの言葉に、トーヤはいやいや、と首を傾げた。

「希望も何も。二か月しかないんでしょ。普通、それで鳳泉を正戒できるようになれって無理な話だよ。早いとこ千影山で修行しなきゃ。『時飛ばし』で国を消せるようになるまで、持ちこたえられなかったら意味ないよ。明日、明日、呪解しよう」

明日。トーヤの口から出てきた言葉に、キリアスは動揺を隠しきれなかった。明日、鳳泉を呪解する。それは、トーヤの命がそこで終わることを意味している。


「ね、王。いいですよね？　明日で」

まるで明日旅にでも行くような軽さで、トーヤの言葉が円卓の上に跳ねる。皆、この異様な空気に身動き一つできずにいた。

カディアス王は、その言葉を静かな目で聞いていた。そしてゆっくりと、力強い瞳を、対面の、仮面をつけた神獣師に向けた。

「明日、黒宮儀式の間にて、鳳泉の呪解を行うこととする」

◇◇◇

鳳泉の殿舎に戻るやいなや、キリアスは、寝台の上に身体を放り投げるように横たえた。緊張で震えを抑えていた身体が、一気に激しく揺れる。

明日。明日、鳳泉が呪解され、トーヤの命が終わる。

何か自分がやれることはないのかとキリアスは歯ぎ

しりした。情けなさに壁に拳を叩きつける。

もう何年も、何年も、考え、ひたすら考え抜き、方法はないのだと何度も諦めてきただろう。父王も。ルカも、ダナルも、ゼドも、山の師匠らも。

今更自分が考えたところでどうにもならないのは分かっていても、キリアスは何度も壁に拳を叩きつけ、やがて、大きなため息をついた。

これを、父も繰り返してきたのだろうと、思いながら。

今、父王は一体どんな時間を過ごしているのだろう。オルガは、明日鳳泉を呪解することを聞いただろうか。キリアスは唇を噛みしめた。精霊を共有していれば、あの心を抱きしめることができるのに。どれほど恐怖に震えていても、その震えを抱きしめて、俺がいる、その苦しみも哀しみも、全部引き受けると言えるのに。

我が身の情けなさに深くため息をついたキリアスは、いつの間にか部屋に入ってきた人の気配に気づかなかった。

「信じられない。それでも神獣師になれるの？　王子」

冗談ではなく身体が飛び上がった。トーヤはその様子を見て、くすくす笑っている。

その顔には、先程までつけていた鳳泉の仮面はなかった。

「トーヤ……」

トーヤは、笑顔のままでキリアスをしみじみと見つめた。

「本当に、お父さんそっくりになったねえ」

鳳泉の殿舎には人が配置されていない。

もともとトーヤは神殿に居住しており、誰も使わなくなって長いので、人員の配置がされないままだった。

キリアスは正式に授戒を許されていないので、立場的にはなんの身分も役職もない只人である。鳳泉の殿舎に入ったからといって、侍従一人つくわけではなかった。

闇の中でもある程度視覚が確保できる神獣師は、夜でも灯《あか》りをつけないことが多いが、キリアスは部屋に灯をつけた。寝台の横と、卓の上と、いくつか橙色《だいだいいろ》に染まると、トーヤの身体がはっきりと浮き上がってきた。

風貌は、昔からあまり変わっていなかった。

もしかしたら鳳泉を封印されているがゆえに、時の流れ方が常人と違うのかもしれないが、まだ二十代後半にしか見えない。

幼い頃は、青宮での勉学に飽きると、サイザーの小言をかわすためにしょっちゅう神殿に逃げ込んだものだった。トーヤもイサルドも、何も言わずに迎え入れ、神殿で遊ぼうが好き放題やろうが許してくれた。八歳違いの妹・ラルフネスを抱き上げて、力が余って泣かせてしまってもトーヤは怒らなかった。

成長するにつれて、いつまで経っても大きくならない妹に飽き、他の遊びを求めて神殿には近づかなくなった。たまに思い出して神殿に潜り込んでも、トーヤは拒絶しなかった。ラルフネスが自分の対《つい》である王に弟のセディアスを選んだと知ってからは縁遠くなったが、それまでは神殿は、居心地の良い空間だった。

「……山で、アジス家出身のクルトを初めて見た時、人形みたいだと思ったんだ」

久々に向かい合って話をしているというのに、なぜこんな言葉が口をついて出てくるのか、キリアスにも分からなかった。

円卓の間では、トーヤの存在をどう受け止めていいのか分からずに身体が震えていたというのに、今こうしていると、昔に戻ったようである。

「ラグーンが、アジス家の依代は皆そうだ、幽閉されて育つから人形みたいになるんだと言っていて」

「うん」

キリアスの言葉に、トーヤも昔のように応じた。

「でも俺は、トーヤのことを人形みたいだと思ったことは、一度もなかったから」

「だよね」

トーヤは微笑んだ。

「俺だって昔は笑うこともしなかったよ」

昔からトーヤは、いつも飄々《ひょうひょう》としていて大概のことはおおらかに構えていた。

「クルトも、だいぶ変わってきてるよね。二年前だっけ？ ラルフネス様が十歳だった時にライキとクルトに浄化してもらって……その時よりも、ずっと人らしくなってきたよ。ライキは甘やかしすぎるから、クルトは全然成長しないなんてユセフスは文句言ってたけど、俺から見ると上出来だよ。俺だって、意識がどんどん外に向けられて、いろんなものを吸収するようになったのは、カザンが死んでからだ」

カザン、という言葉を、トーヤはなんの気負いもなく口に出すが、その言葉を聞くだけでキリアスは内臓が揺さぶられる思いがした。

「似てるよ」

「え？」

「オルガ君、カザンに。優しいでしょう。子供とか、好きじゃない？　カザンも、人を安心させるものがあって、周りを包んでいる感じだった。あの子もそうだね。きっとね、ラルフネス様も、セディアス王子も、懐くと思うんだよ」

　キリアスは、なぜトーヤがここに来たのか、その理由が分かった。

　そしてそれを理解した途端、何かが決壊した。

　あっという間に、きつく閉じた瞳から流れるものは、握りしめる拳を濡らした。

「キリアス王子もさ、昔、宵国を通れなくても、夢を通してラルフネス様に会ったこと何回かあったよね。くそ生意気な妹って俺に文句言ってきたじゃない」

「ああ……」

「まだ十二歳で、反抗期続いているんだよ。可愛くないって思うかもしれないけど、大目に見てあげて。あれでさ、お兄ちゃんのこと好きなんだよ。尊敬しているし」

「ああ……」

「かわいそうなのはセディアス王子で。まだまだ子供だから、いつもラルフネス様に怒られてる。ほら、女の子の方が精神的な成長早いじゃない。ラルフネス様頭いいから特に。だからさ、お兄ちゃんがうまく調整してあげてほしいんだ。セディアス王子はお兄ちゃん大好きだからさ」

「ああ……」

「オルガ君にも、そう伝えて。反抗期で、一番難しい時に代替わりしちゃうけど、あの子なら大丈夫だと思うんだ。カザンに似てる。子供に好かれるよ。だから大丈夫」

　トーヤを前にしていても、キリアスは両手で顔を覆い、嗚咽を漏らすのを止められなかった。

　この国の、未来のために、
育ててきた先読を、最も慈しんで育ててきた者を、その愛おしい温もりを、他の人間に、託すのだ。

　トーヤが経験してきた数多くの苦しみの中で、最も無慈悲ともいえる苦痛は、この、我が子ともいえる存在との、別離だろう。

あまりに残酷な現実に、キリアスは今までの人生で、もっとも、泣いた。

声を震わせて泣き続けるキリアスの背中に、いつまでもトーヤの手が乗せられていた。


翌日。

ユセフスから鳳泉を呪解する儀式に立ち会うかと問われたキリアスは、即座に頷いた。

「呪解するのは？」

「ルカだ。もともとルカの血と神言で封印したからな。絶対に自分が行うと前々から言っていた。無論、ダナルも立ち会う。神官長のイサルドも立ち会いを希望している。イサルドは、そのまま殉死するかもしれんと、サイザーが不安がっている。お前、イサルドの傍で、自決しないか見張っていてもらえんか」

ルカもダナルもイサルドも、己のしたことを見届けようという思いだろう。

あの時、どうしようもなかったとはいえ、トーヤの命を犠牲にして封印を施したことは間違いない。その終末を、眼に焼きつけなければならぬという覚悟だろう。

それはどれほどつらいだろう。自分が弱音を吐いている場合ではないとキリアスは身を引きしめた。

「結界を張るのは俺だ。ミルドは、王に付き従ってもらう」

やはり父も立ち会うか。キリアスは唇を噛みしめた。

「それと、オルガが自分も見届けると言ってきた」

キリアスは顔を上げ、思わずユセフスにつかみかかりそうになった。

「俺はやめろと言ったが、絶対に見届けなければ、次に鳳泉を授戒することなどできないと言ってきた」

「そんな……！　俺が見届ける。もうこれ以上、心に傷を負ったりしたら、それこそ授戒などできないだろう！」

「覚悟と取ってやれ、キリアス。あの子なりに、己の宿命を受け入れ、それを打破しようと必死なんだ。あの子の覚悟を受け入れ、そしてあの子がぼろぼろになった時に、救ってやれるのが半神である自分だと思え。必死なのは、お前だけじゃない」

オルガの心の衝撃よりも、案じなければならないものがある。

誰一人、この呪解で、苦しまない者などいないのだ。皆が皆、絶望ともいえる苦しみを受けて、未来を繋がなければならない。


儀式用の正装に身を包んだキリアスは、定刻に呼び出され、待合に向かった。

儀式の間に続く待合には、誰も座っていなかった。

神官に促されて儀式の間に入ると、日中だというのに簾《すだれ》が下ろされ、わずかな光しか差し込んでいない空間に、もう既に呪解人も、立会人も、皆集っていた。

黒い床に白い文字で描かれた、楕円状の結界の布陣があり、その端に呪解人のルカが座っていた。全く表情を動かさないルカの対面、結界の布陣からわずかに離れた場所にダナルが座っていた。

ユセフスはダナルとルカの中間、ちょうど結界の中心の外側に座っていた。

儀式の間の入り口の左側に、神官長イサルドが座っていた。そして入り口を挟んで右側には、オルガがいた。

オルガはキリアスが入ってきても、全く視線を動かさずに結界を見つめていた。キリアスの存在に気づいているのかいないのか、感情が失われてしまったように動かない。ふっくらとした頬はこけ、目の周りはくすんでいた。その様子に、キリアスは身体が震え、自然とそちらに足が向いたが、オルガに付き添っている神官のイルムが視線でそれを止めた。

全く反応しないオルガの身体を支えるように手を添えて、自分に任せてほしいと目で訴えてくる。キリアスはそんなイルムの様子に、己が今為さねばならないことを思い出した。頼む、とイルムに目で念じ、イサルドの斜め後ろにつく。

イサルドからは殺気のようなものは浮かんでいなかった。ただひたすら、静けさだけがあった。この男は今まで、この国の地獄をつぶさに見てきたのだ。骨ばった老人のその身体に、キリアスは尊敬の念を抱いた。やはり、この男に自決の道など選ばせてはならない。

沈黙の空間に、カディアス王がミルドを伴って現れた。椅子に座ると同時に御簾を全て上げさせる。王以外は皆、結界の布陣が描かれた床に座っているので、王は布陣を上から眺める格好になる。キリアスは、父王の、変わらぬ統治者の顔を目に焼きつけた。

そして最後に、神官ナラハに付き添われて、真っ白な衣装に身を包んだトーヤが現れた。

その衣装は、人が、浄化の際に用いるもの、いわゆる、死に装束だった。

顔には、赤い鳥の、鳳泉の仮面がつけられていた。表情を窺うことはできない。トーヤは、静かな足取りで結界の中に入り、その中心に座った。

ナラハが結界の中から離れると、トーヤの横側に座っているユセフスから、トーヤに声がかけられた。

「何か、話しておきたいことは？」

トーヤは仮面を揺らし、首を振った。

「ううん、大丈夫。何もない」

キリアスは、イサルドが太ももに置かれた拳を真っ白になるまで握りしめるのを見つめた。

皆、同じだろう。

ユセフスが冷静な声で誘導し、結界の布陣を張らなかったら、誰も行動できなかったかもしれない。

結界の白い文字がわずかに床から浮き上がり、空間が引きつるように震えて初めて、ルカは意を決したように護符を手に、神言を唱えた。

『赤き神獣、鳳泉よ、我が声に従え。宿主・トーヤ・ヘルド・ヨダ・ナリス・アジスの命をもって封じたその身の、呪を解き、新たなる戒をお前に与える』

次の瞬間、ユセフスの張った結界に、血が飛んだかとキリアスは身構えた。

それが赤い花びらだとは、容易には気づかなかった。花びらはあっという間にトーヤの身体を覆うほどに結界の中を舞い上がった。真っ赤なそれは、鮮血をまき散らすように縦横無尽《じゅうおうむじん》に結界の空間を踊る。

だがやがてそれは、下方の床から次第に、白へと色を変えていった。赤と、白。これは一体なんの対比かとキリアスは我を忘れてそれを見つめた。

下から次第に、トーヤを包む色が変わっていくと同時に、赤に染まっていたその身体が見えてくる。白い花びらに覆われたトーヤの顔の、赤い鳳泉の仮面が割れ、細かく砕ける。それは赤い花びらとともに、上へと舞い上がっていった。

赤い花びらを追うように視線を上げていたトーヤの顔が、一点に向けられる。

「……ごめんなさい。何も、ない、って言ったけど」

トーヤの表情が、花が咲くように、ほころんだ。

「カディアス様」

白い花の向こうから、トーヤは言った。

「あなたが、あなただけが、俺の、唯一無二の、半神でございました」

椅子が倒れる音が、儀式の間を揺らす。

そして、結界の中の花びらが、全て赤から白に変わろうとした瞬間、カディアス王の、心からの、魂の叫びが、その場に響き渡った。

「トーヤ!!」


宵国だと、トーヤはすぐに分かった。

いつもはこの空間に入ると、自分を呼んだラルフネスの気配を探すが、今は違う。

完全に今は、死出の通り道だった。

「トーヤ!」

ラルフネスの声に、トーヤはああ気づいてしまったかと心が重くなるのを感じた。呪解のことはラルフネスには話していない。とてもではないが、言えなかったのだ。

ラルフネスは、現実の世界では自分で歩くことも話すこともできない赤子同然の身体だが、この宵国では普通の十二歳の女の子の物言いをする。

しかし、身体は二歳くらいの幼さのままだ。現実世界のままの容姿で、べらべらとしゃべることだけは一丁前なのを知っているのは、自分とセディアスだけである。

ラルフネスは声がしたと思ったらいきなり目の前に現れた。この世界ではトーヤに抱かれなくても、自在に動けるし目の前に浮遊して腕まで組んでいる。

「私に黙って、浄化できると思ってるの!?」

トーヤは目の前のおしゃまな女の子に苦笑した。

「ばれちゃったか」

「当然！」

「でも、薄々分かっていたでしょう。どうせこのままでも私の命はあと少し。そう、言っていましたよね。トーヤがいなくなっても、あとはお兄ちゃんと仲良くしてくださいって話していたでしょう」

「お兄ちゃまなんて嫌い！」

「頑固な性格はそっくりですよ」

ラルフネスは唇を尖らせた。その可愛らしい顔をトーヤは両手で包んだ。

「私の可愛いラルフネス様。あなたには、弟と、兄がついています。そして私の跡を継ぐ、あなたが選んだ鳳泉の神獣師は、きっとあなたを大事に育ててくれます。何も心配しないで」

「トーヤ、あれを見て」

トーヤはラルフネスが指した方向に目を向けた。

今までトーヤが鳳泉を通して見てきた宵国は、黒の世界に、様々な色が点在する世界だった。

その色は、形を成していなかったが、ラルフネスには全て事象に見えるのだという。

過去、現在、そして様々な未来。人の存在する、全ての空間にある、それらの光景が、ある一定の方向へ流れている。それが、宵国なのだ。

トーヤにはそれが見えない。唯一、それを全て見通せるのが先読・ラルフネスなのだ。

先読が語るには、過去とは、現在とは、そして未来とは、たった一つではないのだそうだ。

いくつもの過去があり未来があり、宵国はその様々な時空が流れる場なのだ。

先読はその数多《あまた》の事象を、いくつか拾い上げるにすぎない。そしてそれが国のためになる未来だと、選び取るのは国王なのだそうだ。先読が選んだいくつかの未来の中で、王が見ることができるのは、たった一つしかないらしい。それが果たして正解かどうか、実のところ先読には分からないそうだ。

だが今、魂が宵国に存在しているからか、トーヤの目にも宵国に流れる過去の事象が見えた。

まるで絵画のように流れるそれに、トーヤは目を疑った。

そこには、カザンがいた。

カザンが神殿を、神獣師の姿で闊歩《かっぽ》する絵だった。

カザンは、二十歳の若さで死んだあの時よりも、十歳は歳を重ねていた。

向かい側から歩いてくるのは、カディアス王だった。

王の外見は、今とそう変わらない。カザンを見て、信頼しきった家臣にするように気安く声をかけている。歳の近い二人は、家臣と王と言うより、まるで気心の知れた友人同士のような微笑みを交わしている。

カザンが、自分を呼ぶ声を、トーヤは聞いた。

向けられる笑顔は、その声は、以前の、兄のような、父のような、慈愛に満ちたそれではない。

本当に、愛おしい者に呼びかける表情と、声音だった。

これは、存在しなかった世界だと、すぐにトーヤは気づいた。

ラルフネスの声が、横から届く。

「この世界になるように、過去を曲げちゃっても、いいのよ。トーヤ」

トーヤが驚いてラルフネスを振り返ると、ラルフネスは咎《とが》められると思ったのか、ぽんと跳ねて距離を取った。

「だって！　このままトーヤだけ死んじゃうなんて、あんまりじゃない！」

「ラルフネス様」

「文句言ったたって、いいのよ、トーヤ。悔しいじゃない。私は悔しい！　トーヤだって、幸せになったたって、いいはずだもん！　あっちの未来には、死ななくてもいい未来があるのよ、トーヤ。私はトーヤが望むならそうしたい」

「……ラルフネス様。そんな恐ろしいことは、いけません。先人達が紡いできたものが、崩れ去るのですよ。もしかしたらあなただって、生まれてこなくなるかもしれない」

「だって！　いいの!?　トーヤ！　あっちには、トーヤが望んだ世界があるんだよ!?」

……望んだ世界。

トーヤは、目の前の、微笑むカザンの表情を見つめた。

愛おしい者を見つめ、語る、声。

あの頃には、分からなかったものが、今なら分かる。

だが、それを教えてくれたのは、カザンではない。

「……この世界の私は、私ではありません……」

幽閉されて育った自分に、心を与えてくれたのは、確かにカザンだった。

だがその心を、開かせてくれたのは、カディアスの存在だった。

あの頃には、気づくことができなかった。カザンが土壌を作ってくれたというなら、種を蒔《ま》き、水と光を与えてくれたのは紛れもなくカディアスだった。知らず知らずのうちに、それらは小さく芽を出し、育っていった。

カディアスの語る言葉が、微笑みが、涙が、かつて受けたそれらの全てが、己の五感を巡り、隅々に行き渡るまでには、時間を要したけれど。

たった二年間だけの、愛というものを受け取った時間だったけれど。

あれが、今の自分を作ったのだと、声高らかに言える。

「……あれを失ってまで、生きたいとは、思いません……」

目を閉じれば、カディアスがこの身体の中に残してくれた感覚の全てを、思い起こせる。

抱きしめてくれた腕の温もりも、肌の上に落ちた吐息も。

愛おしき時間。

これを失ってしまっては、自分はもう、自分ではない。

生きた意味はあったと、満足して言える。

最後に、つい、欲が出て、思いがけず言葉にしてしまったけれど。

自分の生涯の半神、唯一無二に、巡り会ったと思える人生に、なんの悔いもない。

「……いいの……？　トーヤ」

ラルフネスの言葉にトーヤは頷いた。

「それに、私が別の世界の私になってしまったら、こんな可愛い先読様を育てることができないかもしれないんですから」

ラルフネスは顔を涙でくしゃくしゃにして飛び込んできた。

「トーヤ、トーヤ！　ありがとう、私を育ててくれてありがとう。私、トーヤに会えて良かった。トーヤが、鳳泉の神獣師で良かった」

「お礼を申し上げるのは私の方です。生まれてきてくださってありがとうございました。あなたを育てられたことが、人生の喜びでした。この世に、先読として生まれてくれて、感謝します。どうかこれからは、弟君と、新しき鳳泉の神獣師とともに、幸せでありますように」

泣きじゃくるラルフネスの身体を抱きしめて、トーヤはその柔らかい髪に何度も頬をすり寄せた。どうか、幸せでありますように。ひたすらそれだけを願いながら。

ラルフネスが顔を上げ、上の方を見上げる。

黒い渦《うず》の中から、赤と白の鳥の羽が、らせん状に絡み合いながら流れてきた。

赤と白のらせんは、トーヤの後方へと向かっていく。トーヤには鳳泉が、宵国からどこへ向かっていくのか分かった。

自分の後方に現世があり、鳳泉はそちらへ流れ、そして今、自分の身体はあの黒い渦の方へ引かれていっている。

身体がぽろぽろと崩れ、黒い渦へ引き込まれる。だが不思議と、嫌な感覚ではなかった。むしろ、引かれていくことが心地よいくらいだ。崩れた身体は、光り輝く無数の玉に変わっていく。これが、浄化か。

身体が光る玉に変わり、もうほとんど原形を留めなくなった時、いきなりラルフネスがぽーんと飛び上がり、黒い渦の傍まで浮遊した。

「ラルフネス様？」

ラルフネスは、身体ごとぐるぐると旋回し始めた。それに伴い、黒い渦が少しずつ、渦を巻くのを止めていく。

ラルフネスは自分の身体を必死で旋回させようとするが、渦が止まっていくと同時にその身体も止まっていく。

そのときトーヤは気がついた。ラルフネスが、黒い渦巻きと逆方向に動こうとしていることを。

「ラルフネス様！　おやめなさい！」

ラルフネスは小さな身体をぶるぶると震わせ、回転を止めようとしていたが、力尽きたのか、いきなり弾き飛ばされた。

「きゃあ！」

「ラルフネス様！」

トーヤはラルフネスの様子を確認することはできなかった。

すさまじい勢いで、後方へ引っ張られたからである。

意識も何もかも全て霧散するほどの、すさまじい力だった。トーヤは、その急激な勢いの流れの中で、ラルフネスの小さな、途切れ途切れの声を聞いた。

「ト……ヤ……ごめ……命……ちょっとだけ……しか……けど……生き……てね……」

◇◇◇

光とともに目に入ったのは、青の色だった。

王族にしか宿らないと言われている、激しいほどの、太陽の灼熱にも負けぬほどの、蒼穹《そうきゅう》の色。

……なんて、美しい。

しみじみ見つめながら、トーヤはその青に言った。

「時を……止めるなど。先読にあるまじきことを。……咎《とが》は、育ての親の私が引き受けまする」

天空にあるその青は、雫となって落ちてきた。

「親思いの……よい子に、育てたな」

心が疼《うず》き、胸の奥からこみ上げてくるものを感じる。

自分の中から出てくるものがなんなのか、トーヤにも分からなかった。

それは、思いがけず、口から外にこぼれた。

「……愛しています。カディアス様」

雫がまた一粒、二粒と落ちてくる。

ああ、この方が蒔いてくださったあの時の種は、ようやく地上に芽を出すことができたのだ。

あの二年間だけではなかった。この方が絶えず降り注いでくれた光と水は、小さな芽を、この空の下に出してくれた。

「愛して……愛しています、カディアス様」

堰を切ったようにあふれ出す言葉が、途中でふさがれる。接吻を受けているのだと、すぐには気づかなかった。

久々の感触だったが、互いの熱い内をまさぐる行為に、あっという間に身体の芯に火がともる。トーヤは息をつく間もなく、動物のようにそれを求めた。舌が一瞬でも離れるのを拒絶するかのように絡み合う最中、吐息とともに、声が入ってきた。

「愛している……トーヤ」

その言葉が身体の隅々にまで染み込むのを感じて、

ようやくトーヤは息をついた。カディアスの唇が顎から喉の方へと移動していく。その愛おしい身体を抱きしめながら、トーヤは告げた。

「……ラルフネス様が必死で繋いでくださいましたが、おそらくこの身体、長くはもちません」

蝕《むしば》まれた生命力は、戻すことはできない。

「ああ……。セディアスもそう言っていた」

身体がきつく抱きしめられる。耳元でカディアスの低い、だが力強い声がした。

「俺は、この国の王であることを、まだ下りることはできん」

「はい」

「だが、この戦いを乗り切った時には、必ずお前ただ一人の男になる」

両目からこぼれ落ちたものは、トーヤが、初めて己の身体の中から出したものだった。

生まれて初めて涙というものを流しているのに、頬が緩み、笑みが浮かぶのを止めることができない。

そんな自分を食い入るように見つめてくる男の瞳に、トーヤは告げた。

「お待ちして、おります」


この命が、そこまでもつかどうかは分からない。だがトーヤは、心からそう告げた。それがたとえ、約束とはならない希望にすぎないとしても、それに縋れる幸福に満たされながら、トーヤは愛する男の身体に抱きついた。

カディアスの唇が再び深く接吻してくる。夢中で舌を絡めたが、すぐに抱き上げられて身体が浮いた。カディアスの首に腕を回した時、その場所が黒宮ではなく神殿であることに気がついた。神殿内の、先読がいる奥ではなく、ラルフネスがセディアスとの遊びに使う広間に近い場所である。

王に抱きかかえられたまま広間へ入ると、そこにはセディアス王子と、ナラハの膝の上に乗ったラルフネスの姿があった。

御簾の向こう側の外から差す光が、広間に差し込んでいた。光を受けて白く輝くラルフネスの姿を見た途端、トーヤの両目から再び涙がこぼれ落ちた。王の腕から下り、ふらふらとラルフネスのもとへ近づく。十二歳の少女ながら現実世界では二歳の姿のままの幼児は、ただトーヤを見つめ返すだけだった。

鳳泉を外し、もう宵国と繋がれない。只人となったこの身は、もうラルフネスの声を拾うことができない。あの可愛らしい声も、二度と聞くことができないのだ。

「ラルフネス様……！　ああ……！　ラルフネス様、ラルフネス様……」

トーヤは愛し子の身体をかき抱き、その顔に何度も頬ずりした。ラルフネスは一言も話さずにトーヤにしがみついていた。

「トーヤ、大丈夫だよ。今度から、姉上の声は僕が届けるから、ね。トーヤが姉上とお話ししたかったら、僕が手伝うから、ね」

必死で伝えてくるセディアスに、トーヤは涙を止めることができないまま、頷いた。

「はい……はい。ありがとうございます。セディアス様」

カディアスが落ち着かせるように肩を抱いてきてようやく、トーヤは涙を拭うことができた。カディアスはセディアスの頭を撫でながら言った。

「良い子だ、セディアス。姉上と、トーヤを頼んだぞ」

「はい」

トーヤは立ち上がったカディアスの濃紺の衣が翻り、光を受けて輝くその青が、御簾の向こう側に消えるのを見た。

そして、この国全土に響き渡るかのような王の声と、新しき鳳泉の神獣師二人の、若き声を聞いた。

「キリアス・ニルス・ヨダ、オルガ・ヘルド・ヨダ・ニルス・アルゴ、二人に鳳泉の授戒を許す。直《ただ》ちに千影山に入山し、『時飛ばし』を会得せよ！」

「御意《ぎょい》！」

◇◇◇

鳳泉を、授戒する。

臣下の礼をとりながら王命を受けたキリアスは、国王・カディアスの姿が再び御簾の向こうへ消えた後、傍らに座るオルガの身体を引き寄せ抱きしめた。

「オルガ……！」

わずかな間の別離だったというのに、もう何年も離れていたような気がしてならない。夢中でその身体に手を這わせながら抱きしめるが、返ってきた力は思いがけないものだった。

嫌がるように身体をくねらせ、胸を手で押しのけてくる。無言で抵抗するその姿に、キリアスは焦った。

まだ、自分の出生の真実を受け止められないのだろうか。

瞳すら合わせず拒絶してくるオルガの身体を、キリアスは構わず力任せに引き寄せた。腕の中でオルガは抗《あらが》おうとするが、ひたすら抱きしめる。

「キリアス様、オルガ様。内府がお待ちでございます。どうか内府の殿舎へ」

神官長・イサルドが静かに声をかけてくる。

「イサルド、トーヤの様子はどうだった？」

キリアスの言葉に、腕の中でもがいていたオルガの身体がぴたりと止まった。

黒宮での儀式の後、トーヤは意識を失ったが、命は奪われていなかった。

封印は確実に命によって繋ぎ止められていたものだったため、その事態に封印を外したルカ自身が最も驚いていた。

皆が混乱する中、察したイサルドが神殿まで走り、セディアス王子から先読・ラルフネスがトーヤの命をわずかに現世にとどめたことを知ったのである。

セディアスいわく、トーヤの命は鳳泉に奪われてだいぶ流れてしまっているらしいが、それでも生がトーヤの中に残ってくれたことが、どれほど皆を安堵させたか分からなかった。

「お目覚めになられてからは体調も変化なくお過ごしですが、今しばらく王はこちらで見守られます。今後については内府からご説明があるとのことでした」

オルガの身体から、安堵したように力が抜ける。いたわるようにキリアスはその身体を抱きしめたが、オルガは思い出したように身をくねらせて拒絶する。

まだまだ心が落ち着かないのだろうと、キリアスはオルガが哀れでならなかった。何を考えて拒絶の意を示しているのか、手に取るように分かる。甘えてはならぬと自分を奮《ふる》い立たせているに違いない。これから先に待ち受けていることを考えれば、とても甘える気になどなれないのは分かる。だが、キリアスはそれでも自分に縋ってほしかった。逃れようとする身体を抱きしめながら、髪に、額に口づけを繰り返した。

内府の殿舎に入ると、ユセフスの執務室にダナルとユセフスの二人が並んで座っていた。その威圧感にキリアスはさすがに顔をしかめた。内府が新旧揃うこともあるまいに、と思う。補佐官のエルはもちろんのこと、ユセフスの半神のミルドもげんなりした顔をしている。

「二人揃うと、胸焼けしそうでしょ？」

「余計なことを言うな、ミルド。二人とも座れ。今後について手短に話すぞ」

ダナルの促しにキリアスはオルガと並んで座った。

「鳳泉の修行だが、本来お前たちに修行をつけるべきなのは前鳳泉のトーヤだが、入山させるのは避けたい。ラルフネス様もセディアス王子も、神殿からトーヤがいなくなってしまったら不安定になるとイサルドが言っている。トーヤはこのまま神殿に残すことにした」

だが、鳳泉の神獣師だったガイはもう他界している。

「今千影山には、師匠はラグーンとジュド、そしてセツの三人しかいない。俺とルカは王宮にいるしな」

「ダナルには近衛団の指揮を頼んでいる。第一連隊長のセイルが実質上まとめてはいるが、どうしても連隊長の地位ではここまで声を届けられん。ライキは護衛団だけで手一杯だ。傭兵らの方も任せているしな」

人手が足りなすぎる、とユセフスはため息をつきながら言った。

「そんなわけでお前らは、ラグーン師匠とジュド師匠に鳳泉の修行をつけてもらってくれ」

キリアスの考えは表に出ていたらしい。ユセフスが続ける。

「あの二人は、いやラグーン師匠の方は性格的に難ありだが、とにかく教え方は抜群にうまい」

「それは分かっている。俺らは本来百花の二人に青雷の修行をつけてもらったんだからな。あの二人が万能なのは知っているが、鳳泉は難しいという話じゃなかったか？　宵国と繋がる感覚なんて、他の神獣師では分からないだろう。たった二か月でものにしろと言われているんだぞ」

「仕方ないだろう。お前らは既に青雷の共鳴を経験しているのだから、なんとかしてくれと言うしかない」

「じゃあルカは？　ルカだけでも山に戻せないか」

「ルカは駄目だ。書院にこもって、『先読《さきよみ》の腑《ふ》』について調べている」

ダナルは静かに首を振った。

「……この戦争の引き金を作ったのは自分でもあると、あれから書物を広げて休もうともしない。セフィストの術を防ぐ方法が分かるまで、やめないだろうよ。悪いが、ルカは山には戻せん」

「ザフィとシンはイーゼスや『第五』連中と一緒に、セフィストの毒牙にかかっている者のあぶり出しをしているからな」

皆が皆、それぞれの任務を抱えている。なんとかしてくれと言ったユセフスの言葉は心からの声だろう。もう、他に術《すべ》がない。与えられた時間も、手段もない。不安だなどと、泣き言を言っている場合ではないのだ。

キリアスは隣に座るオルガの手を握りしめた。オルガは、今度は拒絶しなかった。しっかりと摑んでくる。

「分かった。早速入山する」

「今千影山は、修行をやめているんですよ。表山から子供を家に戻してはいませんけどね。逆に斑紋を持っている子供を御山《おやま》で守っている状況で、裏山の修行者はジーンやテレスと一緒に子供らの世話をしているんです。だから裏山には師匠らしかいません」

戦争になれば、千影山の結界を強固にする。それゆえ、そこから出ることはできなくなるが、子供らはそこにいた方が安全なのだとミルドは説明した。

「なので、二人の修行の手伝いのために、ナハドとイルムの二人をつけることにしました」

キリアスは思わず聞き返した。

「いいのか？」

二人の力は王宮も失いたくないはずである。嫌々だったらしく、ユセフスは仏頂面だった。

「鳳泉の修行は、俺らもどういうものか分かりませんが、ラグーン師匠が結界力の強い上位の神官をよこせと言ってきたんですよ。イルムは本来紫道を宿せたくらいの器です。修行中にキリアス様がどんな状態になっても、かなり大きな医療精霊を入れられるでしょうから」

ミルドが、キリアスにというよりユセフスに言い聞かせるように話す。

ユセフスは瞳に力を込めて言った。

「とにかく、『時飛ばし』を会得してくれ。もう他に、この情勢を逃れる方法はない。お前たちが鳳泉を正戒するまでは、なんとかこちらはもちこたえる。修行に専念してくれ」

キリアスよりも先にオルガが無言で頷いた。その様子を見つめてからキリアスはユセフスに訊いた。

「今すぐ入山か？」

「いや、ナハドとイルムの準備もあるから明日にしろ。お前も、王に最後に挨拶してから行け」

「そうか、分かった。他にはあるか」

「いや、以上だ」

キリアスは立ち上がったかと思うと、そのまま隣に座っていたオルガの身体を椅子から抱き上げた。いきなり横抱きにされオルガは驚いたが、すぐに責めるように叫んだ。

「キリアス様！」

「ようやく口をきいたな。ユセフス、鳳泉の殿舎に入る。もう用がないなら明日の朝まで声をかけるなよ」

どうぞ、存分に。ユセフスは無言で掌で出口の方を示した。オルガは顔を真っ赤にして身体をばたつかせた。

「キリアス様の馬鹿！　そんなことしてる場合じゃない！」

「何言ってんだ。お前をそんな状態にさせたまま入山したら、ラグーンにどっかで一発やってこいと言われるに決まっているだろう。半神にこんな頑《かたく》なな態度を取らせて、よくも修行に来られたもんだと嗤《わら》われるに決まっている」

それを聞いてミルドは吹き出した。

「ああ、師匠、絶対言いますよね」

ユセフスはうんざりしたようにそっぽを向いた。そういえば百花の二人は、ジュドとラグーンの直弟子だったことをキリアスは思い出した。ミルドはともかく、ユセフスがラグーンからどう指導を受けたのかは想像すらできないが、一応「師匠」と呼んでいるところをみると、尊敬の念は多少あるらしい。

オルガは内府の殿舎を出ても手足をばたつかせて抵抗の意思を示していたが、キリアスにとっては、小動物が手足を動かして甘えているくらいにしか思えなかった。事実、これも一つの甘えなのだろう。

鳳泉の殿舎に辿り着き、蹴飛ばすようにして扉を開ける。誰も配置されていない殿舎は、壁も柱もひんやりと冷えている。赤と、白を基調としたそれらを見つめながら、キリアスはオルガに囁いた。

「オルガ。分かるだろう、ここには誰もいない。俺とお前だけだ」

キリアスの胸元に顔を埋めていたオルガの肩が震え出す。キリアスはその髪に頬をすり寄せて囁いた。

「お前の気持ちは分かる。己を律することでこの局面に立ち向かわねばならぬと思ったのだろうが、それで俺を拒絶してしまっては本末転倒だ。何があっても、俺を求めてもらわなきゃ困る。俺は、お前のなんだ?」

顔を上げたオルガの瞳は、涙で潤んでいた。

「……半神……」

キリアスは微笑んでその呟きに口づけた。

「お前は、俺を選んでくれた。俺らが選んだ道に誇りを持って、堂々と入山しよう、オルガ。おそらく、その強さが、鳳泉を授戒する源になる。そんな気がするんだ」

オルガの顔がようやく力が抜けたように柔らかく緩んだと思ったら、ぱたぱたと瞳から涙があふれ出した。まるで水色の瞳が溶けていくようにこぼれ出すそれを、キリアスは舌で舐め取った。

「キリアス様……キリアス様、キリアス様……」

泣きじゃくりながら顔をすり寄せてくるオルガの身体を、キリアスは寝台に横たえた。口づけを繰り返しながら服を脱がせる。この数日で細くなってしまった身体に手を這わせ、すすり泣いて上下する胸の先端に舌を絡めた。

「ふっ……あ……ああ……ん……」

一糸まとわぬ姿で、全身に接吻を受けるオルガの泣き声は、次第に甘く反応するそれに変わった。冷たかった白く薄い肌はほんのりと色づき、漂う熱さえ赤く染まっていくようだった。

キリアスは、トーヤを呪解する時に目にした、鳳泉の赤と白を思い出した。

果たして自分は、この身体を通して、何を見るのだろう。

命の赤か。

死の白さか。

「あ……あ、キリアス様……」

オルガの足が自然と開かれる。最も熱いその中心に埋めていた指を引き抜くと、キリアスは己の身体がその一部に引き寄せられるように向かうのを感じた。

それは、力動の解放のため依代の中を求める、あの

感覚に似ていた。

◇◇◇

翌朝、黒宮へ向かう途中、準備を終えたらしいナハドとイルムの二人と落ち合った。

ナハドは、キリアスの姿を感慨にふけるようにしばし見つめた後、臣下の礼をとった。だがすぐにキリアスはナハドを立たせた。

「やめてくれ、ナハド。俺はまだ単なる修行者だ。逆にお前たちまで修行に付き合わせてしまってすまない。それと、オルガが世話になった。礼を言う」

「いいえ、キリアス様。イルムはともかく私がなんの役に立てるか分かりませんが、精一杯お仕えさせていただきます」

優しいイルムにオルガはすっかり懐いたらしく、一緒に入山できることを素直に喜んでいる。オルガの様子を見てイルムは微笑んで指文字を送ってよこした。

「なんだ？」

「人が変わったように元気になって安心しました、と。可愛らしい方と思っていましたが、今日のオルガ様は以前の数倍可愛らしいです、とのことです」

キリアスは喜んで己の半神の愛らしさを自慢しようとしたが、その時前方からけたたましい声とともにハユルとクルトが走ってくる姿が見えた。

「オルガー！　心配したよー！」

神獣師二人が子供のように走って飛びついてくる様子に、イルムもナハドも目を丸くしている。滅多に人前に現れないこの二人をまともに見たのは初めてなのだろう。

「オルガ、これから入山するんだろ？　じゃあ俺も山に入るってイーゼスに言ったんだけど駄目って言われちゃって」

「俺らはここにいなきゃならないんだって」

「あたりまえだ！　お前らこの間の会議の何を聞いてた!?　戦争が始まりそうなんだぞ！」

オルガは変わらぬ二人に安心したのか、以前のように満面の笑顔を見せた。王との謁見前で強張っていた身体の力が抜ける様子に、キリアスは口では怒鳴ったが、ハユルとクルトに内心礼を言った。

ハユルとクルトと別れ、キリアスとオルガは謁見の間に入った。

ダナルとユセフスは既に玉座の傍の椅子に座っていた。オルガは謁見の間が落ち着かないのか、胡座《あぐら》をかいて座っていいと言われても、正座してもじもじと身体を動かしている。キリアスが手を握っても、不安そうに座っていた。

「王の、おなりである……」

カディアス王の登場にユセフスは椅子から立ち上がってそう伝えたが、珍しく語尾が締まらなかった。足早に謁見の間に現れたカディアス王が、玉座に座ることなくそのまま御簾を自ら持ち上げ、床に座るキリアスとオルガの前に立ったからである。

キリアスはいきなり自分の目の前に立った父王を、顔を伏せて礼をとるのも忘れて茫然と見上げた。

「立て、二人とも」

促しにキリアスはオルガの手を取って立ち上がった。

真っ正面から父と向き合ったキリアスは、なぜか妙なことを思った。

視線が、わずかに下になっている。

そうか、俺は、いつの間にかこの父の背丈を超えていたのか。

「……こやつ、でかくなりおって」

目の前の父も、同じことを思ったらしい。口角を歪めるように笑ったかと思ったら、いきなり強い力で腕が身体に巻きついてきた。

抱きしめられる、という行為が、一体いつ以来か忘れてしまったくらいの、久々の抱擁だった。

「……死ぬなよ」

それは、他の誰にも聞こえぬほどの、小さな囁きだった。

この国の統治者ではなく、親としてのその声を、キリアスは必死で捕まえた。同じように、誰にも悟られぬほどに小さな声で、だがしっかりと返した。

「……はい」

キリアスの身体を離したカディアス王の身体が、オルガの方に向く。オルガはかちかちに緊張して、それでも必死に王の視線を受け止めていた。そんなオルガに、カディアス王の柔らかな微笑みが注がれた。

「この国を、俺の子供たちを、頼んだぞ。オルガ」

オルガの両目からはたはたと涙がこぼれ落ちる。

それを見て、カディアス王は困ったように笑ってキリアスを振り返った。

「一体、こいつは誰に似たんだろうな」

育ての親が泣き虫なんだそうですよ。そう言おうとしたが、キリアスは父の笑顔を見つめるだけで、何も言えなかった。

泣きじゃくるオルガに、あやすように笑いかけるカディアス王の様子を、キリアスだけでなく、そこにいた誰もが、ただ見つめ続けた。

黒髪

「う、ああ、う、あっう〜」

ナラハの腕の中に収まりたがらないラルフネスが、身体を反り返らせて抵抗している。

月が明るい夜だった。御簾の隙間から入ってくる青白い光が、ラルフネスは逆に落ち着かないのかもしれない。

セディアスの寝台に腰かけて絵本の読み聞かせをしていたトーヤは、絵本を閉じ、傍らに置いた。

「ナラハ、こちらへ」

トーヤはナラハの手からラルフネスを受け取ると、膝の上に乗せ、ラルフネスが気に入っている体勢を取った。ラルフネスは幾分機嫌が直ったのか、おとなしくなった。

「姉上、眠れないんですか」

もう少しで眠りに入りそうだったセディアスが目を擦りながら訊く。ラルフネスは本当は眠りたくてたまらず、うっすらと涙目になっていた。

かわいそうに、とトーヤはラルフネスの髪に頬を寄せた。神獣・鳳泉を外してから、もうトーヤは宵国に飛ぶことができなくなった。まだまだ甘えたい十二歳、自分の気持ちが打ち明けられず、不満を募らせているに違いない。弟のセディアスにはお姉さんぶるところがあり、甘えなど見せられないのだろう。

セディアスは、この頃は神殿に入り浸りだった。トーヤが鳳泉を呪解してから、どれほど母親の妃らが青宮に戻るように言っても、神殿から離れようとしない。ラルフネスが不安定なこともあり、自分が傍にいなければと幼いながらも考えているのだろう。

長兄のキリアスに比べて、身体が弱いこともあって何かと劣って見えた王太子だったが、この心根の優しさは王子の得がたい長所だとトーヤは思うのだった。

次第に落ち着いてきたラルフネスをセディアスの隣に眠らせると、姉と弟はすぐに寝息が重なった。その様子を見つめていたトーヤに、ナラハが声をかける。

「トーヤ様、もうお休みになってください。この頃ラルフネス様が落ち着かれないので、お相手が大変ではないですか。深い眠りに入られたようなので、私が付き添いますから」

ナラハの言葉に応じずに無言でラルフネスらを見つめていると、ふと、頬にかかる髪がすくい取られた。目を向けると、ナラハは身体を引いて謝罪した。

「申し訳ございません。わずかに、口に含まれておられたので……」

トーヤは髪の乱れに手をやった。寝かしつけに手こずって、結わえられた髪が解けていた。

「別に気にしないよ」

この国では、成人してからは不用意に相手の髪に触れるのは無礼とされている。地位の高い者の髪に触れることは咎められてもおかしくない。

男が髪を結い上げる際は伴侶か近親者にしか触れさせない文化があるこの国では、髪を結ぶのは成人の証で、子供は皆髪を下ろしている。

正装の際には髪を頭の上に乗せるように結い上げるため、既婚者独身者関係なく、王宮で働く者は皆きちんと髪を結い上げている。トーヤはナラハの見事に編み込まれた髪を見つめた。飾りは一つもついていないのに、女性らしく盛り上げて変化をつけている。

王宮で髪を結い上げていないのは神獣師しかいない。トーヤも軽く後ろで一つに結んでいるだけだが、トーヤに限らず皆同じだった。国王の前で髪を結い上げない無礼が許されているのは、神獣師だけである。師匠格にもなると、髪を結ぶことさえしなくなる。

「久々に深く眠っているようだよ。休んでいいよ、ナラハ。俺も適当に眠るから」

ナラハの申し出はありがたかったが、トーヤは逆に一人になる方が精神が休まらなかった。

鳳泉を呪解してからというもの、ともすれば意識がカディアスに向いてしまう。

鳳泉を宿していた時には、こんなにも心が乱されることはなかった。むしろカディアスのことを考えるだけで安らかな想いに浸ることができた。

しかし今は、わずかな記憶に触れるだけで、ざわざわと血が騒ぎ、息づかいまで乱される。この身体を巡るものがなんなのか分からずに途方に暮れる。

「お二人はお休みですか」

神官長のイサルドがラルフネスとセディアスの様子を覗きに来た。ここのところイサルドは多忙で、神殿に顔を見せることはまれだった。

「イサルド……」

「……おお、トーヤ様」

イサルドが許しも得ず自ら距離を縮めてくることは滅多にない。イサルドの様子で、トーヤは自分が涙を落としたことに気がついた。

「ああ。違うんだ。これは……カディアス様のことを考えると、勝手に出てしまうようになって」

「トーヤ様……」

イサルドは指で涙を払うトーヤに布を差し出した。

「私ごときがトーヤ様の涙を受け止めるなどもったいない。王は、どれほど喜ばれることか」

「喜ぶ？　泣いているのに？」

「喜ばれますとも」

イサルドは珍しく微笑みを浮かべたまま頷いた。

「私としたことが迂闊《うかつ》でございました。今すぐ王にわずかなお時間でも作っていただきましょう。お二人の時間をお過ごしになれれば、その涙も止まりましょう。さ、こちらへ」

イサルドは、神殿から黒宮へ続く隠し通路にトーヤを促した。

「表よりお連れできずに申し訳ありません。ただ今ダナル様が近衛団の再編成を行っておられ、夜でも黒宮から内府の周辺には近衛兵が集まっておりますゆえ」

なかなか涙が収まらなかったトーヤは、鳳泉の赤い鳥の仮面をつけた。

この仮面をつけると、自然と心が乱されずに済む。

何も感じなかった自分に戻りたいわけではないが、感情の振り幅が大きくなりすぎると、自分でもどんな行動を取るのか分からずに不安になるのだ。

本来ならそれを直すのは半神なのだと教えられたが、その相手がいないために自然とトーヤは仮面をつけて制御するようになった。

狭い地下の隠し通路を通り、黒宮へ出る前にイサルドが一人で様子を伺いに向かった。

イサルドはすぐに戻り、安心したようにトーヤの手を取った。

「王はまだお仕事中でございましたが、お部屋でお待ちくださいとのことでした」

王の寝所は、身の回りの世話をする侍従の控えの間と護衛の従者の宿直部屋が続いているが、人払いをしたのか誰もいなかった。

トーヤは昔、カディアスの温もりが欲しくてこの寝所に潜り込んだことを思い出した。仮面を机の上に置き、整えられた寝台に座ると、自然と身体が倒れた。カディアスの身体を毎晩受け止めている寝台の厚みに、頬をすりつけた。

「では、私は外で王のお帰りをお待ちしております」

イサルドが静かに告げて下がってゆく。トーヤは寝台の毛布に手を這わせ、そこに染みついているカディアスの匂いを思いきり吸い込んだ。

「カディアス様……」

早く、早くあの匂いと温もりに包まれたい。トーヤはまたも血が荒々しく全身に巡るのを感じたが、それは心を苦しくはさせなかった。むしろ、安堵を感じながら、トーヤは静かに意識を落とした。


ふと目を覚ましたのと同時に、その気配に気がついた。

帳《とばり》の向こう側に浮かぶ灯火の明るさに、トーヤはすぐに失態を犯したことに気がついた。

灯火がわずかに翳《かげ》っているということは、夜明けが近いことを示している。

帳を開くと、机に向かって仕事をしていたカディアスがすぐに気がついた。

「起きたか？　トーヤ」

筆を置いて立ち上がるカディアスに、トーヤは問いかけた。

「今、何時……？」

トーヤはまたしても感情を乱されて泣き出した。

「トーヤ、トーヤ、どうしたんだ」

カディアスがすぐに身体を支えるように抱きしめてきたが、トーヤはせっかくの時間を無駄にしたことに混乱していた。

「もうすぐ、夜明けでしょう……？　太陽が、昇りかけてる……」

冬場で太陽が昇るのは遅いというのに、延々と眠ってしまった。せっかくカディアスが時間を作ってくれたというのに。イサルドにも気を遣わせてここまで連れてきてもらったというのに。

カディアスとともに過ごせるのは、いつも夜明けが訪れる前までだった。王は、太陽の訪れとともに王に戻らねばならない。もうその時間が訪れてしまったことが、悲しくてならなかった。

目の前のカディアスが、静かに見つめてくる。

太陽の光とともに、その瞳の青は濃くなってゆく。灯火に照らされている時にはその瞳は黒いままだ。トーヤは、黒い瞳に映る、自分の泣いている顔を見た。

こんなことで泣くなんて、子供じゃあるまいし、おかしい。瞳の涙を指で拭ったが、心が乱されてどうしようもなかった。

「仮面……仮面、どこ」

寝台の横の台に置かれていた鳳泉の仮面を見つけ、手を伸ばそうとした途端、身体がわずかに浮いた。

浮遊感は一瞬で、すぐに強い力が身を包んだ。乱暴なほどの強引さで唇がふさがれ、すぐに舌が絡んでくる。いきなりの接吻にトーヤは息が止まりそうになった。反射的に身体を反らせても、その力は緩むどころかますます強さが増した。

「んっ、フウ、んっ、ふっ、ああ、あう、ん」

口内をかき回されるように舌が絡み、息をするのもやっとだった。わずかな隙間ができた時に出せる声は、声にならずに吐く息とともに溶けた。一方で、接吻の狭間から出されるカディアスの声は、やけに明瞭だった。

「もう、二度と仮面をつけるな。どんな顔でも俺に見せるんだ。いいな？　トーヤ」

返事はやはり声にならなかった。カディアスの手が襟を割ってきたかと思うと服が下げられ、肩から胸にかけて肌があらわになる。服に腕を取られて身動きできない状態のまま膝の上に抱きかかえられ、肌という肌にカディアスの接吻が降った。

「あ、あっ、カディアス様、待って……」

抱きしめたいのに、腕が服にとられて思うように動かせない。身をくねらせるが、カディアスの腕は一向に緩まなかった。唇と舌が激しく押しつけられ、あっという間に肌の上に小さな赤い花が咲いた。胸の先端をきつく吸い上げられ、トーヤは思わず悲鳴のような声を上げた。

そこでようやくカディアスの腕が緩み、静かに寝台の上に身体を横にさせられた。カディアスは腰の帯を解き、濃紺の上衣を放り投げた。幾重にも重ねられた着物を一気にその身から剝がし、引きしまった裸体をあらわにした。

トーヤは上半身だけ服を引きずり下ろされたような格好のまま、目の前の男の身体を惚けたように見つめた。

かつて、もう十数年前に、あの身体に抱かれたことがあるのが、信じられないほどだった。

あの頃の自分は、一体何を思って、あの身体に触れていたのだろう。

カディアスの身体が、その肌の熱が感じられるほどに近くにあるだけで、息もできないほどになっている。

この興奮は一体なんなのか。トーヤは身の内を巡る異常なほどの血の滾《たぎ》りに、カディアスに懇願するように言った。

「カディアス様……カディアス様、早く、抱きしめて……服を、早く脱がせて」

カディアスは瞳が潤むほどに興奮し、激しく見据えてくるほどだというのに、なぜか手の動きは別人のようにゆっくりと穏やかだった。

両手が自由になったトーヤはすぐさまカディアスに抱きついたが、カディアスの手は先程とは打って変わって撫でるように肌の上を這い、静かに衣服を剝いでいく。逆にトーヤは力を込めてその首にしがみついた。

「もっと……もっと……もっと……」

もっと強い力で、内部を巡る血を押さえつけてほしい。そうしなければ、この身体がどうにかなってしまいそうだった。優しい手と接吻だけで、何度も背筋を快感が這い上がり、頭のてっぺんから抜けていく。そそり立つ陰茎をカディアスの下腹部に無意識に擦りつけていたために、てらてらと肌を濡らしていた。

「ふ……うう、んん……んっ……」

カディアスの指が尻の間に入り、穴にゆっくりと挿入されただけで、背筋を這い上がっていた快感が一気に凝縮し、突き抜けた。

脱力して寝台に沈んだ身体が、カディアスに抱きかかえられて膝の上に乗せられる。

トーヤは息を整えながらカディアスの肩に顎を乗せていたが、背筋に流された香油にひくりと身体を反らした。背筋から尻の割れ目に流れたそれは、臀部を抱えるカディアスの掌に収まって、再び後孔を指が嬲《なぶ》り始めた。

「はっ……ああ、ああん……あっ、ああ……」

刺激に身体を反らし、自然と胸が突き出されると、カディアスの舌が乳首を突く。トーヤは我慢できずに尻の下のカディアスの陰茎に手をやった。もうそれは硬く反るほどになっていた。トーヤの尻を伝ってこぼれた香油と精液が、カディアスの陰茎をも濡らし、指で軽く触れただけでぬるぬるとまとわりついた。

上目遣いで激しく見つめてくるカディアスの瞳に、トーヤは眩暈《めまい》がした。自分の中の、激しい想いにも。

ああ。欲しい。一刻も早く、この人が欲しい。

「挿《い》れて……カディアス様……これ、俺の、中に、早く」

抱きかかえられた身体が再び寝台の上に倒される。同時に、カディアスの熱い杭が、身体の中心に埋められていった。

「はっ……あっ……あ、あ、ああ、あ……」

少しずつ、少しずつ、どくどくと脈打つ欲望が、奥へ、奥へと入ってゆく。

自分の身体中を巡っていたものが、カディアスのそれと混ざり合う。

突き上げられ、結合する部分が熱くなる。混沌とする意識の中で、快感だけが激しく流れる。どこに行くかも分からない激流に、トーヤは必死にカディアスの身体にしがみついた。ああ、離したくない。この身体を、永遠にこの身の中に埋めていたい。

「ああ、カディアス様、お願い、もっと、もっとして、ああ、いい、好き、大好き……」

絶頂の訪れの予感が、背筋を這う。トーヤは堪らずきつく目を閉じて、カディアスの首に強くしがみついた。髪に、カディアスが顔を埋めてくる。耳元で、掠れた声がした。

「……愛してる」

額に口づけが降る。トーヤは、息を乱しながら、ゆっくりと瞼を開いた。

眉根を寄せ、目を閉じているカディアスの顔が間近にあった。汗が浮かぶ額に髪が張り付いている。視線に気づいたのか、瞳がゆっくりと開く。

激しい欲望を堪える男の目に、トーヤはそれだけで達しそうになり、再度強く抱きついた。

「カディアス様、もっと、強く……！」

カディアスの腕が優しく腰に回る。思わずトーヤは自ら腰を押し付けたが、次の瞬間、激しく突かれた。

「あっ、あぁっ！」

反射的にトーヤは背中を反らせたが、腰に回ったカディアスの腕に、引き寄せられた。

自分が何者なのか分からなくなるほどに、揺さぶられ、突き上げられて、トーヤはただ、本能の求めるままにカディアスを欲した。

「あっ、あんっ、ああっ！　い、あぁ、いぃ、いくっ……！」

先程とは比べものにならないほどの絶頂に、全身を震わせた時、同時にカディアスの身体が引きしまり、

精が中へ放たれた。

「……トーヤ」

朦朧とする意識の中で、トーヤは思った。

永遠に、相手を、この身の中に入れていたいと思う。

この想いと、精霊師が半神を求める気持ちと、何が違うのだろう、と。


瞼の裏に映った光がなんなのかすぐに分かったが、トーヤは今度はもう動揺しなかった。

既に太陽はかなり高くなっているだろう。トーヤは寝台の白い布の上に投げ出されている己の腕を見つめた。広い寝台の敷布はひどく乱されたままで、起きた人物の作ったしわが形で残されていた。

手を伸ばして帳をそっとつつくと、外の気配が近づいてきた。帳が左右に開き、カディアスが姿を見せた。

「起きたか、トーヤ」

トーヤは返事も忘れてまじまじとカディアスを見つめてしまった。カディアスが完全に髪を下ろしているのを、初めて見たのである。

夜着を重ねただけの姿で、長い黒髪が肩に流れている。普段は髪の一部をきちんと結い上げ、眠る時にもひとつにまとめているような男なので、流した髪を見たことがなかったのだ。

「もう少し、眠っていていいぞ。俺も、まだ飯どころか顔も洗ってない。非常識な奴が乗り込んできたからな」

「あたりまえでしょうが、何時だと思っているんですか！」

ダナルの声だった。いつまでも目覚めない王に業《ごう》を煮やし、寝室にまで乗り込んできたらしい。

カディアスはうんざりしたように顔半分を覆い、ため息をついた。

「この歳になって、閨にまで立ち入られるとは思わなかった。まあ今更、無礼を咎める間柄でもないがな」

「そもそもこの部屋は、閨で用いることは禁じられておりますがねえ」

遠慮のないダナルの声に、カディアスが苦笑する。

「しかし、近衛に対する横暴を許すかと言ったら別の話だ。トーヤ、しばし待て。前内府を喝破《かっぱ》してから朝食にする」

「よろしいので？　昼食にもありつけなくなるかもしれませんよ」

トーヤは帳の向こうに戻ろうとしたカディアスの手を、思わずつかんだ。

振り返ったカディアスが、顔を覗き込んでくる。

「トーヤ？」

トーヤは目の前に降ってきた黒髪に、そっと触れた。指先に一束絡め、黒い筋を見つめる。

遠い昔、髪に、口づけられたことを思い出した。同じように、トーヤは指先の黒髪に口づけた。

「今日は……髪を、俺に結わせてください。結ったこと、ないから、うまくできないかもしれないけど」

カディアスの青い瞳が揺れたかと思ったら、再び寝台に押し倒された。

結わえられていない髪が顔に落ちてきたが、トーヤはその髪に顔を擦りつけた。カディアスも同じように、何度も頬に、髪に接吻してきた。

帳の向こうから最高に機嫌が悪くなったダナルの咳払いが聞こえたが、トーヤはカディアスと寝台の上に転がって重なりながら、笑い合った。

君を抱《いだ》く

子でも、兄弟でも、友でも、何かあった時には、両腕に包み込み、抱きしめることができる。

恋人なら、半神ならば、何もなくとも、抱きしめられる。

だが国王の腕は、国を、民を、抱きしめるものだ。それ以外のことには使えない。

恋人や、伴侶を抱きかかえることさえできない。

◇◇◇

新たに迎え入れた妃が、おそらく先読を懐妊したと報告が届いてからしばらくして、イサルドが黒宮にやってきた。

その時カディアスは、執務室でダナル、ルカと政務について話し合っていたが、イサルドが神殿からの要望を携えてきたと聞き、そのまま執務室に通した。ダナルとルカがいても困る話ではないだろう。


「先読様ご生誕に合わせ、神殿に神官を配置していただきとうございます」

イサルドの言葉に、思わずカディアスはダナルに目を向けた。

先の先読・ステファネスが子を産んだ時、神殿の神官らはイサルドを除いて皆命を奪われた。イサルドは自分に結界を張り、宵国に魂を引っ張られずに済んだが、他の神官はそれだけの力が備わっていなかった。

なので現在、神殿にはトーヤとイサルドの二人しかいない。だがこれは神殿に限った話ではない。ダナルは王宮の一切の人事を凍結させている。少ない人数で、なんとか回している最中だった。

「王宮の修繕も全て終わった。あの時亡くなった者たちへの見舞いや補償も終えている。もうそろそろ、新たに人員を配置するべきだろうな」

カディアスの言葉に、ダナルは頷いた。

「それは俺も考えていました。しかしイサルド、侍従と違って、神官の人事はなかなか大変だぞ。そう一気に配置できるものではない」

「先読様がご誕生なされば、儀式が増えてまいります。私はしばらく先読様のお世話にかかりきりになりますし、そちらまで手が回りません」

イサルドの言葉を、ダナルは一笑に付した。

「イサルドよ、お前ともあろう者が何を情けないことを。人が増えようと、神殿のことはお前が指揮を執らねば」

イサルドは無言のまま、ピクリとも動かなくなった。

それを見て、カディアスは怪訝《けげん》に思った。忠義心あふれ、責任感が強く、上の決定に不満を訴えたこともない男が何か言いたげにしている。カディアスはイサルドに声をかけた。

「どうした、イサルド。何か言いたいことでもあるのか」

「……恐れながら、生後間もない赤さまのお世話をしながら、何かをするというのは不可能です」

それを聞き、ダナルが顔をしかめた。

「お前らしくないな、イサルド。赤ん坊の面倒を見ながら、儀式の責任者を務めるのは難しいと？」

「難しいのではありません。不可能です」

イサルドは顔を上げ、きっぱりと言い切った。

イサルドがここまで強く異を唱えるのを初めて見たのか、ルカがあんぐりと口を開けている。ダナルも、イサルドの静かな圧に戸惑いながら告げた。

「不可能って……赤ん坊が寝ている間にやればいいだろう」

「内府。赤さまはそんな都合よくお眠りになってはくださいません。寝てほしい時に起き、起きていてほしい時に眠るのが赤さまというもの。赤さまがいても仕事ができる方は、赤さまが多少泣いていても放っておける胆力をお持ちなのです」

胆力……。カディアスは、その言葉を心の中で繰り返しながら、絶句しているダナルとルカをちらりと見た。

「しかしながらそんな胆力を発揮するのは、十人子供を育て上げた女傑であっても難しいものです」

女傑……。

「しかも、先読様の泣き声は、普通の赤子の泣き声と違います。いつの間にかその声が宵国を開き、傍に侍《はべ》る者の魂を誘い込んでしまうかもしれないのです。そうなると世話係は強力な結界を張る必要があり、身が持ちません」

そこでルカが、思い出したように声を上げた。

「そうか、イサルドは、ステファネス様を赤ん坊の時から面倒見て……！」

「その時の鳳泉の神獣師は、ルファサ様とイア様でした」

カディアスは、以前王宮へ来た、先の鳳泉の神獣師らの姿を思い出した。そういえば、ステファネスを八歳まで養育したとルファサ自身が話していた。そのルファサの隣に立っていた、人形のような半神をカディアスは思い出した。アジス家出身の、鳳泉の依代。

「ルファサ様はともかく、イア様が赤ん坊の面倒など実際に見れるわけがなく……。日常的なお世話は私が一人で行っておりました。あの頃も、何も知らぬ方々からは、先読様は通常の赤子よりも長く眠っているから楽だろうと思われておりました」

「いや、イサルド、俺が悪かった」

慌ててダナルが謝罪するが、イサルドは言葉を続けた。

「穏やかに宵国で眠ってくださるのならいいですが、宵国に慣れぬうちは眠りながら泣き続けられる。イア様に理由を聞いても、あの方は半神以外の方と話されませんから私はいつも途方に暮れておりました。赤さまには道理が通じません。下手をすれば、下位や中位の神官らに影響を及ぼしてしまう。泣かさぬように興奮させぬように、私がどれほど注意を払ってきたか、分かってはくださいませんか」

「分かった！　申し訳なかった、俺が悪かったイサルド！」

育児を甘く見たダナルは頭を下げ続けながら、神官を配置することを約束した。


イサルドの要望通り、先読生誕前に神殿には神官が配置された。

しかし、上位神官は一人も配属されなかった。これは致し方ないかもしれない。本来、先読の傍に侍ることが許される上位神官は、器や力動がある者だけだ。イサルドのように、もともと精霊師の能力を備えていた者はすぐに上位を許されるが、これは希少な例である。たいていは、能力があっても中位から入り、己を磨くことによって上位に上げられる。

ただし、能力が低くとも、血筋で選ばれる場合はある。前神官長のラーナは、先々代先読・イネスの叔母に当たる人物だった。キリアスの母セイラも、妃になる前は上位神官だったが、ステファネスの従姉妹という立場から上位を許された。

しかしながら、カディアスの新しい妃二人の親族からは、上位神官を願い出てくる者はいなかった。

「能力がない下位神官ならば侍従と同じように人材の確保にさほど困らんが、中位は難しいな。千影山で精霊師として修行しても、精霊師になれなかった『器』が神官になる例が多いからな。これでもかき集めた方だぞ」

ダナルの言葉に、イサルドは頷いた。

「上位はそう簡単に現れないと思っておりましたから、大丈夫です。中位でも日常の細々としたことや、儀式は任せられます」

イサルドはそれ以降、人事に関して要望を言ってくることはなかった。

しかしカディアスは、神殿の今後について考えると不安になった。

中位は先読の傍に近づくことすら許されない。

ということは、先読が誕生したら、世話をするのはトーヤとイサルドの二人だけである。

「もう若いとは言えないイサルドと、赤ん坊みたいなトーヤが赤子の面倒など見れるのか」

そんな不安を何度も口にしてしまい、ダナルに思いきり顔をしかめられた。

「それほど言うなら、王が赤ん坊の世話を手伝ってやりゃいいじゃありませんか」

「俺が？」

「先読様の力は、王には効かないんですから。兄弟間じゃないと『通る』ことはできませんが、王は宵国に引っ張られたりはしませんよね」

ダナルはそう言うが、カディアスは自分が赤ん坊の世話をするなど想像したこともなかった。

「俺がおしめを換えたりなんて、できるわけないだろう」

「どうしてですか。男同士で結婚して養子をもらった連中は、交代で仕事を休んで育児してますよ。それができないってんなら、黙ってなさいって話です」

この話はもう終わり、というようにダナルが手を振る。カディアスは黙るしかなかった。

◇◇◇

先読・ラルフネスが誕生してひと月が経った。

ラルフネスが誕生した時に神殿に連れていって以来、カディアスは神殿に足を向けず、トーヤと顔を合わせていなかった。

「神殿の様子はどうなっているのだろう」

政務の報告に来たダナルは、知るわけないだろうという顔をした。

「あの実直なイサルドが直接報告にすら来ないですからね。部下を通して先読様の健康状態は知らせてきますが、本日異常なし、異常なし、異常なしの四文字のみ。本当に報告することがないのか、多くを語る余裕すらないのかは分かりません」

「後者だろう。呼び出したりするなよ、ダナル」

ルカはダナルに向けてそう言ったが、カディアスは自分が釘を刺された気がした。

執務室から自分の部屋に戻る途中、カディアスは廊下から降神門の方角を見つめた。

夕暮れにさしかかる時刻なので、門の影すら見えなかったが、カディアスは見続けた。

政治が行われる黒宮と違い、神殿では神官らは余計な無駄口を叩かずに仕事をしている。

人通りも少ない降神門は、いつも静かに佇むだけで、その中の様子を伝えてこない。

心配なら自分から神殿に赴《おもむ》けばよいのだろうが、カディアスはトーヤとどういう顔をして会ったらいいのか分からなかった。

どんな顔を向けられても、どんな言葉をかけられても、心乱されるだろう。

二人で過ごした時間が、もうトーヤには遠いものになっていることを知るのがつらい。

イサルドに向ける瞳と同じ瞳で見られるのが苦しい。

こんな気持ちが残っている状態で、会うことが許されるのか。

そこまで考えて、カディアスはため息をついた。

一体何年経ったら、気持ちが変化するのだろう。

想う限り、欲してしまう。愛する限り、求めてしまう。

自分の想いだけでいいと思っていたのに。

なぜ人間は、望んでしまうのか。

未来永劫このままか。

ただ理性で、己の願望を、欲求を、苦痛を、押しつぶし続けるのか。

足を進めようとしたカディアスは、ふと、降神門の方から歩いてくる影を目にした。

よたよたと身体を左右に動かす影を見て、カディアスは不安に思った。負傷しているのだろうか？　神殿で、何かあったのか。

誰かあの影のところへ行け、と後ろに控える侍従らに伝えようとしたカディアスは、夕焼けに照らされた人物の姿に、思わず声を上げそうになった。

「おうさま～」

泣き出しそうな声を出した影に、カディアスは一瞬もためらわなかった。廊下から飛び出し、植え込みの樹々の間をすり抜けて、その人物のもとへ走った。

「トーヤ！」

トーヤは相変わらず服を着崩し、上衣を腰のあたりでぐるぐると巻いて縛っていた。いつも髪は軽く後ろで結んでいるだけだが、それもほどけかかっている。

トーヤは長い袖で半泣きの顔をごしごしとこすった。

「王様、もう、俺、育児無理い～」

疲れきったようなトーヤの様子に、カディアスは思わずトーヤの身体を抱きかかえようと、手を前に出した。

我に返ってすぐに手を引っ込めようとしたが、その前にトーヤがぐらりと上半身を前に倒してきた。慌てて身体を支えると、トーヤの頭が肩にどすんと乗ってきた。

「何やっても泣き止まないんだよう～……もう疲れた……」

力なくトーヤが呟く。カディアスは、身の内に震えが走るのを感じた。

こんな状況だというのに、赤ん坊の世話でトーヤは疲弊《ひへい》しきっているというのに、喜ぶか、俺の心は。

トーヤの身体の重みを感じて、トーヤの呟きを聞いて、嬉しさで眩暈《めまい》がする。

カディアスは、そのまま力いっぱい抱きしめたい衝動を抑えるのに必死だった。

もうこの手は、この腕は、トーヤを支えることはできても、抱きしめることはできない。

「トーヤ……すまない。大変だったな。イサルドとお前二人だけで赤ん坊の世話をするのは、つらいだろう」

肩に押しつけられていたトーヤの顔がふと持ち上がった。至近距離からトーヤの瞳に射貫かれて、カディアスは再び理性が飛びそうになった。歯を食いしばり、それに耐える。

「抱っこしてないと、先読様起きちゃうの」

「……ああ……」

「宵国に飛ぶと、眠りも深いんだけど、宵国で怖いものを感じたりすると衝動で起きちゃうんだ。そうなると、俺が傍にいないと駄目なんだけど」

「ああ……」

「宵国に飛んでいないと眠りが浅くてずっと抱っこしてないと駄目で」

「うん……」

「イサルドだって疲れ切っているはずなのに、俺に今のうちに休めって。でもね、もしイサルドが力尽きて結界をうまく張れずに宵国に引っ張られちゃったらって思うと、俺安心して眠っていられない。王様、ひとまずイサルドをこっちで休ませてあげて」

「トーヤ」

カディアスは、支える手に力を込めた。

「トーヤ、すまなかった。先読の影響を受けない俺が、力になってやらなければならなかったのに。今すぐ、神殿に行こう。イサルドは黒宮で休息させよう」

頷いたトーヤの肩を抱き、カディアスは後ろの侍従らに伝えた。

「しばらく神殿にいる。火急の用以外は、呼ぶでないぞ」

神殿に向かって足を速めると、傍らのトーヤがぼそりと呟いた。

「ありがとうございます、王」

王。呼びかけられた言葉を噛みしめながら、カディアスは無言で頷いた。

◇◇◇

見ただけで寝不足と分かるイサルドが、先読・ラルフネスを抱いたまま恐縮そうに頭を下げた。

「王……申し訳ございません。わざわざ足をお運びいただいて」

「いや、俺の方こそ様子を見に来ることもせず、すまなかった。先読を育てる大変さは、生まれる前からお前に聞いていたのに」

カディアスはイサルドの手から、すやすやと眠っているラルフネスを受け取った。

カディアスの手に移っても、ラルフネスの寝息に変化はなかった。心地よさそうに眠っている。

よく眠っている？　とカディアスがトーヤに顔を向けると、トーヤはここに下ろしてみろというように寝台を指で差した。柔らかな綿毛布の上にそっと下ろすと、ラルフネスはすぐに火がついたように泣き出した。慌ててカディアスは再び抱き上げた。

「背中に怪我でもしてるの？　ってくらいに、下ろすと泣くんだよね～」

「先代のステファネス様は、休まれると抱っこはあまり必要としませんでしたが、ラルフネス様はずっと抱っこを求められます」

トーヤとイサルドはこのくらいの泣き声にはもう慣れたという顔で、ぎこちなく抱っこをしているカディアスに告げた。

「そ、そういえば……キリアスもなかなか寝ないし癇《かん》が強くて大変だったと聞いたことがあった」

カディアスの言葉にトーヤは大きくため息をついた。

「じゃあ、あんな暴れん坊になるのかなあ。どうする、イサルド」

イサルドは不敬を気にしてか返答しなかったが、やつれた顔にもっとやつれが出た。

カディアスはトーヤとイサルドに指示されながら、泣き続ける娘を抱き続けた。そうしていると、カディアスの抱き方に慣れたのか、ラルフネスは再び眠りに落ちていった。

「身体を揺らすのを止めるとまた泣くから、座ってもいいけどゆらゆらしていてください」

座ることすらできないとは、相当つらかっただろう。カディアスは二人に伝えた。

「しばらく俺が抱いているから、二人とも休んでくれ」

「いや、それは……抱いていてくださるだけでありがたく」

ためらうイサルドにトーヤが頼み込むように告げた。

「イサルド、神殿ではたとえ自室にいても気になっちゃうだろうから、黒宮の方で休んで。イサルドが倒れちゃったら俺は一人でどうしていいか分からないんだから。頼むから休んでよ」

それでも逡巡するイサルドに、カディアスは言った。

「イサルド、トーヤは俺に、自分よりまずイサルドをなんとか休ませてくれと頼みに来たんだぞ。俺は驚いたよ。人の状態を案じて、自分よりも先にどうにかしてあげなければという気持ちが芽生えたのは、やはり子を育て始めたからかな」

イサルドは静かに目を細めた。

「……その前から慈悲の心はお持ちでしたよ」

イサルドは恭しく頭を下げた。

「お二人のご厚意に甘えさせていただきます。ありがとうございます」

イサルドが去ってから、カディアスは身体をゆらゆらと動かしながら静かに腰を下ろしてみた。ラルフネスはそのまま眠っていた。

「トーヤ、どうやらコツがつかめてきたようだ。お前も黒宮で休んでいいぞ」

「うん……」

トーヤはまだ心配なのか、一緒に座り込んでラルフネスの顔を覗き込んでいる。カディアスは少しずつ揺れを止めてみた。腕への負担を軽減させるために、膝に腕を置いて少しずつ揺らす。

「トーヤ……これは、うまくいきそうな……」

カディアスが小声でトーヤに伝えるのと、肩に重みを感じたのが同時だった。

耳に、トーヤの寝息が入ってくる。

よほど疲れていたのだろう。寝息は、すぐにスー、スー、と規則正しいものになった。

腕に娘の寝息、肩にトーヤの寝息を感じながら、カディアスは涙が出そうになった。

左腕も、右腕も、動かすことはできない。涙を拭える手はない。

幸せだと思う感傷など、自分は抱くことは許されない。

カディアスは大きくため息をついてこみ上げてきたものを散らした。

これから先何度も、抑えきれぬ感情を堪え続ける。

それでもいい。トーヤが、どうにもならなくなった時に自分を頼ってくれるのならば。

「……操者がいてくれたら良かったのに、とは言わなかったしな……」

半神がいてくれたら楽だったのにと言われていたら、打ちのめされるしかなかっただろう。

心の中では思っているかもしれない。存在しないものを望んでも無駄だから、口にしないだけかもしれない。

それでも、真っ先に頼ってくれるのが自分なのだ。

このくらいの気持ちは、持ってもいいだろう。

カディアスは噛みしめるように、己の気持ちと、肩で支える重みを感じた。


上位神官は、ラルフネス誕生から三年経っても配属されず、ラルフネスの世話はトーヤとイサルドの二人だけで行われた。

何を泣いているのか分からない赤ん坊の時と違い、成長するにつれてラルフネスと意思疎通ができるようになり、以前に比べてずっと楽にはなった。

だが、カディアスがラルフネスの世話をするために頻繁に神殿に赴くのは変わらなかった。

なぜなら、ラルフネスが二歳を過ぎても発語しなかったからである。

加えて、自分で歩くこともしなかった。

「骨には異常ありませんし、もしかしたら足の筋力だけ弱いのかもしれません」

侍医のカドレアは、他の能力は高い方だと思うと付け加えた。

こちらの言葉の意味をちゃんと捉えるし、伝えてこようとする。だが発語が追いつかず、ラルフネスは思うようにいかないことに対し機嫌が悪くなってしまう。

「どの子供も二歳くらいにはイヤイヤ期ってのがあるらしい。キリアスなんてひどかったらしい。話すようになってもイヤだイヤだと我を通し続けたって」

カディアスの言葉にトーヤはイヤイヤ期ねえ、と苦笑した。

「キリアス様の時とはまた違うでしょうけどね」

もう何度もキリアスとラルフネスを会わせているのだが、遊び相手にならない幼児にキリアスは全く興味を示さない。

トーヤは機嫌が悪いラルフネスを膝に抱きながら言

った。

「宵国では、もっと自在に自分の思いや欲求を伝えてくるんですよ」

「そうなのか？」

「ええ。だから、逆に思うようにいかない現実世界に苛立つんでしょう」

トーヤはラルフネスの白い髪に頬ずりした。

「本当は誰より頭が良くて優しい子なんです」

ね、とラルフネスにトーヤが囁くと、ラルフネスは顔を上げて笑顔になった。

「歩けなくたって話せなくたって、ずっとトーヤがお世話しますからね」

ラルフネスの手をつかんで軽く上下させながらトーヤが言うと、ラルフネスはキャッキャと小さく声を上げて笑った。

ずっと、という言葉がカディアスの心に棘《とげ》のように刺さった。

トーヤが、鳳泉の神獣師としてラルフネスの傍にいられるのは、いつまでなのだろう。

「お父様だって、ラルフネス様をずっと守ってあげるって」

はい、とトーヤがカディアスの膝の上にラルフネスを置いた。

「王、おやつを持ってきますからちょっと抱っこしていてください」

トーヤが立ち上がると、ラルフネスはトーヤが去ったことに驚き、ふええ、と駄々をこねるような声を出してカディアスの膝から逃れようとした。

「よしよし、大丈夫だ、トーヤはすぐに戻るから」

そう言うとラルフネスはトーヤが去っていった方向を見ておとなしくなった。

ラルフネスの白い髪を撫でながら、カディアスは思った。

おそらくこの子は、これ以上身体的に成長しないだろう。

成長しない身体を持て余し、先読として生まれたことを嘆き、苦悩することがあるかもしれない。

だが、トーヤに惜しみない愛情を注がれているこの記憶は、ラルフネスの人生を支えてくれるに違いない。

「……お前は、幸せになれる」

カディアスは祈るような想いで呟いた。伯母を、兄姉であった人の一生を思い出し、ラルフネスを抱く腕に力を込めた。

トーヤが果物と焼き菓子を盆の上に乗せて戻ってくる。ラルフネスはトーヤを見て、カディアスの膝の上で喜んで手足をバタバタと動かした。

「はいはい、お待たせしました〜。早く食べたいよね」

トーヤはカディアスに果物の皿を渡してきた。

「はい、お父様に食べさせてもらいましょうね〜」

熟した果実を匙《さじ》ですくい、ラルフネスの口まで持っていくと、ラルフネスは大きく口を開けてぱくりと食いついた。

ろくに咀《そ》嚼《しゃく》もせずごっくんと飲み込んでしまい、トーヤが慌てる。

「王、もう少し小さくすくってあげてください。好物はろくに嚙まずに食べちゃう癖があるんですよ。ラルフネス様、ちゃんともぐもぐして、もぐもぐ」

トーヤがそう伝えても、ラルフネスは果実に夢中で早くよこせと言わんばかりに顔を近づける。カディアスが匙で果肉をすくいとると、トーヤは駄目だというように首を振った。

「もう少し小さくです、その半分」

ラルフネスを抱えながら皿を持ち匙を使うとなると、そう器用にはできない。早く食べたいラルフネスが苛立って背中をのけぞらせる。

「うわぁぁん」

「わわわ、すまんすまん、今あげるから」

カディアスは慌てて果肉をラルフネスの口元に持っていった。ラルフネスはカディアスの手を握って匙を自分の口元に持っていこうとする。

「待て待て、ちゃんとあげる、あげるって」

その時、我慢できないというようにトーヤが吹き出した。

腹を抱えて、身体をゆすりながら大笑いするトーヤを、カディアスは驚いて見つめた。

常にひっそりとしている神殿の奥に、トーヤの笑い声が反響する。

カディアスは、そんなトーヤを食い入るように見つめ続けた。

そしてしばしの間、その声に包まれる幸福に浸った。

◇◇◇

あれから十二年。

カディアスは神殿の奥に入り、娘と息子が眠っている寝所の御簾を上げた。

娘と息子は、昼寝だというのに、子供らしく深い眠りについていた。

子供らの間に挟まれた人物が、人の気配に気が付いてかすかに目を開く。

「……カディアス様？」

寝ぼけ眼《まなこ》で、花がほころびるように微笑む。

カディアスはこみ上げる感情を抑えきれず、その身体を抱き上げると、そのまま腕の中に抱え込んだ。

「……トーヤ」

横抱きにされたトーヤの手が、優しく髪を撫でてくる。

「ほらほら、もう。お子様方が起きてしまうじゃないですか」

ラルフネスとセディアスは、間に入っていたトーヤが起きてしまったからか、目を閉じながらも、もぞもぞと動いていた。起きるか、と思われたが、眠ったまままお互い近づき、人肌が感じられるほどの距離まで近づいてまた深い眠りに入っていった。

この様子では、宵国に飛んでいるのではないだろう。互いに心地よい眠りについているに違いない。

おとなしく眠ってくれと願った日々が、懐かしいと思える日が来るとは。そしてこうして、トーヤを感情の赴くままに抱きしめられる日が来るとは。あの頃は、夢にも思わなかった。

「さて……子供らもぐっすり眠っているし、しばし俺のわがままに付き合ってくれ」

「昼間っからやらしいことしちゃ駄目ですよ」

カディアスは思わず赤面し、そんなことはしない、とぼそぼそと呟いた。

「ほんとに？」

トーヤの瞳が、茶化すように細まる。

この瞳が、こんなふうに感情をあふれさせるようになったのは、いつからだっただろう。

子の成長を、見てきたつもりでもつぶさには思い出せないように、様々な出来事や感情を抱えてきても、思い出せないことがある。

それだけ、傍にい続けた、ということなのだろう。

カディアスはトーヤを抱きかかえたまま寝所から出ようとした。

「カディアス様、下ろして。イサルドやナラハにこんな格好見られるのは恥ずかしいよ」

腕の中のトーヤが身体をよじらせ、下りようとするが、カディアスは離さなかった。

「わがままに付き合ってくれと言っただろう。しばし、お前の重みを感じたい」

トーヤが不思議そうに顔を傾ける。

「重くないの？」

「重くないよ」

やっと、抱えられる重みだ。

トーヤの腕が、肩と首に、回される。

ふわりと包み込まれる感覚に、カディアスは思わず目を閉じた。

触れられなくても、ずっと傍にあった、存在。

気づかなかっただけで、俺はこうして、抱かれていたのかもしれない。

カディアスは両腕に力をこめ、トーヤの身体を引き寄せた。

あとがき

このたびは、「精霊を宿す国　赤い炎の翼」をお読みいただきありがとうございます。

「黄金の星」から少々間が空いてしまいましたが、三巻目をお手に取っていただいたことに感謝申し上げます。

多くの登場人物らがようやく頭の中で整理されてきた、と思って頂けたらとても嬉しいです。

この三巻目で、ついにオルガの出生の秘密が明らかになりました。

吉茶先生が描いてくださった赤い美しい表紙には、やっと苦難を乗り越えて結ばれたキリアスとオルガの姿があります。見つめ合う二人に、一巻からやっとここまで来ることができたんだと感慨深いものがありました。

しかしながら、ヨダ国から脅威が去ったわけではありません。

二月に発売される最終巻では、列強諸国と戦うために、キリアスとオルガが鳳泉授戒という試練に立ち向かいます。

大軍が押し寄せる中、国王カディアス、先読、王太子、そしてヨダ国の神獣師・精霊師らが一丸となって戦います。

果たしてキリアスとオルガは『時飛ばし』を行うことができるのか。

精霊を宿す国の者たちが、何を守り、何を貫くのか。

彼らの行く先を、見守って頂けたらと思います。

皆さまの応援のおかげで、ここまで来ることができました。

正直息切れしそうですが、皆さまからの励ましを糧にして、これからクライマックスまで駆け抜けたいと思います。
引き続き、よろしくお願いいたします。

二〇二四年　一月

佐伊

精霊師は、必ず二人で一人。
一つの精霊を二人で共有する。
感覚も、感情も、運命も分かち合う
その唯一無二の存在を、彼らは半神と呼ぶ。
東洋BLファンタジー
精霊を宿す国
Novel 佐伊　Illustration 吉茶
精霊を宿す国　青雷《せいらい》
精霊を宿す国　黄金《おうごん》の星《ほし》
精霊を宿す国　赤《あか》い炎《ほのお》の翼《つばさ》
大好評発売中　以下、続刊予定!

リブレの小説書籍 四六判

毎月19日発売

ビーボーイ編集部公式サイト
https://www.b-boy.jp

「はなれがたいけもの」
八十庭たづ ill／佐々木久美子

「賢者とマドレーヌ」
榎田尤利 ill／文善やよひ

話題のWEB発BLノベルや
人気シリーズ作品の
スペシャルブックを
続々刊行！

「緑土なす」
みやしろちうこ ill／user

「愛を与える獣達」
茶柱一号 ill／松基 羊

『精霊を宿す国　赤い炎の翼』をお買い上げいただきありがとうございます。
この本を読んでのご意見、ご感想など下記住所「編集部」宛までお寄せください。

アンケート受付中
リブレ公式サイト　https://libre-inc.co.jp
TOPページの「アンケート」からお入りください。

初出
精霊を宿す国　赤い炎の翼
黒髪
＊上記の作品は「ムーンライトノベルズ」（https://mnlt.syosetu.com/）掲載の「精霊を宿す国」を加筆修正したものです。（「ムーンライトノベルズ」は「株式会社ヒナプロジェクト」の登録商標です）
君を抱（いだ）く……書き下ろし

精霊を宿す国　赤い炎の翼

著者名　佐伊
©Sai 2024

発行日　2024年1月19日　第1刷発行

発行者　太田歳子

発行所　株式会社リブレ
〒162-0825 東京都新宿区神楽坂6-46 ローベル神楽坂ビル
電話　03-3235-7405（営業）　03-3235-0317（編集）
FAX　03-3235-0342（営業）

印刷所　株式会社光邦
装丁・本文デザイン　ウチカワデザイン

Printed in Japan
ISBN978-4-7997-6576-0